JANWILLEM VAN DE WETERING
DAS SICHERE GEFÜHL

Janwillem van de Wetering

DAS SICHERE GEFÜHL

(Safe feeling)

Roman

Aus dem Englischen von
Klaus Schomburg

ELSTER VERLAG

Satz und Herstellung:
Reinhard Amann, Leutkirch

Druck und Bindung:
Franz Spiegel Buch GmbH, Ulm

ISBN 3-89151-047-0

Erstes Kapitel

Drei Autos, ein Taxi, ein nicht mehr ganz neuer Porsche und ein noch älterer, verbeulter DAF fuhren hintereinander auf den Parkplatz eines imposanten Appartementhauses.

Das Gebäude, eine Stahlkonstruktion mit großen Glasflächen, ragte hoch in den Himmel über dem teuren Rotterdamer Vorort Kralingen. Das Glas reflektierte spätes, dunstiges Sonnenlicht, und in dem Kralinger See am Fuße des Gebäudes spiegelten sich die Bäume, die am Ufer wuchsen, und das Hochhaus selbst.

Dem Taxi entstieg ein großer, breitschultriger Mann mit blonden Haaren; sein Pferdeschwanz wippte, als er sich zu dem Porsche hin verneigte: „Tag Mark."

„Tag Sijben", sagte der Porschefahrer.

Sie sprachen mit gedämpfter Stimme, was ganz unnötig schien, denn außer dem sich entfernenden Taxifahrer und dem Mann, der sich anschickte, den DAF zu verlassen, war niemand zu sehen.

„Papa ist tot", sagte Sijben zu seinem Bruder Mark.

„Ja", sagte Mark. Mark, der ungefähr so groß wie Sijben war, trug unter seinem modischen, aufgeknöpften Mantel einen eleganten dreiteiligen Anzug. Seine Augen hinter der Hornbrille waren kaum zu erkennen, und sein windzerzaustes Haar hing ihm in die Stirn.

Aus dem DAF ließ sich der dritte Mann auf seine kurzen Beine hinuntergleiten. Er winkte. In seiner mit Pelzimitation gefütterten Windjacke, seiner geflickten Hose und den ausgetretenen Sandalen wirkte er ausgesprochen ärmlich. Er war sehr klein, hatte aber einen ziemlich großen Kopf, und seine Gesichtszüge wurden zum Teil von einem kraushaarigen Bart verdeckt.

„Hallo Kleiner Riese“, sagten Mark und Sijben.

Kleiner Riese lächelte seinen Brüdern zu. Er war gerade vierzig geworden und damit etwas jünger als Mark und viel älter als Sijben. Kleiner Riese schüttelte Sijbens Hand zuerst, vielleicht weil dieser am eindrucksvollsten aussah. Die niedrigen Sonnenstrahlen ließen Sijbens goldenes Haar leuchten; der Wind spielte mit seinem Cape und verlieh ihm Flügel. Engel Sijben, dachte Kleiner Riese. Ein Abgesandter der himmlischen Mächte mit dem Auftrag zu prüfen, ob bei den Bürgern von Rotterdam alles in Ordnung ist. Kleiner Riese hatte oft ungewöhnliche Gedanken, denn er war Künstler und bereit, das Bizarre im Gewöhnlichen anzuerkennen. Kleiner Riese verdiente sein Brot mit dem Flechten von Körben, doch gelegentlich stellte er eigenartige abstrakte Objekte her, die er in modischen Geschäften verkaufen ließ.

„Papa ist tot“, sagte Kleiner Riese.

„Ja“, sagte Mark. „Wollen wir nicht hineingehen?“

Mark, gefolgt von seinen Brüdern, ging mit großen Schritten die Steinstufen hinauf, schob sich durch die Drehtür und meldete sich beim Pförtner an. „Sobrijn“, sagte Mark.

Der Pförtner wußte, daß Mark Sobrijn hieß, und Mark wußte, daß der Pförtner dies wußte. Es gefiel Mark, sich den Regeln gemäß zu verhalten. Die Gegenwart eines Pförtners muß anerkannt werden, denn er bildet ein festes Glied in der nützlichen Kette der Formalitäten.

„Gehen Sie nur hinauf“, sagte der Pförtner.

Sijben und Kleiner Riese warteten am Fahrstuhl darauf, daß das Licht auf der Anzeigetafel nach unten sprang. Kleiner Riese winkte dem Pförtner zu. Der Pförtner berührte seine Mütze. Sijben nickte. Der Pförtner lächelte. Der Pförtner hatte eine Abneigung gegen alle Symbole des Nonkonformismus, vor allem gegen Pferdeschwänze und Capes. „Wenn jeder sich ganz normal verhält“, sagte er wenigstens einmal in der Woche zu seiner Frau, „ist es immer noch schlimm genug.“ Trotzdem war Sijben in den Augen des Pförtners in Ordnung, ohne daß dieser sich über den Grund Gedanken machte.

Der Aufzug fuhr die schweigenden Brüder summend zum obersten Stockwerk. Nachdem sie ausgestiegen waren, gingen sie über einen dick mit Teppich belegten, marmorgesäumten Gang, wobei sie auf den See hinabblickten. Seine Farben, die von dunklem Purpur langsam ins Schwarze übergingen, paßten zu ihren Gedanken an den Tod – den Tod des Sommers und das Ableben ihres Vaters. Kleiner Riese stellte sich vor, daß der Geist seines Vaters vielleicht noch in der Nähe war, bei seiner geliebten Mathilde, jedoch sofort verschwinden würde, wenn seine Söhne erschienen.

Mathilde öffnete die Tür und trat zurück, ein Taschentuch in der Hand. Ihre Unterlippe zitterte, als sie die Besucher, die Söhne ihres toten Geliebten, begrüßte. Nun ja, Geliebter... wir wollen vernünftig sein: Der alte Sobrijn war weit über siebzig gewesen, und Mathilde hatte kaum die Dreißig erreicht. Trotzdem mußten sie irgendeine Art von Beziehung gehabt haben, denn sie hatten wenigstens drei Jahre zusammengelebt und hinten in dem riesigen Schlafzimmer der Wohnung ein breites, niedriges Bett geteilt.

„Können wir Papa sehen?“ fragte Mark.

„Natürlich.“ Mathildes Stimme klang verschleiert. Sie hatte die Stimme einer Elfe (wie Kleiner Riese einmal gesagt hatte), einer Wasserelfe, die einem plötzlich während eines Urlaubs am Meer begegnet und einem allerlei Geheimnisse zuflüstert, einem Dinge offenbart, die das eigene Leben vertiefen, so daß man plötzlich weiß, daß alles eigentlich ganz anders ist, viel schöner, als man bis dahin vermutet hatte.

Kleiner Riese setzte sich und wartete darauf, daß Mark aus dem Schlafzimmer zurückkäme. Um sich zu beschäftigen, beobachtete er die mechanischen und rhythmischen Vorgänge auf dem Zifferblatt einer großen Standuhr. Doch das irritierte ihn so sehr, daß er wieder fortsah und stattdessen eine seltene Sammlung chinesischen Porzellans in einem Rosenholzschrank bewunderte.

Auch Sijben wartete. Leicht vornübergebeugt, die schmalen Hände auf dem Rücken, stand er am Fenster, in den weiten

Ausblick versunken. In der Ferne meinte er die Seele seines Vaters zu sehen, wie sie zu den gezackten Silberwolken am Horizont davonflog. Tod ist Geburt – ein neues Wesen von einer ganz anderen Art verließ sie nun. Nicht Tod, sondern Veränderung hatte Sijbens Guru vor ein paar Jahren in seinem einträglichen Ashram an den Ausläufern des Himalaja erklärt. Der Guru war ein egozentrischer, aufbrausender Bursche, der Schülerinnen bevorzugte, die er während seiner Lesungen gern betastete. Sijben war, weil er die Konzentration der eifrigen Anhänger störte, nach kurzer Lehrzeit aufgefordert worden, den Ashram wieder zu verlassen. Er hatte zwar nicht viel gelernt, doch erinnerte er sich nun an Fetzen der Lehre des Swamis. Wie war das doch gleich? Kein Ende? Und auch kein Anfang? Aber warum nicht? Sijben dachte an Kreise, die keinen Anfang und kein Ende hatten, und an Linien, die sich bis ins Unendliche verlängerten. Was also ist der Tod?

Mark kam zurück, und Kleiner Riese nahm seinen Platz am Totenbett ein. Er hielt die Hand seines Vaters und erinnerte sich an sein gütiges Wesen, an seine Anteilnahme am Wohlergehen seiner Söhne, an seine Bereitwilligkeit, Rechnungen zu bezahlen, ihnen zuzuhören, mit ihnen zu spielen und Spaziergänge mit ihnen zu machen. Das war noch im alten Haus, dachte Kleiner Riese, in jenem lustigen mittelalterlichen Haus mit den Türmchen auf dem Dach. Du hast es verkauft, als Mutter starb. Erinnerst du dich, wie du mich immer zum Fischen mitnahmst und mit dem langstieligen Netz den Karpfen fangen ließest? Und an die Sonntagmorgende, an denen du den Miniaturzoo hervorholtest? An all die kleinen Pariser Gipstierchen, die Käfige, die Zäune? Und an die Briefmarkensammlung, als ich alt genug war, um die Doppelten auszusortieren und sie in Alben aufzubewahren? Das waren schöne Zeiten.

„Sijben?"

„Ich komme." Sijben hockte sich ans Bett. Seine Hand glitt über das gefaltete Bettlaken, bis seine Fingerspitzen die seines Vaters berührten. Ich habe die Hälfte deiner Chromosomen, dachte Sijben, also bestehe ich zur Hälfte aus dir, und doch standen wir uns nie sehr nahe. Fremd waren wir uns freilich auch nicht. Haben meine Ideen dich ein wenig erschreckt? Ich habe immer Achtung vor dir gehabt. Wir sahen uns ähnlich, dachte Sijben, obwohl ich etwas größer war; wir hatten die gleichen blauen Augen, die gleiche hohe Stirn, ja, wir hatten sogar einen ziemlich ähnlichen Mund.

„Du siehst so adrett aus", flüsterte Sijben, und beinahe grauste es ihn. In seinem frisch gebügelten Schlafanzug glich der alte Sobrijn einer Wachspuppe. Mathilde hatte ihn gut rasiert und sein dünnes Haar gekämmt.

Danke, dachte Sijben, daß du mir immer zum Geburtstag geschrieben hast, wenn du zufällig wußtest, in welchem Land ich mich gerade herumtrieb. Ich habe, wenn ich zurückkehrte, auch immer deine Einladungen zu dir nach Hause zu schätzen gewußt und dein Angebot, mir eine Wohnung zu kaufen, denn du habest, so sagtest du, Marks Studium bezahlt und das Häuschen für Kleiner Riese gekauft, während ich dich nie viel gekostet hätte. Ich wünschte, du wärest jetzt nicht tot.

Sijben dachte nicht an das Erbe, wohl aber Mark, der darauf wartete, daß Sijben herauskäme. Es muß eine Menge Geld da sein, dachte Mark, was gut ist, weil ich vor kurzem entlassen worden bin und mir nun die Schande erspart bleibt, Arbeitslosengeld zu beantragen. Papa hat mich gerade rechtzeitig gerettet, und darüber bin ich froh. Ich sollte sowas zwar nicht denken, aber ich tu's. Außerdem finde ich Mathilde sehr attraktiv, und es ist ein aufregendes Gefühl, daß sie so plötzlich frei ist. Schade, daß sich die Zeiten geändert haben. Ging die Konkubine eines toten Vaters in früheren und besseren Tagen nicht auf den ältesten Sohn über?

Kleiner Riese mußte ebenfalls an das Erbe seines Vaters denken, doch er verscheuchte den Gedanken. Für eine Weile hing er angenehmen Erinnerungen nach. Er war wieder ein Kind, und sein Vater reichte ihm in Seidenpapier eingewickelte Spielzeugtiere. Er mußte sie auspacken und das Papier sorgfältig zusammenlegen, bevor er die Tiere in ihre Käfige setzen durfte. Sijben kam ins Zimmer zurück, und Mathilde schenkte Kaffee ein, ihr Schenkel berührte Kleiner Rieses Knie. Warum die Vergangenheit auspacken? dachte Kleiner Riese. Was ist falsch an der Gegenwart? Er beobachtete wie Mathilde zur Anrichte ging und mit Kuchen auf einem Tablett wieder zurückkam. Kann ich *sie* nicht auspacken? Mathildes enges schwarzes Kleid aufknöpfen? Es würde sacht ihre langen Beine hinunterrutschen, dachte Kleiner Riese, und ihren schlanken, straffen Körper, ihre zart gewölbten Hüften und ihre volle, feste Brust über der schmalen Taille enthüllen. Könnte ich all das nicht aus Rohr flechten? Aus Binsenrohr? Meine Absichten sind gut, ich bin ein Künstler, der ein Modell braucht. Mathilde ist ein ideales Modell.

Nein, meine Absichten sind nicht gut, gestand Kleiner Riese sich ein.

Mark trank seinen Kaffee und aß seinen Kuchen. Auch er beobachtete Mathilde. Man sollte niemals vergleichen, dachte Mark, denn jedes Wesen ist einzigartig, aber ich muß sie trotzdem vergleichen, mit meiner Ex-Frau Geraldine. Wenn ich Mathilde mit Geraldine vergleiche, ist Geraldine ihr hoffnungslos unterlegen. Mathilde hat einen sehr kultivierten Geschmack, was Kleidung betrifft, Geraldine nicht. Mathilde ist groß und schlank, Geraldine klein und dick. Du meine Güte, was redete Geraldine viel, und was ist Mathilde für eine stille Frau. Und doch besaß Geraldine die Frechheit, sogar seinen eigenen Freunden gegenüber zu behaupten, alles, was er sagte, langweile sie zu Tränen. Wie könnte ich langweilig sein? Was ist mit meinem Doktor cum laude in Ökonomie? Dumme Geraldine. Vielleicht hätte sie es mit der Scheidung nicht so eilig haben sollen. Daß sie beide keine Kinder hatten, war möglicherweise schade, aber nun ein Vorteil. Ich bin allein, ich wollte nicht allein sein, doch jetzt, wo ich es bin, gehört mein Anteil am Erbe nur mir. Ich will nicht, daß Papa tot ist, aber er ist es. Der König ist tot, lang lebe der König. Ich sollte nicht so denken, dachte Mark, aber ich tue es.

„Noch Kaffee?“ fragte Mathilde.

„Ja, bitte.“ Sijben hielt seine Tasse hoch. Was bist du doch für eine hübsche Puppe, ging es ihm durch den Sinn. Für einen Moment dachte Sijben an das Vermögen seines Vaters. Dies ist ein entscheidender Wendepunkt, sinnierte er. Ich habe keine Ahnung, was als nächstes geschehen wird, aber ich habe solche Augenblicke schon früher erlebt. Kurz bevor ich in den Ashram eintrat und nachdem ich ihn wieder verlassen hatte; einige Male im Tschad, und dann in Südafrika, zehn Meter unter Wasser an einem Luftschlauch, als die Haie mich belästigten.

Mark räusperte sich. „Mathilde?“

„Mark?“

„Weißt du vielleicht zufällig, ob Papa ein Testament gemacht hat?“

Ach ja, dachte Sijben, nun kommt das Geld. Ein reicher Mann kann nicht, so wie ich jetzt, in einem ehemaligen Fabrikgebäude inmitten alter Maschinen wohnen. Eigentlich schade, denn ich wohne gern dort. Wird der plötzliche Klang von Gold meinen Frieden stören? Zweifellos. Was wird aus meinen Plänen? Ich habe noch etwas Geld von der Abalonefischerei an der Kap-Küste übrig. Ich wollte eine Weile in Ruhe nachdenken, ein paar Bücher lesen. Karma, dachte Sijben. Es ist mein eigenes Karma, dem ich mich anpassen muß. Doch gleich darauf faßte er wieder Mut. Plötzlicher Reichtum, überlegte Sijben, muß nicht unbedingt schlecht sein, aber es ist schade, daß Papa sterben mußte, damit ich reich werden konnte. Doch vielleicht war es gut so, denn er wurde ziemlich alt und war in letzter Zeit oft krank. Veränderungen können nicht immer sanft erfolgen, das muß ich verstehen.

„Das Testament“, sagte Mathilde, „ist im Schlafzimmer, und ich werde es gleich holen, aber euer Vater hat ein Tonband hinterlassen, das wir uns vielleicht zuerst anhören sollten.“

„Ein Tonband?“ fragte Kleiner Riese.

„Es enthält die letzte Botschaft eures Vaters.“

„Eine körperlose Stimme?“ fragte Kleiner Riese. „Während er selbst im Zimmer nebenan liegt und tot ist? Ist das nicht ziemlich makaber? Können wir uns das Band nicht später anhören? Können wir nicht zuerst etwas trinken?"

„Ja", sagte Sijben. „Erst etwas trinken." Er beobachtete Mathilde, die zu dem antiken flämischen Schrank ging, in dem sein Vater die alkoholischen Getränke aufbewahrte. Er hörte, wie sich der Stoff ihres Kleides an ihren Seidenstrümpfen rieb, und roch ihr Parfüm. Der zarte Duft paßt gut zu ihr, dachte Sijben, einladend und unnahbar wie sie selbst. Papa muß sich in ihrer Gesellschaft sehr wohl gefühlt haben. Wo wird sie nun hingehen? Es würde etwas fehlen, wenn sie aus der Wohnung auszöge, fort von den antiken Möbeln, der herrlichen Aussicht.

Mathilde hatte die dicken Eichentüren des schweren Schrankes geöffnet. Kristallflaschen glitzerten, jede mit einem silbernen Schildchen versehen. „Was darf es sein?"

„Bah", sagte Mark.

„Für dich nichts?"

„Einen Cognac, bitte", sagte Mark. Er wandte sich an Kleiner Riese. „Ich sagte ‚Bah', weil ich Schuldgefühle habe. Papa kaufte diese Flaschen speziell für seine Gäste. Ich habe mir das bisher nie klar gemacht. Vielleicht für mich. Ich mußte immer etwas Besonderes haben: Calvados, Cognac, Bourbon, Russischen Wodka, und alles, was er jemals trank, war guter holländischer Genever, aus einem eisgekühlten Krug und einem tulpenförmigen Glas. Was er wohl von meinem erlesenen Geschmack gehalten hat? Ob er ihn gestört hat?"

„Nicht sehr", erwiderte Kleiner Riese, wobei er sich an seinem Bart festhielt.

„Ein echter Gentleman", sagte Mark. „Einfach in seinem Geschmack." Er lachte. „Erinnert ihr euch noch an seine Sprüche? *Sparsamkeit und Fleiß bauen Häuser und Schlösser*?"

Mathilde lachte ebenfalls. „*Züchten Läuse und Mäuse*. Er änderte seine Sprüche, wißt ihr. Den hat er für mich erfunden. Als ich sparen wollte."

„Ja", sagte Sijben. „Es ist mir auch aufgefallen. Jedesmal,

wenn ich von einer Reise nach Hause zurückkehrte, war er milder geworden. Aber vielleicht auch rebellischer gegen das Althergebrachte, oder jedenfalls wollte ich es gerne so sehen."

„Vielleicht war es der nahende Tod", sagte Mark.

„Der im Gebüsch hinter dem Parkplatz lauert?" fragte Mathilde. „Immer, wenn wir nach draußen gingen, zeigte er mir die Stelle. Trotzdem hatte er keine Angst."

„Was?" fragte Kleiner Riese.

„Er wußte, daß er bald sterben würde. Der Tod wartete auf ihn."

„Aber er hatte keine Angst", meinte Sijben. „Darüber bin ich froh."

„Ich möchte den Cognac nicht", sagte Mark. „Genever tut's auch. Ich hole den Krug aus dem Kühlschrank." Er kam zurück und füllte die drei Gläser, die Mathilde verteilt hatte. Kleiner Riese holte ein viertes. „Du auch, Mathilde, zu diesem besonderen Anlaß."

Mark hob sein Glas. „Auf Papa."

„Mann", sagte Kleiner Riese. „Starker Tobak. Der Tod der im Gebüsch lauert, was? Ein Skelett mit zerfetzter Haut, das boshaft aus dem Grün schielt? Ich weiß nicht, ob mir das gefällt."

„Ich glaube, euer Vater freute sich auf das Ende", meinte Mathilde. „Er sagte, daß er viele Fehler gemacht habe, aber nun bereit sei, die Konsequenzen zu tragen."

Sijben füllte die Gläser wieder. „Es waren keine schwerwiegenden Fehler, aber einmal, als ich die Schule verließ und nicht studieren wollte, nannte er mich eine Laus. Er sagte, ich würde meine Begabung vergeuden. Später jedoch schien er seine Meinung zu ändern. Es gab Zeiten, wo ich dachte, daß er meine Umherreiserei guthieß."

„Ich war auch eine Laus", sagte Kleiner Riese. „Als ich mit der Kunst anfing. Papa hielt nichts vom Binsenflechten."

„Ich war nie eine Laus", sagte Mark. „Er hatte mich sehr gern."

„Das Tonband?" fragte Mathilde.

Mark erschauerte. „Noch ein Glas bitte."

Die schon tief stehende Sonne brach plötzlich durch die Wolken und übergoß Sijben mit ihrem Licht. Kleiner Riese starrte mit aufgerissenem Mund.

„Ich glaube, du solltest auch noch was trinken", sagte Sijben. „Wie ist Vater gestorben, Mathilde?" Er hob den Geneverkrug hoch.

„Danach ist aber Schluß", mahnte Mathilde. „Ich möchte nicht, daß ihr betrunken seid, wenn er spricht. Euer Vater hat sich die ganze Woche nicht wohlgefühlt, doch heute morgen schien es ihm besser zu gehen. Er frühstückte im Bett, und danach ließ er mich das Tonbandgerät und die Bänder holen. Als er mit Sprechen fertig war, lehnte er sich in sein Kissen zurück. Er betrachtete die Wand und lächelte. Die Linien auf der Tapete schienen sich für ihn zu bewegen, in der Decke zu verschwinden und vom Fußboden wieder zurückzukommen. Er sagte, die Linien seien erleuchtet und ein wunderbarer Anblick. Dann hielt er meine Hände, nickte ein und starb."

„Und der Doktor?" fragte Mark.

„Kam zu spät. Er ließ eine unterschriebene Erklärung da, die ich zum Testament gelegt habe." Mathilde ergriff die leeren Gläser und den Krug; ihr Publikum bewunderte ihre schlanken Finger auf dem porösen, phallischen Gefäß.

„Seid ihr bereit?" fragte Mathilde.

Die Brüder nickten.

Mathilde ging zum Tonbandgerät, das in eine elektronische Anlage in der Wandtäfelung eingebaut war. Ein Seufzer drang aus den Lautsprechern in den vier Ecken des Zimmers.

„Jungens, da seid ihr also, lebendig und wohlauf."

Das Band rauschte leise.

„Und zu euch", sagte der alte Sobrijn, „spreche ich, euer verstorbener Vater."

Zweites Kapitel

Die drei Männer setzten sich plötzlich aufrecht hin, und Mathilde begann zu zittern, weil die Stimme des alten Sobrijn heller und wirklicher klang als in ihrer aller Erinnerung. Die verblüffende Wirkung der Stimme, überlegte Mark, war nicht nur auf die gute Qualität des Tonbandgerätes zurückzuführen, sondern wahrscheinlich auch eine Folge der außergewöhnlichen Situation. Sein Vater hatte oft mit ihm gesprochen, ihn jedoch nie so sehr beeindruckt, und es hatte immer Ablenkungen gegeben. Die Unterhaltungen waren ihm nie besonders wichtig erschienen. Was der alte Sobrijn zu sagen versucht hatte, konnte durch Fragen und Antworten verdeutlicht werden. Der Dialog, dachte Mark, ist nun für immer vorbei. Papa spricht, wenn nicht aus dem Grab, so doch aus einer anderen Sphäre.

Die Lautsprecher rauschten, der alte Sobrijn hielt inne und fuhr dann fort:

„... euer Vater“, er hustete, „und Geliebter.“

„Da sitzt ihr, und ich bin nicht bei euch, denn ich bin tot, und das ist ein seltsamer Gedanke.“ Er sprach jetzt schneller, vielleicht weil er sich des laufenden Bandes und der Notwendigkeit, es zu füllen, bewußt wurde. „Ich hätte nie gedacht, daß mir das jemals passieren würde, gegen alle Erfahrung und Beobachtung, denn jeder muß sterben, das ist nun einmal so. Selbst alte Männer versuchen den Tod zu ignorieren, weil er ihnen ungelegen kommt, aber in letzter Zeit wurden die Anzeichen deutlicher, deshalb bereitete ich mich auf ihn vor – widerstrebend zwar, doch auch mit einer gewissen Dankbarkeit, denn selbst wenn ich die Gelegenheiten des Lebens nicht immer genutzt habe, wäre es doch kindisch, den Tod für meine Fehler verantwortlich zu machen.“

Das Tonband knackte leise.

„Ich habe versucht, mit dem Tod zu argumentieren, wenn ich ihn draußen zwischen den Bäumen lauern sah, oder wenn er im Fahrstuhl auf mich wartete, oder wenn der unverschämte Bursche sich zu mir an den Frühstückstisch setzte. Warum sollte ich nicht neunzig werden wie mein Bruder Jan? Oder hundert wie Onkel Hendrik? Der Doktor glaubte nicht, daß ich so lange leben würde. Er ist ein ehrlicher Mensch, und er machte mir das Kompliment, mir die Wahrheit zu sagen, denn gewöhnlich, so meinte er, vermeide er das Thema, weil niemand den Tod akzeptieren könne und die meisten bei dem Gedanken an das Ende leiden oder böse werden. Mich jedoch ließ der Doktor wissen, daß meine Zeit beinahe um sei, und ich bin ihm dankbar dafür."

„Mark", sagte der alte Sobrijn, „Kleiner Riese, Sijben, Mathilde... liebe Mathilde. Ich spreche zu allen vieren von euch. Ich habe nie eine Tochter gehabt, bis Mathilde in mein Leben trat, und ich habe viel über das Weibliche von ihr gelernt, mehr als von meiner verstorbenen Frau; denn die war ziemlich schüchtern, und unsere Ehe war nicht harmonisch, das wißt ihr vielleicht nicht, aber es spielt nun auch keine Rolle mehr. Wir hätten uns scheiden lassen sollen, das wäre für alle beide von uns besser gewesen, aber das gemeinsame Korsett, in dem wir steckten, war zu bequem."

Das Tonband rauschte weiter. Sobrijn hustete wieder. „Ja. Mathilde, meine Tochter. Eine schöne Bezeichnung, wenn auch nicht ganz zutreffend. Doch das ist eine private Angelegenheit, meine Söhne. Vielleicht wird sie euch eines Tages von unserer Beziehung erzählen, obwohl ich nicht einsehe, warum sie das tun sollte. Zur Sache.

Das Erbe", sagte der alte Sobrijn, „ist für euch, für wen sonst? Ein Viertel für jeden, Mathilde sollte einen gleichen Anteil bekommen. Im Testament habe ich sie nicht erwähnt, um unnötige Steuern zu vermeiden. Die Behörden – werden die Behörden jemals menschliche Beziehungen begreifen – betrachten sie als Außenstehende, und der Fiskus würde sie schändlich ausplündern, ich will gar nicht erst versuchen, den Steuerprozentsatz auszurechnen... Also müßt ihr drei euch um die Aufteilung kümmern, denn für euch als meine Kinder werden die Abgaben minimal sein. Mark?"

Mark sah erschrocken auf, grundlos, denn sein Vater bat ihn nur, Bleistift und Papier zu holen.

„Bist du bereit? Dann mach dir bitte ein paar Notizen. Ich habe Geld auf der Bank, ich werde dir die Kontonummer und den Betrag nennen und den Namen des Maklers, der meine Aktien verwaltet. An meine Pfandbriefe kommst du über die Bank, und es befindet sich noch etwas Geld auf meinem Postgirokonto. Die Versicherung wird die Begräbniskosten tragen, und die Wohnung ist hypothekenfrei. Ich habe keine Schulden."

Mark notierte Namen, Nummern und Zahlen.

„Wenn du die verschiedenen Summen addierst, erhältst du mein offizielles Vermögen, das du dem Steuerbeamten mit offenem Blick in die Augen angeben kannst. Diesen Teil des Vermögens habe ich im Laufe meines Lebens selbst gespart. Es hätte mehr sein sollen, aber die Steuer hat mich gnadenlos geschröpft... ich sollte mich nicht beklagen..."

Das Tonband rauschte.

„... obwohl... Nein", sagte Sobrijn, „ich will mich nicht beklagen. Mark?"

„Ja", antwortete Mark.

„Schreib dies auch noch auf. Die Nummer, die ich dir geben werde, ist meine Geheimkontonummer in der Schweiz."

Mark schrieb.

„Was sich auf dem Schweizer Bankkonto befindet", sagte der alte Sobrijn, „habe ich von meinem Vater geerbt, und der hatte es wieder von seinem Vater." Sobrijn hüstelte. „Ich habe nicht viel aus dem Kapital gemacht, es ist zwar ein wenig gewachsen, aber gegen die Inflation war ich machtlos. In finanziellen Dingen war ich nie besonders mutig, und das Geld lag einfach auf dem Konto, wie ein Schwein in seinem Stall; es ist jetzt vielleicht fett genug und bereit, geschlachtet zu werden."

Die Lautsprecher knisterten. Marks Stift schwebte bewegungslos in der Luft. Das Tonband drehte sich geräuschlos. Kleiner Riese hatte die Beine untergeschlagen und strich sich über den Bart. Sijben betrachtete die letzten Sonnenstrahlen, die dunstige Streifen auf dem Horizont malten und sich wie die Linien auf der Schlafzimmertapete seines Vaters bewegten.

Mathildes große, grüne Augen über den hohen Wangenknochen blickten starr geradeaus. Als sie merkte, daß Mark sie beobachtete, zog sie ihre Beine zurück und strich ihr Kleid glatt. Sie posiert, dachte Mark, aber ganz natürlich, wie ein gut geschultes Modell. Ist sie vielleicht früher ein Modemodell gewesen? Habe ich sie schon einmal in Geraldines Frauenzeitschriften gesehen? Worauf wartet Mathilde? Auf die große Endsumme? Auf die Summe einer fetten Maus, die gleich aus dem Loch springen wird, um von ihren Katzenaugen hypnotisiert zu werden, damit sie Herrn Maus mit jenen makellos gepflegten Nägeln an ihren zierlichen Fingerspitzen am Genick packen kann? Ich würde die Summe freilich auch gern wissen, dachte Mark. Papa ist Millionär, das hat er mir einmal erzählt, aber wieviel mehr als eine Million hatte Papa?

Wieviel? dachte Sijben. Wieviel ist viel? Wie weit werde ich mit meinem Anteil kommen? Papa möchte anscheinend, daß wir das ganze Geld ausgeben, doch je mehr es ist, umso problematischer wird alles.

Ich betrete eine goldene Welt, dachte Kleiner Riese, aber das tat König Midas auch, und der starb beinahe, denn Gold kann man nicht essen. Kleiner Rieses Herz klopfte hart in seiner kleinen, breiten Brust. Bisher, dachte Kleiner Riese, habe ich ein ruhiges Leben gelebt, doch mir scheint, daß es nun mit dem Frieden vorbei ist.

„Alles in allem", sagte der alte Sobrijn, „hinterlasse ich euch zwei Millionen, eine Million über und eine Million unter dem Tisch. Die erste Million ist inklusive dieser Wohnung, und ich habe ihren Wert niedrig angesetzt, weil Immobilien heutzutage nicht leicht zu verkaufen sind. Zwei Millionen, vielleicht ein wenig mehr. Das ist..."

Sobrijn schwieg, nicht aus freien Stücken, sondern weil Mark aufgesprungen war und das Gerät abgestellt hatte. Das rote Auge des Verstärkers war erloschen. Mark setzte sich wieder und griff mit zitternder Hand nach seinem Glas. Der Genever brannte ihm in der Kehle. „Scheiße", sagte Mark, „das ist mehr, als ich gedacht hatte, eine halbe Million für jeden..."

Kleiner Riese glitt aus seinem Sessel und schaltete das Tonbandgerät wieder ein.

„... viel Geld", fuhr der alte Sobrijn fort. Mark wollte wieder aufstehen, aber Kleiner Riese drückte ihn in seinen Sitz zurück.

„Eine Menge Geld", wiederholte Sobrijn. „Ihr könnt es für irgendetwas ausgeben. Eine halbe Million für jeden. Nicht genug, um nicht mehr arbeiten zu müssen, aber das will vermutlich auch keiner von euch." Die Lautsprecher schwiegen, bis auf ein kaum vernehmbares Summen. Dann ertönte ein leichtes Klirren, Schritte gingen über Parkett, Chinaporzellan klingelte.

„Was ist das?" fragte Kleiner Riese.

„Ich gab ihm eine Tasse Kaffee", erwiderte Mathilde.

Schlürfen, noch mehr Geklingel.

„Es gibt keine Bedingungen", sagte Sobrijn. „Ihr könnt mit eurem Erbe tun, was ihr wollt. Doch sei mir gestattet, meine Wünsche zu äußern, und ich bitte euch, mir zuzuhören, bevor ihr entscheidet, was ihr tun wollt. Wißt ihr – jetzt kann ich es ja vielleicht sagen – ihr (ich meine jetzt nur meine Söhne) habt mich immer an ein Nest kleiner Vögel erinnert. Nimmersatte, gefräßige Racker, immer die Schnäbel weit aufgerissen. Was ich auch hineinstopfte, es war nie genug. Aber vielleicht war auch ich so ein gieriger Vogel, denn nie hörte ich auf zu sparen, nie flog ich fort."

Tassengeklirr.

„Dabei haßte ich das Büro, die Arbeit an den Abenden, die Akten, die ich an den Wochenenden mit nach Hause nahm..."

Geklingel. Schlürfen.

„Wann wurde das Band aufgenommen?“ fragte Mark.

„Vergangene Woche“, antwortete Mathilde, „hier in diesem Zimmer.“

„Ich beklage mich nicht“, sagte der alte Sobrijn. „Ich stelle nur Tatsachen fest, und die sind nicht alle schlecht. Eltern müssen für ihre Kinder sorgen und für die Zeit, da sie selbst alt sind. Ich habe es geschafft, euch großzuziehen und mein eigenes sicheres Gefühl zu erhöhen; ich habe mein angelegtes Geld vermehrt, mein Schweizer Konto verwaltet und brav aufgepaßt. Ich habe mich an Zahlen und Ziffern erfreut, die nicht wirklich waren, denn ich habe nie Gebrauch von ihnen gemacht.“

Die rauschende Stille wurde durch ein Klicken beendet. Mathilde hatte bereits neben dem Tonbandgerät gewartet. Sie drehte die Kassette um und legte sie wieder ein.

„So kann es euch auch ergehen“, sagte der alte Sobrijn. „Wenn ihr das Geld einfach nur irgendwo anlegt – und ich sage nicht, daß das nicht gut wäre. Sicher investierte Ersparnisse, profitables Kapital, wie sollten die großen Projekte der Gesellschaft finanziert werden, wenn niemand Spargroschen auf die Seite legen würde? Wo war ich doch gleich?“

Mathildes Stimme fiel ein. „Wenn ihr das Geld irgendwo anlegt...“

„Ach ja. Danke Liebes. Dann wird sich alles wiederholen, ein weiteres sicheres Gefühl, aber unverdient. Ich rate euch davon ab.“

Rauschen.

„Wovon?“ fragte Mark.

„Von einer Wiederholung“, beantwortete sein Vater die ungehörte Frage. „Deshalb möchte ich einen Vorschlag machen. Benennt Mark, den ältesten, ein Mann mit Verstand und Erfahrung, jemand, der zuverlässig einen Auftrag erledigen kann, als euren Vertreter und laßt ihn die gesamte Erbschaft zu Bargeld machen. Ich glaube, ihr könnt ihm vertrauen, einem erfolgreichen Bürger wie Mark.“

„Vielen Dank“, sagte Mark.

„Papa ist gestorben, Mark“, sagte Kleiner Riese.

„Papa ist tot“, sagte Sijben und deutete auf die Wand. „Sein Leichnam liegt im Schlafzimmer, und der Arzt hat die Sterbeurkunde unterzeichnet.“

„Ja“, brummte Mark.

„Vertraut Mark“, sagte Vater Sobrijn. „Laßt ihn in die Schweiz fahren. Ich habe ein Formular ausgefüllt, das ihr in einem der Briefmarkenalben neben meinem Bett findet. Ich schlage vor, daß Mark das Schweizer Geld abhebt, in bar, die Aktien und Pfandbriefe hier verkauft und die Wohnung auch. Die Möbel laßt versteigern, sie sollten einigen Wert haben, und verkauft die Briefmarkensammlung.“

„Die will ich haben“, sagte Kleiner Riese.

„Dann mußt du sie bezahlen“, meinte Mark. „Drei Viertel dieser hübschen kleinen Marken gehören uns.“

„Sei nicht so gierig“, sagte Kleiner Riese.

Sijben hob eine Hand, sein Vater sprach bereits weiter. Mathilde ließ das Band ein wenig zurücklaufen.

„Oder vielleicht sollte Kleiner Riese die Marken haben“, sagte der alte Sobrijn. „Er hat mir immer so nett geholfen, als er klein war.“

Kleiner Riese grinste triumphierend.

„Aber nun“, fuhr Sobrijn fort, „hört mir gut zu, denn dies ist meine Idee. Feiert ein kleines Fest hier in der Wohnung, wenn sie dann noch nicht verkauft ist, oder sonst bei einem von euch zu Hause. Sorgt dafür, daß das ganze Geld auf dem Tisch liegt, denn ich möchte, daß ihr es seht. Ich habe es nie gesehen, alles was ich von meinem Besitz je zu Gesicht bekommen habe, sind die Zahlen in meinen Büchern, aber das war nicht wirklich.“

„Geld ist auch nicht wirklich“, warf Sijben ein.

„Geld ist natürlich auch nicht wirklich“, sagte sein Vater. „Das weiß ich wohl. Es ist buntes, bedrucktes, mit Bildern, Zahlen und Wasserzeichen versehenes Papier. Aber es hat einen Wert, wenn man essen will, oder wenn man krank ist, oder wenn man den Gefängniswärter bestechen muß, oder wenn das Auto liegenbleibt. Doch für diese Dinge werdet ihr es vermutlich nicht brauchen. Das Geld, das ich euch hinterlasse, ist Papier, und sein Wert unterscheidet sich wesentlich von dem Wert des Geldes, das ihr selbst verdient und von dem ihr lebt. Ihr verdient doch Geld, oder?"

Rauschen.

„Sijben?" fragte der alte Sobrijn.

„Ich habe Geld, Papa", erwiderte Sijben, „den Rest von dem, was ich bei der Abalonefischerei verdient habe. Genug, um noch ein weiteres Jahr davon zu leben."

„Ich weiß nicht", sagte Sobrijn. „Sijben ist mein verlorener Sohn, der zurückkehrte, aber das Kalb nicht wollte, das ich für ihn aus dem Stall holte. Ich drängte ihn nicht, ich wollte ihn nicht beleidigen."

„Nicht doch", sagte Sijben. „Nicht übertreiben, Papa. Ich brauchte kein Geld, warum solltest du mir also Geld geben?" Er hatte seinen Vater unterbrochen, und Mathilde ließ das Band zurücklaufen.

„... nicht beleidigen. Aber nun bekommt er eine halbe Million, die er nicht ablehnen kann, und Mark ebenfalls und Kleiner Riese und meine liebe Mathilde."

„Meine?" fragte die alte Stimme. „Es fällt mir immer noch schwer, mir die besitzanzeigenden Fürwörter abzugewöhnen. Ich verlasse euch so nackt, wie ich geboren wurde, nein, schlimmer noch, selbst meine Nacktheit kann ich nicht mitnehmen." Die Stimme stockte.

Mark stand auf und schob Mathilde sanft zur Seite. „Darf ich mal?"

Er drückte die Tasten. Die Stimme sprach und stockte wieder. „Ich möchte wissen, ob er kichert oder schluchzt", sagte Mark. „Ich glaube, er kichert."

„Er schluchzt", meinte Kleiner Riese. Mark ließ das Band zurücklaufen.

„Beides", sagte Sijben. „Erst Schluchzen, dann Kichern."

„Das Geld muß auf dem Tisch liegen", sagte Sobrijn,

„sichtbar und greifbar für euch alle. Feiert, spielt Musik. Trinkt Alkohol. Amüsiert euch. Spielt Spiele. Und zwischendurch denkt ein bißchen nach. Wollt ihr das Geld verschwenden, oder wollt ihr lieber etwas Positives damit anfangen?"

Rauschen.

„Verschwenden?" fragte Mark. „Warum sollten wir es verschwenden?"

„Verschwendet es nicht", sagte ihr Vater. „Geld ist Energie, gespeicherte Energie, von mir, von eurem Großvater und von dessen Vater vor allem. Das Geld verkörpert, teilweise jedenfalls, das sichere Gefühl der Familie Sobrijn, doch ich sah meinen Großvater und meinen Vater sterben. Der ehrbare Bankier Sobrijn verfluchte in seinen letzten Augenblicken sich und sein mühevolles Leben. Bei meinem Vater war es ähnlich, sein Tod war sogar noch schlimmer, er stöhnte vor Verzweiflung, als er auf seine Vergangenheit zurückblickte."

„Angst vor dem Tod?" fragte Mark.

„Es war nicht so sehr Angst vor dem Tod", sagte sein Vater. „Ich glaube es war die Erkenntnis der versäumten Gelegenheiten. Ich werde ruhiger sterben, weil ich der Zukunft mit größerem Vertrauen entgegensehe. Ich vertraue auf euch."

Rauschen.

Die Söhne lauschten aufmerksam.

„Ist das alles?" fragte Kleiner Riese.

„Lebt wohl", sagte sein Vater. „Das klingt nicht gut, es sei denn, ihr hättet eine lange Reise vor, aber mir fällt im Moment nichts Besseres ein. Lebt wohl meine Söhne, lebe wohl Mathilde. Du bist eine schöne und vor allem eine liebenswerte Frau. Du hast gut für mich gesorgt, und ich danke dir dafür. Ich hatte dir ein bißchen Ruhe in deinem Leben schenken wollen, doch was ich dir gegeben habe, gabst du mir hundertfach zurück. Leb wohl."

Mathilde stand neben dem Tonbandgerät und schien nicht zu bemerken, daß Sijben aufgestanden war und den Apparat ausgeschaltet hatte. Sie starrte auf die Wand. „Ich hatte den Schluß noch nicht gehört." Mathilde schluchzte leise.

„Du bist nicht allein", sagte Sijben.

„Das wäre ich aber gern." Sie ließ ihn stehen.

Kleiner Riese brachte ihr ein Glas. Sie nahm einen Schluck und setzte es ab. „Danke." Sie schneuzte sich.

„Nun?" fragte Mark.

„Ja", sagte Sijben, „soweit es mich betrifft, kannst du unser Bevollmächtigter sein, wenn du willst, natürlich, und wenn du Zeit hast, du arbeitest ja."

„Ich könnte mir ein paar Tage frei nehmen", erwiderte Mark. „Und du, Mathilde? Bist du einverstanden, daß ich die Abwicklung übernehme?"

Mathilde setzte sich auf die Couch und drückte die Zigarette aus, die sie sich gerade erst angezündet hatte. „Mußt du mich überhaupt fragen? Ich bin im Testament nicht erwähnt. Solltest du dich nicht erst mit deinen Brüdern beraten, ob ich ein Anrecht auf die Schätze deines Vaters habe?" Sie stand auf. „Ich werde eine Weile hinausgehen."

„Warum solltest du?" wunderte sich Sijben.

„Du bist einverstanden", fragte Mark, „daß wir mit Mathilde teilen? Jedem ein Viertel?"

„Sicher."

„Dir ist klar, daß das, was das Tonband sagt, nicht legal ist und die Behörden nur das eigentliche Testament anerkennen würden?"

„Ich hole das Testament", sagte Mathilde.

Mark faltete das Dokument auseinander und überflog den Inhalt. „Es erwähnt nur uns, die Söhne."

„Ich finde, Mathilde sollte ihr Viertel haben", meinte Kleiner Riese.

„Gut", sagte Mark. „Und ich bin der Bevollmächtigte?"

„Ja", antwortete Kleiner Riese.

Sijben winkte träge.

„Es geht nur um zwei Millionen", sagte Mark. „Da könntest du dir vielleicht die Mühe machen, deine Zustimmung verbal zu äußern."

„Ja", räumte Sijben ein, „aber du weißt, was Papa sagte.

Geld hat keinen Wert, wenn es nicht für dringende Bedürfnisse benötigt wird. Bedrucktes Papier."

„Unsinn", meinte Mark.

„Was dein Vater sagte, war Unsinn?" fragte Mathilde.

„Oder kein Unsinn. Wie du willst. Ich bin Ökonom, kein Philosoph." Mark schrieb sich selbst eine Vollmacht, in Schönschrift, auf ein Stück Papier, das Mathilde aus dem Rollpult seines Vaters genommen hatte. Seine Brüder unterzeichneten. Mark stand auf.

„Wollt ihr noch Kaffee?" fragte Mathilde.

„Nein, danke", sagte Mark. „Ich werde mich auch um das Begräbnis kümmern. Die Wohnung zu verkaufen, wird am schwersten sein, aber ich kenne einen guten Makler. Will jemand die Möbel haben?"

Seine Zuhörer schwiegen.

„Die Uhr? Für dein Häuschen, Kleiner Riese?"

„Zu groß", sagte Kleiner Riese, „und zu laut."

Die Uhr schlug dröhnend. Eine eingebaute Spieldose imitierte, leicht verstimmt, ein Glockenspiel.

„Hörst du?" fragte Kleiner Riese. „Das hat mich als Kind immer wahnsinnig gemacht, und damals befand sich die Uhr drei Stockwerke unter meinem Schlafzimmer. Und sieh dir das lebhafte Treiben an." Auf dem großen Zifferblatt der Uhr sah man aus Zinnblech geschnittene Figuren geschäftig sich bewegen. Ein Bauer schlug seine Kuh, ein Angler holte immer denselben Fisch aus einem Teich, ein Holzhacker schwang seine Axt. „Ich will all diese Leute nicht in meinem Haus haben", sagte Kleiner Riese.

„Der flämische Schrank?" fragte Mark, „die Chinaporzellan-Sammlung, Papas antiker Schreibtisch? Alte Möbel sind heutzutage etwas wert."

„Laß sie versteigern", schlug Sijben vor.

„Gut", sagte Mark. „Mathilde, könnte ich einen Schlüssel haben? Ich muß vielleicht ab und zu in die Wohnung, und du bist dann vielleicht nicht zu Hause."

Mathilde betrachtete aufmerksam ihre Fingernägel.

„Nein?“ fragte Mark.

„Ruf mich lieber an, vor elf Uhr morgens, dann kann ich es so einrichten, daß ich da bin, wenn du hinein willst.“

Gut gezielt, aber daneben, dachte Kleiner Riese und versuchte, Sijbens Blick aufzufangen. Sijben starrte aus dem Fenster. Es war dunkel draußen, ein schwarzer Halbmond hing in einem dunstigen Kreis.

„Gut“, sagte Mark, „ich rufe dich morgen früh an. Auf Wiedersehen Sijben, Wiedersehn Kleiner Riese. Ich sage euch Bescheid, sobald ich das Geld zusammen habe.“

„Vergiß das Begräbnis nicht“, bemerkte Sijben, „ich würde gern dabei sein.“

„Ja, stimmt. Bis bald.“

„Ich bringe dich zur Tür“, sagte Mathilde.

„Mark hatte es eilig“, erklärte sie, als sie zurückkam.

Sijben erhob sich. „Ich gehe auch. Danke für deine Gastfreundschaft.“

Kleiner Riese stand neben ihm. „Wir gehen einer unsicheren Zukunft entgegen. Die Aussicht auf eine halbe Million für jeden läßt Mark bereits vergessen, daß seine Brüder gern an der Beerdigung teilnehmen würden.“ Er berührte Sijbens Arm. „Vielleicht wärest besser du der Bevollmächtigte gewesen.“

Sijben legte sein Cape um und schüttelte den Kopf, so daß sein Pferdeschwanz auf die Schulter fiel. „Ich? Vielleicht hättet ihr mich nie wiedergesehen. Bin ich nicht der verlorene Sohn, dem man niemals trauen sollte?“ Er legte seinen Kopf zur Seite und ließ ein wenig Speichel aus seinem offenen Mund tropfen. „Ich bin nicht ganz dicht im Kopf.“

„I, wie eklig“, sagte Kleiner Riese, „du sabberst ja richtig.“

Mathilde stand im Flur, so dicht bei Sijben, daß er sie anfassen konnte. Sijbens Hand kam bereits hoch, ausgestreckt, bereit, ihre Schulter zu streicheln. Mathildes große, grüne Augen leuchteten auf, aber sie verzog ihre Lippen und trat einen Schritt zurück. Sijbens Hand landete am obersten Knopf seines Umhangs.

„Tschüs Mathilde", sagte Kleiner Riese. „Rufst du mich an, wenn die Beerdigung geregelt ist? Für den Fall, daß Mark es vergißt?"

„Ja", versicherte Mathilde, „ich rufe dich an. Dich auch Sijben." Sie öffnete die Tür und sah den Brüdern nach, die sich durch den Gang entfernten. Kleiner Rieses haariger Kopf reichte Sijben kaum bis an die Hüfte, und er mußte im Eilschritt gehen, um mitzukommen.

Mathilde lächelte und schloß die Tür.

Sie war dabei, die Gläser in die Küche zu tragen, als es klingelte.

„Es tut mir leid", sagte Mark, „aber ich habe keine Erfahrung mit solchen Situationen. Ich nehme an, du willst die Nacht nicht gern mit einer Leiche verbringen. Darf ich für eine Minute hereinkommen? Dann kann ich den Beerdigungsunternehmer anrufen. Er wird die Leiche abholen und eine Weile aufbewahren."

„Mach nur."

Mark telefonierte. Mathilde brachte ihm Kaffee und ging spülen. Mark las die Zeitung. Er studierte die Börsennotierungen und las einen Artikel über Anleihen. Anleihen waren fest, behauptete die Zeitung, mit Ausnahme der Anleihen, die nicht fest waren und kürzlich die Hälfte ihres Wertes verloren hatten wegen der Rezession, dem Rückgang im Baugewerbe und dem dadurch entstandenen Nachfrageausfall bei Hypotheken.

Das ist schlecht, dachte Mark, aber sie werden sich wieder erholen. Wenn man sie jetzt kauft, werden sie bis zum Fälligkeitstermin ihren ursprünglichen Wert wieder erreichen. Man muß nur einige Jahre warten. Doch in der Zwischenzeit galoppiert die Inflation, und die Währung verliert an Wert, so daß man in jedem Fall verliert.

Er blieb, bis die Leichenbestatter kamen, ordentlich in Schwarz und mit angemessen betrübten Gesichtern. Sie wikkelten den Leichnam in Laken ein, legten ihn auf eine Bahre, nickten traurig und verabschiedeten sich.

„Dann gehe ich auch wieder", sagte Mark. Er wartete einen Augenblick, denn seine Brüder waren fort, und er befand sich in Gesellschaft der Geliebten seines Vaters, aber sein Vater war tot.

„Auf Wiedersehen Mark", sagte Mathilde.

Drittes Kapitel

Auf dem niedrigen Tisch im luxuriösen Wohnzimmer des verstorbenen Herrn Sobrijn lagen zwei Millionen Gulden. Das Geld sollte da nicht sein – so dachten alle Anwesenden, auch Mark, der die zwanzig Bündel zu je hundert Scheinen soeben aus seiner Aktentasche genommen und ordentlich aufgestapelt hatte. Die grünen Tausend-Gulden-Banknoten machten einen schamlosen Eindruck. Sie bildeten einen billigen grünen Fleck in dem geräumigen Zimmer und kontrastierten unangenehm mit den gedämpften Farben der schweren Gardinen und des dicken Teppichbodens, mit der polierten Oberfläche der Standuhr, dem Porzellanschrank, der Mahagonitäfelung, dem Rollpult und den niedrigen Ledersesseln.

„Das wär's also“, sagte Mark. „Es hat viel Mühe gekostet, aber ich habe es schließlich doch geschafft. Was fehlt, ist für 1. Klasse-Tickets, Drei-Sterne-Hotels und gutes Essen draufgegangen, denn ich bin zwar ein anständiger Mensch, aber nicht ganz verrückt.“

Kleiner Riese, fasziniert von dem papierenen Reichtum, riß sich von dem überwältigenden Anblick los und fragte: „Wieviel fehlt?“

„Nicht allzuviel“, erwiderte Mark. „Ich habe eine Abrechnung gemacht, komplett mit Quittungen.“

„Zeig mal her“, sagte Kleiner Riese.

„Nein.“

Kleiner Riese betrachtete den Teppich, dann die Decke. „Ich sehe alles wie durch eine grüne Brille“, sagte er mit klagender Stimme. Er versuchte, wieder fröhlich zu sein. „Gut gemacht, Mark. War es schwierig, an das Schweizer Geld zu kommen?“

Mark starrte immer noch auf das Geld. Er hielt sich seinen zitternden Unterkiefer fest. „Ja. Schweizer Bankiers sind wie Gnomen in einem Zauberwald. Sie machen einen freundlichen Eindruck, aber sie sind voller Tricks.“ Er trocknete sich die Hände an seinem Taschentuch. „Und der Kerl, der die Wohnung kaufte, war eine Kröte, ein Schleimscheißer, ein Blutsauger, der die Möbel umsonst dazu wollte und trotzdem noch ein Gegenangebot machte.“

„Hast du es angenommen?“

„Ja.“

„Wieviel?“

„Was spielt das jetzt noch für eine Rolle?“ fragte Mark. „Die Verkaufsurkunde ist in meiner Tasche.“

„Zeig sie uns“, forderte Sijben ihn auf.

„Nein“, sagte Mark, „du verstehst genausowenig davon. Wer ist hier der Bevollmächtigte?“

Sijben wandte seinen Kopf von dem Geld ab. Er blickte um sich. „Die Wohnung gehört also nicht mehr uns? Dann sollten wir deinem Schleimer, deinem Blutsauger danken, daß wir sie noch benutzen dürfen.“

„Er übernimmt sie morgen“, sagte Mark. „Ich habe es bei unserem Handel zur Bedingung gemacht, daß wir heute abend noch hier sein können, weil ich dachte, daß es Papa so gefallen würde. Und hier sind die zwei Millionen, wie er es gewollt hat.“

„Guter alter Papa“, sagte Kleiner Riese. Kleiner Riese war wieder ärmlich gekleidet, er trug eine verschlissene und mit Farbe beschmierte Strickjacke und eine geflickte Hose. Er stand auf, schüttelte ein Doppelblatt aus einer Zeitung und bedeckte das Geld damit. Er setzte sich wieder hin und richtete seinen Blick auf Mathildes Beine. Mathilde hatte ihre Beine reizvoll übereinander geschlagen, und ihr Rock hatte sich über ihre Knie hochgeschoben. „Sogar deine Beine sind grün“, sagte Kleiner Riese. „Letzte Nacht habe ich von deinen Beinen geträumt, aber da waren sie rosa, wie sie es gewöhnlich sind.“

„Tatsächlich?" Mathilde lächelte nicht.

Mark zog die Zeitung vom Geld herunter. Seine Stimme klang piepsig: „Es stimmt, was Papa gesagt hat. Wir alle haben täglich mit Geld zu tun, aber man bekommt das Zeug eigentlich nie richtig zu Gesicht. Man hat ein bißchen in der Tasche, und für den Rest schreibt man Schecks aus. Man hantiert ein wenig damit herum, aber man sieht es nie in seinem ganzen verführerischen Reiz."

„Ist Geld weiblich?" fragte Sijben.

„Sicher", piepste Mark.

„Sprich nicht so merkwürdig", sagte Kleiner Riese. „Räusper dich. Mach mal Urchrum Urchrum."

„Urchrum", machte Mark. Seine Stimme klang wieder normal. „Entschuldigung. Ja, Geld ist weiblich, für mich jedenfalls. Es füllt eine Leere in meiner Seele. Für Mathilde ist es wahrscheinlich männlich."

„Nein", sagte Mathilde.

„Ist es für dich auch weiblich?" fragte Mark. „Sag bloß."

„Neutral", meinte Mathilde.

Sijben streckte sich. Sein weites, zerknittertes indisches Hemd sah unter dem Saum seiner Leinenjacke hervor. Die Sandalen waren von seinen nackten Füßen gerutscht. Er lag auf dem Sofa, mit den Füßen auf der Armlehne. Er betrachtete seine Zehen, deren Gelenke er knacken ließ. Seine Hand winkte in die Richtung des Geldstapels. „Das erinnert mich an Monopoly. Wenn man gewann, gehörte einem das ganze Spielgeld, aber dann verstaute Papa es doch wieder in dem Kasten, und der Kasten verschwand wieder im Schrank. Es war alles Unsinn. So wie dies auch, vielleicht wollte Papa uns das zeigen."

„Urchrum", machte Mark. „Tu mir einen Gefallen Sijben und hör auf, dich wie ein Hippie zu benehmen. Meinst du nicht, daß du allmählich zu alt dafür bist? Gibt dir ein bißchen Mühe, ja? Was hier vor dir liegt, sind zwanzig brandneue Porsche vom teuersten Typ. Stell sie dir in einer Reihe auf dem Parkplatz vor."

Sijben schloß die Augen. „Ich versuche es, aber ich habe nicht genügend Platz. Der Parkplatz ist voll, Kleiner Riese hatte vorhin schon Schwierigkeiten, seinen DAF unterzubringen."

„Dann denk dir *einen* Porsche, in der Auffahrt zu einem Schloß. Das Schloß gehört dir auch."

„Ich brauche kein Schloß."

„Sijben gehört nur ein Viertel der Beute", sagte Kleiner Riese, „eine halbe Million, das ist zu wenig für ein Schloß."

„Auf wessen Seite stehst du?" fragte Mark.

„Ich will dir helfen", sagte Kleiner Riese. „Sijben reist gern. Stell dir eine Reise vor, Sijben, in ein Land im fernsten Winkel der Erde."

„Die Reisen, die ich schön finde," meinte Sijben, „kosten nicht so viel." Er nahm einen Geldschein. „Ein 4. Klasse-Tikket mit einem Schiff der Messageries Maritimes von Marseille nach den Fidschi-Inseln."

„Verdirb das Spiel nicht", sagte Kleiner Riese.

Sijben legte die Banknote wieder zurück. „Wie du willst. Das Schiff, das wir für die Abalone-Fischerei bei Kapstadt benutzten, kostete hunderttausend Gulden. Es war ein schönes Boot, ich hätte es gerne gehabt. Ich stelle mir nun fünf davon vor und lege sie nebeneinander. Ich stehe am Blauwbergstrand und bewundere meine fünf Abalone-Boote, die hinter der Brandung ankern. Die Sonne scheint auf ihre weißen Kajüten. Bist du nun zufrieden?"

„Was wirst du mit den fünf Schiffen anfangen?" fragte Kleiner Riese.

„Ich habe nicht die geringste Ahnung", antwortete Sijben.

„Mathilde?" fragte Mark.

„Kleider", sagte Mathilde, „die sind immer teurer, als man denkt. Und was dazu gehört, verdoppelt den Preis; eine Brosche, ein Schal. Und die Cremes und die Tuben, und die Fläschchen und die Dosen, die kosten auch immer ein Heidengeld. Aber was hier liegt, übersteigt jedes Maß. Steck es lieber wieder in deine Aktentasche, Mark, ich kann nicht so weit denken."

„Kleiner Riese?“ fragte Mark.

„Geld“, sagte Kleiner Riese, „hat nur einen Wert, wenn man es gegen etwas anderes eintauscht.“

Mark wies mit einer ausladenden Armbewegung auf das Geld. „Dann tausche es.“

„Was ich wirklich gern machen würde“, sagte Kleiner Riese, „ist eine Skulptur der idealen weiblichen Form, geflochten aus Schilfrohr auf einem Bambusrahmen. Um das gut zu machen, braucht man ein Modell, eine vollkommene Frau.“ Er sah Mathilde an. „Was verlangst du pro Stunde?“

„Nackt?“ fragte Mathilde.

„Wenn du willst.“

„Ich will es nicht“, sagte Mathilde. „Aber wenn ich es wollte, würde ich es für dich umsonst tun.“

„So kommen wir nicht weiter“, sagte Mark. Er sprang auf und deutete mit beiden Händen auf den grünen Stapel. „Es ist nicht genug, um nicht mehr zu arbeiten. Aber wir könnten es so gut wie möglich anlegen und den Gewinn zu unserem normalen Einkommen hinzufügen. Eine halbe Million zu, sagen wir, fünfzehn Prozent macht fünfundsiebzigtausend. Zieht man die Steuern ab, bleibt die Hälfte übrig. Das ist immer noch eine ganze Menge Geld zum Ausgeben.“

„Wenn ich reich wäre“, sagte Kleiner Riese, „würde ich gern für eine Weile irgendwohin fahren. In die ferne Sonne, nicht in die nahe, denn da fährt jeder hin. An einem Strand, in einer Hängematte, mit einer Zigarre. Oder auf einem Kamel, das eine goldene Landschaft durchschreitet.“ Kleiner Riese setzte sich auf und wiegte träumerisch seinen Oberkörper hin und her.

„Ein Vagabundenleben“, sagte Mark. „Das ist nichts für mich. Du kannst deinen Traum mit Sijben teilen. Ziellos in der Gegend umherreisen, ist das alles, woran ihr denken könnt?“

„Hoho!“ sagte Sijben. „Wir wollen doch höflich bleiben, Mark.“

„Aber ist es nicht so? Bist du das nicht, ein stilvoller Vagabund? Und du bist überzeugend in deiner Rolle. Aber nun stell dir Kleiner Riese vor, der versucht, dich zu imitieren. Kannst du dir Kleiner Riese als Knappe in zerfetzter Rüstung vorstellen?"

„Warum nicht?" fragte Sijben.

„Mein älterer Herr Bruder", sagte Kleiner Riese, „kann sich seinen schlauen Kommentar in den Emaillepisspott stekken, den er früher als Auto benutzte, um damit auf dem Parkettboden umherzufahren. Ich sehe vielleicht nicht besonders elegant aus, aber meine Sachen sind sauber, und daß ich so klein bin, ist eine Laune der Natur. Eigentlich sollte ich ein zierlicher Kobold werden, doch irrtümlich wurde ich in Menschengestalt geboren, was nicht heißt, daß es mir bisher nicht gelungen ist, vernünftig für mich zu sorgen."

Mathilde stand auf. „Es gibt keinen Grund, einander zu beleidigen. Du bist ein lieber Mann, Kleiner Riese, und du bist jetzt reich, wie wir alle. Sollte dies nicht ein Fest sein? War das nicht die Absicht eures Vaters?"

„Ja", sagte Mark. „Alkohol. Ich habe ein paar Flaschen vom Besten verdient. Fast drei Wochen lang habe ich kaum einen Tropfen getrunken, hatte nie die Zeit dafür. Und ich hatte immer Bargeld bei mir, da muß man nüchtern bleiben!"

„Gute Arbeit", sagte Sijben. „Gute Arbeit, Mark. Ich weiß deine Anstrengungen zu würdigen."

„Gut gemacht", lobte Kleiner Riese, „ich hätte das nicht gekonnt."

„Ja", sagte Mathilde, „ich danke dir für deine Mühe, Mark. Was wollt ihr trinken? In der Küche ist ein kaltes Büffet, hilfst du mir, es hereinzutragen, Kleiner Riese? Ich habe es bestellt, weil ich die Küche nicht wieder schmutzig machen wollte, ich hatte schon alles so schön geschrubbt und geputzt, um einen guten Eindruck auf den Käufer zu machen."

„Liebe Mathilde", sagte Mark, „eine Putzfrau mit einer halben Million unter der Matratze. Einen Cognac, bitte."

„Genever", sagte Kleiner Riese. „Da wir Papas Krug leergetrunken hatten, habe ich selbst einen mitgebracht und ihn in den Kühlschrank gestellt."

„Ich werde den Bourbon erledigen“, sagte Sijben.

Sie erhoben ihre Gläser und prosteten sich zu. Mathilde trank Sherry, aus einem antiken Kristallglas, in das das S von Sobrijn eingraviert war.

„Auf unseren Reichtum“, sagte Mark.

„Auf Papa“, sagte Kleiner Riese.

„Auf die Verrücktheit“, sagte Sijben, „denn dies hier ist gewiß nicht normal. Es fällt mir schwer, die Situation zu akzeptieren. Besitz ist eine schwere Last.“

„Arschloch“, sagte Mark. „Entschuldige, bitte, Mathilde.“

Mathilde trug ein Tablett herein. Kleiner Riese ein weiteres. Sijben füllte die Gläser wieder nach. Mark betrachtete die Leckerbissen. „Räucheraal in Aspik, Lachs auf Toast, gefüllte russische Eier, Krabbensalat, frische Garnelen. Eine Auswahl Käsesorten. Kein Kaviar. Das ist gut. Wir brauchen das Geld nicht zum Fenster hinauszuwerfen.“

Sijben stand neben ihm. „Welch eine Fülle!“

„Wir müssen alles aufessen“, sagte Mark. „Morgen sind wir nicht mehr hier, und wegwerfen ist Sünde. Wo wirst du wohnen, Mathilde? Ich habe ein Haus, dessen eine Hälfte so gut wie leer steht.“

„Komm lieber zu mir“, sagte Kleiner Riese. „Ich besitze ein hübsches kleines Häuschen auf dem Deich in Terbregge. Du mußt ein wenig ausspannen. Beim Anblick der fruchtbaren Weiden und zufriedenen Kühe wird dein Geist Ruhe finden.“

„Ach was“, sagte Sijben. „Meine Fabriketage ist sehr geräumig, und ich könnte noch eine Hängematte anbringen. Genieße eine Weile das freie Leben.“

„Ich kann dir allen modernen Komfort bieten“, sagte Mark.

„Wäre Geraldine nicht sehr bestürzt?“ fragte Kleiner Riese, während er sich durch den Käse hindurcharbeitete.

„Geraldine ist weg“, erwiderte Mark. „Wir haben uns kürzlich scheiden lassen.“

„Wirklich?“ fragte Sijben. „Das wußte ich nicht. Du solltest deine nächsten Verwandten über deine privaten

Katastrophen unterrichten. Fühlst du dich jetzt besser?"
„Du hast sie nie gemocht", sagte Mark, „und ich glaube, ich auch nicht. Sie ist nach Amsterdam gezogen und lebt dort mit einer Freundin zusammen. Sie arbeitet als Sekretärin beim Lesbierinnenverband."

Kleiner Riese beeilte sich, seinen Mund zu leeren, wobei er zur Unterstützung der Kaubewegungen mit seinen Armen fuchtelte. „Das wußte ich auch nicht. Wann ist das alles passiert?"

„Vor kurzem. Ich dachte nicht, daß meine privaten Probleme euch interessieren würden."

„Du bist doch mein Bruder", sagte Kleiner Riese, indem er den Lachs aufspießte.

„Ich weiß eure Angebote zu schätzen", ließ sich Mathilde vernehmen, „aber ich glaube, ich werde eine Weile bei meinem Bruder in St. Tropez wohnen."

„Mehr Alkohol", sagte Mark. „Und ein bißchen Musik."

„Das Lieblingsstück deines Vaters", bemerkte Mathilde und schaltete das Tonbandgerät ein. Die Musik war delikat; ein langsamer Jazz, mit gedämpfter Trompete und einem gefälligen Saxophon, untermalt von einem fließenden Baß und einem friedlichen Trommelrhythmus.

„Frauen", sagte Kleiner Riese, „wir brauchen mehr Frauen. Dies ist eine ungerechte Verteilung, und Mathilde gehört eigentlich noch Papa, es wäre nicht recht, sich an ihr zu vergreifen." Er sprach leise zu Sijben, während Mathilde mit Mark tanzte und immer zurückwich, wenn dieser sie an sich zu ziehen versuchte.

„Was für ein Körper", sagte Sijben.

„Ja", bestätigte Kleiner Riese. „Du denkst vielleicht, daß ich nichts von Frauen verstehe, weil ich ein Zwerg bin, aber da irrst du dich. Die meisten Häuser auf meinem Teil des Deichs gehören Künstlertypen, und ich habe oft weibliche Besucher."

„Hast du Erfolg?"

Kleiner Riese hatte sich gerade für Räucheraal in Aspik entschieden.

„Klappt es manchmal?" fragte Sijben.

„Ja, besonders seit ich gelernt habe, wie man es machen muß. Man braucht nur zu warten, bis die Abwehr zusammenbricht."

„Könntest du das etwas näher erklären?" fragte Sijben, genügend interessiert, um für einen Moment nicht nach Mathilde zu sehen.

„Frauen haben es schwer", sagte Kleiner Riese. „Frauen werden von ihren Partnern nicht geschätzt, sie werden beleidigt, sogar mißbraucht, also beklagen sie sich und wählen mich als ihren Tröster aus, weil ich so ein freundlicher kleiner Bursche bin, immer bereit mit Kaffee, Plätzchen und" – er klopfte an seine Brust – „damit. Da können sie sich anlehnen und ausweinen."

„Und dann?"

„Dann passiert es manchmal", sagte Kleiner Riese. „Oft. Fast zu oft. Sehr ermüdend, weißt du. Ich muß hart arbeiten, um meinen Lebensunterhalt zu verdienen."

„Es geht dir also gut."

„Aber sie sind nicht besonders attraktiv", sagte Kleiner Riese. „Nicht so attraktiv wie Mathilde. Sie würden mich nie dazu inspirieren, sie aus Binsen nachzuflechten."

Beide Brüder beobachteten Mathilde, die für sich allein in der Mitte des Zimmers tanzte. Mark wirbelte um sie herum, mit offener Jacke und gelockerter Krawatte, das Haar zerzaust. Er bewegte sich rhythmisch im Takt des auftrumpfenden Basses und der schneller werdenden Trommeln. Die Trompete schwang sich über das Eingangsthema hinaus in spitze Höhen, getrieben vom heiseren Piepen des Saxophons.

Mathilde tanzte immer noch allein, allen Versuchen Marks zum Trotz, sie in seine Bewegungen einzubeziehen. Mathilde trug ein Kleid aus schwarzer Rohseide mit Stoffdurchbrüchen. Doch ein Unterrock verhinderte den Blick auf ihre nackte Haut.

„Raffiniert", meinte Sijben, „findest du nicht? Was Papa wohl mit ihr gemacht hat?"

„Kleiner Riese öffnete seinen Geneverkrug, roch daran und verkorkte ihn wieder. „Ich glaube, ich habe jetzt Lust auf was anderes." Er ging zum Schrank, kam mit einem großen Glas zurück und bediente sich aus Sijbens Whiskyflasche. „Auf deine vorzügliche Gesundheit, Bruder."

„Auf die deine", sagte Sijben. „Glaubst du, daß Papa noch potent war?"

„Nein", erwiderte Kleiner Riese. „Mathilde fungierte als Gesellschaftsdame und Papa als Gesellschafter. Ein gemeinsamer Versuch gegen die Einsamkeit; und ein erfolgreicher Versuch, meinst du nicht?"

„Auf dem Band bezeichnete er sie als seine Tochter."

„Vielleicht war sie doch etwas mehr", sagte Kleiner Riese.

„Ein sehr kompliziertes Verhältnis."

Kleiner Riese verschlang zwei halbe russische Eier.

„Sie müssen doch etwas zusammen gemacht haben."

„Was, zum Beispiel?" fragte Kleiner Riese.

„Das frage ich dich", sagte Sijben. „Du verstehst etwas von Frauen, hast du eben gesagt."

„Nicht soviel wie du. Ich verstehe nur etwas von der *kleinen* Kunst. Mathilde ist ganz anders. Sie hat Niveau."

Sijben betrachtete Kleiner Riese durch sein Glas. „Niveau? Was für ein Niveau? Ein höheres, meinst du? Eine Dame?"

Kleiner Riese setzte sein Glas ab und verbarg die Hände in seinem Bart. „Ich glaube", sagte Kleiner Riese, „daß Papa das Platonische mit dem Erotischen verband und daß er Mathilde, wenn sie zusammen waren, manchmal bat, in diesem Zimmer..."

„Ja?" fragte Sijben.

„Auf und ab zu gehen, nur in ihren Strümpfen."

Sijben schenkte sich nach und sah zu Mathilde hinüber. „Hmm. Ja. Und ihren Schuhen."

„Nur in Schuhen und Strümpfen."

„Und ihr Haar..."

„... fiel auf ihre nackten Schultern."

„Papa war ein Kenner", sagte Sijben, „mit einer natürlichen

Begabung für das Subtile. Er wußte, was er wollte, auf seine eigene bescheidene Weise. Er war ein gutes Vorbild."

„Aber kein vollkommenes."

„Ein brauchbares", sagte Sijben. „Doch mir ging er nie weit genug. Ich frage mich manchmal, ob meine Haltung nicht arrogant ist."

„Aber sieh dir doch nur Mathilde an", sagte Kleiner Riese. „Papa hat sie bestimmt erobert, und finanziell hatte er ja auch Erfolg. Ich würde mir nicht zutrauen, ihm das nachzumachen."

„Weißt du", sagte Sijben, „ich möchte einfach nur wissen, warum ich lebe, und ob es einen Sinn im Universum gibt. Das sind doch interessante Fragen, aber für Papa schienen sie keine besondere Bedeutung zu haben."

„Ich brauche ihm nichts nachzumachen", sagte Kleiner Riese, „weil ich ein Zwerg bin."

„Papa war selbst ziemlich klein, und du bist eigentlich kein Zwerg." Sijben hielt seine Hand in Tischplattenhöhe. „Zwerge sind nur so groß. Wie groß bist du genau?"

„Mit Schuhen und wenn ich ganz gerade stehe und eingeatmet habe?"

„Ja."

„Ein Meter fünfzig."

„Und Papa?" fragte Sijben.

„Ein paar Zentimeter mehr. Er war ein Herr, selbst in seinem Pyjama. Und sogar ohne. Das letzte Mal, als ich hier war, war an einem Sonntagmorgen, zwei Tage vor seinem Tod. Mathilde öffnete die Tür, und ich begegnete Papa im Flur, er kam gerade aus der Dusche. Er hatte nichts an. Selbst nackt wirkte er noch wie ein Herr. Man sah es an seinem geraden Gang. Zwerge laufen anders, ich schwanke immer ein bißchen."

Die Musik hörte auf, und Mark kam an den Tisch, um sein Glas auszutrinken. Mathilde ordnete die Platten mit den Lekkerbissen, und Kleiner Riese versuchte, ihr zu helfen, doch seine Bewegungen waren unsicher. Er wollte Mathildes Glas vollschenken und stützte sich auf das Geld, das unter seiner Hand wegrutschte. „Ich mache das schon", sagte Mathilde, „du kannst die Kassette umdrehen."

„Du machst dir keine Vorstellung, wie schwierig das alles war", sagte Mark zu Sijben. „Der Schweizer Bankier verteidigte das Geld mit Klauen und Zähnen, als ob es ihm gehörte, und der Kerl, der die Wohnung kaufte, war ein widerwärtiges Subjekt. Er hatte eine derartig feuchte Aussprache, daß er mir während der Verhandlungen dauernd ins Gesicht spuckte. Außerdem warf er mir ständig so boshafte Seitenblicke zu. Und dann das verdammte Geld, ich mußte es immer im Safe aufbewahren, und jedesmal, wenn ich an es heranwollte, mußte ich eiserne Tore passieren und Legitimationen vorweisen, und dann waren die Behälter immer zu klein. Ich mußte das Geld hineinquetschen und die Schubfächer mit Gewalt zudrücken, damit sie richtig schlossen."

Sijben hob einige der zu Boden gefallenen Bündel auf und legte sie wieder auf den Tisch. „Es hat dich auch einiges an Zeit gekostet, konntest du so lange wegbleiben?"

„Ich bin vor einer Weile entlassen worden", erwiderte Mark.

„Prost", sagte Sijben und erhob sein Glas. „Was ist passiert? Sie haben dich doch nicht entlassen, weil du dir eine Woche frei genommen hast, oder?"

Mark trank. „Ich wurde schon im vergangenen Monat entlassen. Die Firma, für die ich arbeitete, wurde von einer anderen übernommen, und ich war überflüssig. Sie hatten bereits genug promovierte Ökonomen."

„War es schlimm für dich?"

„Ja", sagte Mark. „Und die Scheidung fand ich auch schlimm. Es ist nicht schön, nicht mehr gebraucht zu werden."

„Hattest du noch Geld?"

„Nein. Die Anwälte haben sich gut bedient, und Geraldine nahm, was übrig war."

„Sijben klopfte auf das Geld. „Dann kam dies gerade zur rechten Zeit."

„Ja."

Das Gespräch, dem Sijben sich nicht entziehen konnte, weil Mark seinen Ärmel festhielt, wurde intimer. Mark erzählte von seiner Ehe und anderen Enttäuschungen. Er fing an, sich zu wiederholen. Sijben hörte zu, auf Wogen der Trunkenheit schwebend, die seine Einsicht in Marks Ergüsse abwechselnd verkleinerten und vergrößerten.

„Mir wird ein bißchen schlecht", sagte Sijben, „und es ist noch so viel zu essen da."

„Ich trinke lieber", sagte Mark, „und weil du jünger bist, wirst du mir Gesellschaft leisten. Nimm dein Glas."

Der Abend schritt stetig fort und wurde zur Nacht. Kleiner Riese unterhielt sich mit Mathilde, die nicht viel redete, aber das Gespräch in Gang hielt, indem sie nickte und hin und wieder etwas fragte.

„Möchtet ihr Kaffee?" erkundigte sich Mathilde.

„Noch nicht", sagte Mark. „Willst du nicht noch etwas Sherry?" Er sprach undeutlich, die Augen traten aus seinem roten, feuchten Gesicht hervor, seine Brille hing an einem Ohr.

„Nein, danke. Macht es euch etwas aus, wenn ich jetzt ins Bett gehe?"

„Ja", sagte Mark. „Du bist eine sehr schöne Frau, Mathilde, weißt du das? Es ist ein Jammer, daß du so viel an hast."

„Zieh etwas davon aus", schlug Sijben vor. Auch Sijben hatte Schwierigkeiten mit seiner Aussprache. Er mußte langsam sprechen, sein Geist hatte sich von den stets aufwallenden und zurücksinkenden Wogen gelöst und schwebte in höheren Sphären, aber er war immer noch an den Dingen interessiert, die unten vielleicht zu sehen waren, selbst wenn ihm ein bißchen schlecht war.

„Ich ziehe alles aus", sagte Mathilde, „wenn ich ins Bett gehe, aber ich schließe mein Zimmer ab. An eurer Stelle würde ich hier übernachten. Im Gästezimmer steht ein großes Bett, ich habe es bezogen, und auf der Couch liegt man auch gut."

Kleiner Riese griff nach Mathildes Arm. „Ich liege bereits auf der Couch, willst du nicht zu mir kommen? Ich kenne da ein sehr interessantes Spiel."

„Nicht um alles in der Welt", sagte Mathilde.

„War es nicht Papas Vorschlag, daß wir Spiele spielen?"

„Dein Vater mochte Domino, aber dafür bist du jetzt zu betrunken. Ich werde dir Decken und ein Kissen holen."

„Schlaf gut, Mathilde", sagte Sijben. „Du brauchst deine Tür nicht abzuschließen, denn ich möchte noch ein Weilchen an deinem Bett sitzen, ohne dich in irgendeiner Weise zu belästigen."

„Ich könnte mir", sagte Mark feierlich, die rechte Hand auf der Brust, „nichts Schöneres vorstellen, als Mathilde zu belästigen. Aber ich werde es nicht tun. Weil das nicht anständig wäre."

„Das ist brav von dir", lobte Mathilde.

„Und Sijben ist ein Lüstling, mit dem Aussehen eines Propheten. Schließ deine Tür nur ja gut ab."

„Ich liebe euch alle", sagte Mathilde. Sie brachte das Bettzeug und deckte Kleiner Riese zu. Kleiner Riese schlief bereits. Er schnarchte leise.

„Der glückliche Kobold", sagte Mark. „Seht ihn euch an. Und all das viele Geld. Was für eine komische Situation. All die bedeutungslosen Nullen."

„*Du* darfst das nicht sagen", protestierte Sijben. „*Ich* muß das sagen."

Sijben zog Mark aus seinem Sessel und begleitete ihn ins Gästezimmer, wobei er laut über seinen immer schlecht gelaunten Guru nachdachte. Vielleicht, räumte er ein, während er um den Türpfosten herumzukommen versuchte, hatte der ja am Ende doch von dem ein oder anderen etwas verstanden. Ein Klicken verkündete das Ende der Musikkassette und ein weiteres das Schließen eines Türschlosses.

Auch Mark sprach vor sich hin und tat seine Überlegungen kund, die sich bei ihm auf die Bedeutung des Geldes bezogen. Marks materialistische und Sijbens idealistische Ansichten verbanden sich zu einer wunderbaren, harmonischen Einheit. Die Anhänger entgegengesetzter, aber sich nicht ausschließender Überzeugungen zogen Jacken und Schuhe aus und verschwanden unter der Decke.

Viertes Kapitel

Am nächsten Tag war ein Teil des Geldes verschwunden, obgleich eine Million immer noch ein ansehnlicher Betrag ist.

Es dauerte eine Weile, bevor das Fehlen der anderen Million von Mark, Kleiner Riese, Sijben und Mathilde bemerkt wurde. Die Brüder waren zuerst noch zu sehr damit beschäftigt, sich für den neuen Tag fertig zu machen; sie stolperten im Badezimmer umher und benutzten nacheinander die Toilettenutensilien ihres Vaters.

Es lag immer noch Geld auf dem Wohnzimmertisch: zehn Bündel zu je hundert Tausendguldenscheinen. Mathilde schob die Bündel zusammen, während sie die Überreste des kalten Büffets abräumte.

„Ist jemand an dem Geld gewesen?" fragte Mathilde. „Ich glaube, gestern abend war es mehr."

„Nein", antwortete Mark und zählte. „Ja."

Kleiner Riese saß auf der Couch, gewaschen und gekämmt, und hielt sich den Kopf. „Was war das?"

„Die Hälfte ist weg", sagte Sijben, der mit Mark mitgezählt hatte. „Du hast daneben geschlafen. Hast du das Geld angerührt?"

„Ich habe doch geschlafen", erwiderte Kleiner Riese, „und dann gab es Kaffee, und danach war ich im Badezimmer mit euch beiden zusammen. „Wieviel fehlt denn?"

„Eine Million", sagte Mark. Er setzte sich neben Kleiner Riese und versuchte, ein Päckchen Zigaretten zu öffnen. Seine Nägel glitten ständig von dem Zellophan ab. Mathilde nahm ihm das Päckchen aus den zitternden Händen, zog die Folie auf und klopfte eine Zigarette heraus. Sie gab ihm Feuer.

„Wie ist das möglich?" fragte Mark. „Wer hat die Million

geklaut? Außer uns war doch niemand in der Wohnung. Und die Eingangstür war abgeschlossen!"

„Doppelt abgeschlossen", sagte Mathilde. „Und ich hatte alle Schlüssel. Niemand konnte herein oder heraus."

„Vielleicht über die Feuertreppe?" fragte Sijben.

„Die Feuertreppe ist nur über die Veranda zu erreichen, und die Balkontür war ebenfalls abgeschlossen."

„Die Fenster?"

Mathilde stand auf, um nachzusehen. „Alle zu, niemand konnte hinein."

„Dann war es einer von uns", sagte Kleiner Riese. „Wer? Wer ist der feige Dieb? Gib sofort das Geld zurück."

Er macht einen Scherz, dachte Sijben, er glaubt es noch nicht.

„Lächerlich", sagte Mathilde. „Wer will noch Kaffee?"

„Ich", antwortete Kleiner Riese.

Marks bebender Finger deutete auf Mathilde: „Du bist zu ruhig. Du warst es. Du hast es irgendwo versteckt. Du wolltest uns erschrecken. Gut, wir sind erschrocken. Du kannst es jetzt zurückgeben."

„Könnte ich nun meinen Kaffee haben", fragte Kleiner Riese. „Und würdet ihr bitte aufhören zu streiten? Ich vertrage keine schrillen Stimmen, deshalb wohne ich auch allein. Und außerdem habe ich Kopfschmerzen."

„Bei mir sind es Nackenschmerzen", sagte Sijben. „Das unkontrollierte Trinken war keine gute Idee, auch wenn sie von Papa kam. Geld stehlen ist auch keine gute Idee."

Mathilde schenkte den Kaffee ein und reichte die silberne Zuckerdose und das Milchkännchen weiter. „Ich bin nicht zu ruhig, aber ich habe mich gestern abend nicht betrunken. Ich meine, daß jetzt niemand eine Szene machen sollte. Ich ganz bestimmt nicht, denn ihr habt das Geld geerbt und mit mir geteilt. Und es ist immer noch welches da. Ich bin nicht böse, aber auf jeden Fall erstaunt. Versucht hier jemand, witzig zu sein?"

Sie sah Mark an.

„Sie meint", sagte Sijben, „daß auch du keine Szene machen sollst."

„Wer macht hier eine Szene?" fragte Mark. „Ich will nur wissen, wo das Geld ist. Es muß wieder auf den Tisch zurück, damit ich es in vier gleiche Teile teilen kann. Danach können wir auseinandergehen. Und in der Zwischenzeit wollen wir versuchen, uns zu benehmen."

Kleiner Rieses Hand tastete nach seinem Kopf. „Dann mach du mal den Anfang und sprich nicht so laut."

„Wer ist der Dieb?" fragte Mark.

Sijben seufzte und erhob sich. „Ich bin der jüngste Sohn und werde oft, wenigstens innerhalb der Familie, als Taugenichts angesehen. Deshalb möchte ich mich als erster rechtfertigen. Ich habe das Gästezimmer nicht verlassen, bis Mark mich heute morgen weckte. Ich habe das Geld nicht genommen." Er sank wieder auf seinen Stuhl zurück.

„Gut", sagte Kleiner Riese. „Jetzt ich. Ich habe die Nacht in diesem Zimmer verbracht, aber ich war sturzbesoffen. Der Geneverkrug, den ich mitgebracht hatte, war halbvoll, und ich habe ihn ganz alleine geleert. Ich wurde wach, als Mathilde mir Kaffee brachte."

„Du hast die Million also nicht gestohlen?" fragte Mark.

„Sagte ich das nicht gerade?"

„Nicht deutlich genug."

„Ich habe die Million nicht gestohlen", sagte Kleiner Riese.

„Ich auch nicht", versicherte Mark. „und meine Unschuld muß jedem einleuchten. Ich habe das Geld eine ganze Woche mit mir herumgetragen. Sollte ich damals vertrauenswürdig gewesen sein und jetzt plötzlich nicht mehr?"

„Vielleicht wolltest du nicht alles behalten, sondern uns etwas übrig lassen", meinte Sijben, „und in der Zwischenzeit Eindruck schinden. Ich finde, du benimmst dich viel zu dramatisch."

„Verdammt nochmal..."

„Nicht fluchen", sagte Mathilde. „Und ich habe es auch

nicht genommen. Als ich wach wurde, schlieft ihr alle noch. Daß ich noch da bin, beweist meine Unschuld."

„Wir sind alle noch da", sagte Sijben.

Kleiner Riese zählte die verbliebenen Geldbündel. „Hier liegt immer noch eine Million, und das ist eine ganze Menge."

„Wir müssen das Durcheinander aufräumen", sagte Mathilde, „der neue Eigentümer wird jeden Augenblick hier sein. Helft ihr mir?"

Mark versuchte die Nachwehen seiner Trunkenheit abzuschütteln. „Mathilde hat recht, wir müssen uns beeilen, aber einer von euch ist der Dieb. Ich schlage vor, daß wir zusammenbleiben und vorläufig in meinem Haus in der Julianastraße wohnen. Ich lasse keinen von euch aus den Augen, solange dieses Problem nicht gelöst ist."

„Wollen wir nicht verteilen, was noch da ist?" fragte Kleiner Riese.

„Was noch da ist", erwiderte Mark, „nehme ich in unser aller Interesse in Verwahrung. Ich bin immer noch der Bevollmächtigte, bis auf weiteres. Diebstahl verstößt gegen das Gesetz, wer wegläuft, den zeige ich an."

Sijben stand in der Küche, ein halb abgetrocknetes Glas in der Hand. Mark wusch ab.

„Sag mal, Mark", fragte Sijben, „welche Million ist nun eigentlich verschwunden? Die Million, die im Testament erwähnt wird oder die andere?"

Mark spülte eine Schüssel.

Mathilde stapelte Teller. Kleiner Riese kratzte Krabbensalat vom Fußboden. „Hast du gehört, was Sijben sagte", fragte Kleiner Riese.

„Ja", sagte Mark. „Und die Frage ist nicht neu für mich, weil ich sie mir selbst schon gestellt habe. Eine Million existiert offiziell nicht. Niemand von uns kann beweisen, daß sie je dagewesen ist, denn das Schweizer Konto trug eine Nummer, keinen Namen."

„Also?" fragte Sijben.

Mark reichte Sijben die Schüssel. „Ich weiß nicht, welche

Million weg ist, aber ein Viertel davon gehörte mir, und ich lasse mich nicht so einfach abspeisen. Ihr bleibt in meiner Nähe, sonst ereilt euch das tödliche Schwert der Gerechtigkeit."

„Drohe uns nicht", sagte Sijben.

Mark hielt die Spülbürste dicht vor Sijbens Gesicht. „Findest du dich denn damit ab?"

„Ach", meinte Sijben, „solange noch etwas übrig ist, werde ich mich nicht allzusehr aufregen. Wut ist eine Krankheit, und Rache ist kleinlich. Da stehe ich drüber."

„Da steht er drüber", echote Mark. „Und du Kleiner Riese?"

„Ich stehe darunter", sagte Kleiner Riese. „Und ich will keinen Spülschaum in meinem Bart. Nimm die Bürste weg, Mark." Kleiner Riese leerte die Kehrichtschaufel in den Mülleimer. „Aber Papa hat uns schließlich zwei Millionen vermacht, nicht eine. Ich weiß, daß ich sie nicht gestohlen habe, deshalb muß einer von euch der Schuldige sein. Ich will wissen, wer es war, und ich bin ebenfalls der Meinung, daß wir vorläufig zusammen bleiben sollten."

„Und du, Mathilde?" fragte Mark.

„Vielleicht denkt ihr, daß ich es getan habe", sagte Mathilde, „weil ich nicht zur Familie gehöre und ihr nicht wißt, woher euer Vater mich kannte. Es ist gut möglich, daß ich in euren Augen nicht vertrauenswürdig bin. Ich weiß aber, daß ich das Geld nicht genommen habe. Es ist weg, und ein Teil davon gehörte mir. Deshalb bin ich dafür, daß wir zusammen bleiben, damit ich sehen kann, was geschieht."

„Ich studiere das Leben in all seinen Formen", sagte Sijben, „und die gegenwärtige Situation finde ich sehr interessant. Sie macht mich neugierig. Ich werde bei euch bleiben, bis die Sache geklärt ist."

„Deine hochtrabende Redeweise", sagte Mark, „ist verdammt irritierend." Er zerbrach ein Glas. „Himmel Herrgott..."

„Nicht fluchen", sagte Kleiner Riese.

Fünftes Kapitel

Mark stand am Fenster seines Wohnzimmers. „Es regnet“, sagte Mark. „Gestern hat es auch geregnet. Morgen wird es wieder regnen.“

Sijben lag auf Marks Couch und las die gesammelten Werke von Simon Vestdijk. Kleiner Riese ging im Zimmer auf und ab, die Hände in den Taschen. Er hielt sich sehr gerade, vielleicht ein bißchen zu sehr, es sah aus, als ob er sich hintenüber neigte.

„Stolper nicht über den Teppichrand“, mahnte Mark.

Kleiner Riese stolperte über den Teppichrand.

Mark schüttelte seine Faust. „Verdammt...“

Mathilde kam herein. „Ich muß einkaufen gehen“, sagte Mathilde, „aber ich weiß nicht, was. Niemand scheint zu mögen, was ich koche.“

„Du kochst wunderbar“, versicherte Mark. „Jeden Tag wieder.“ Kleiner Riese kam genau auf ihn zu. Mark trat zur Seite. „Jetzt, da wir alle zusammen sind, möchte ich mal mit euch reden. Paßt du auf, Sijben?“

„Ich lese gerade etwas über einen Spießer“, sagte Sijben. „Du erinnerst mich an diesen Spießer. Ich bin ganz Ohr.“

„Hört zu“, sagte Mark. „Wir haben uns in den vergangenen Tagen glücklicherweise wie Erwachsene benommen. Die verschwundene Million ist kaum erwähnt worden. Doch es sieht so aus, als ob sie verschwunden bliebe.“

Kleiner Riese ging in das anschließende Zimmer. Er erhob seine Stimme, um die Entfernung zu überbrücken. „Es ist immer noch eine Million übrig. Könnten wir nicht etwas damit anfangen? Hier herumzuhängen, führt auch zu nichts. Dein Haus, Mark, ist zwar sehr komfortabel, und Mathildes Gesellschaft ist reizvoll, und ich bin gern mit meinen Verwandten zusammen, aber trotzdem, sind wir nicht reich?“

„Schlägst du einen Urlaub vor?“ fragte Mark. „Den habe ich bereits, denn ich bin entlassen und geschieden, und niemand erwartet irgendetwas von mir.“

„Wir erwarten von dir, daß du etwas tust“, sagte Sijben, „weil du unser selbsternannter Bevollmächtigter und Vermögensverwalter bist.“

„Das Vermögen befindet sich auf der Bank und wächst langsam.“

Es wurde wieder still im Zimmer. Der Regen schlug gegen die Fenster. In einem Haus in der Nähe heulte ein Staubsauger, das Baby der Nachbarn schrie, eine Möwe lärmte heiser in der Dachrinne. Die Geräusche von draußen verstärkten die Stille im Haus.

„Laßt uns eine Reise machen“, schlug Mathilde vor, „irgendwohin, wo es wärmer ist.“

„Das kostet Geld“, sagte Mark, „und die verschwundene Million kommt dadurch nicht zurück.“

„Die ist weg“, meinte Sijben, „und ich sehe auch nicht, wie sie zurückkommen sollte. Aber könnten wir sie nicht vielleicht zurückverdienen?“

„Wie?“ fragte Mark.

„Es heißt doch“, sagte Sijben, „der Teufel scheißt immer auf den größten Haufen. Wenn man erst einmal Geld hat, ist es nicht schwer, es zu vermehren.“

„Wie?“

„Handel. Man sucht sich einen Artikel, der knapp ist und nach dem Nachfrage besteht. Man kauft ihn in großen Mengen und verkauft ihn zum zweifachen des Einkaufspreises. Man verdoppelt sein Kapital.“

Kleiner Riese hatte das Zimmer wieder betreten. „Wie einfach.“

Mark lachte.

„Sei nicht arrogant, Mark“, sagte Kleiner Riese. „Ein ausgezeichneter Vorschlag. Sijben ist wirklich ein Genie. Wir investieren eine Million, erhalten zwei zurück, und das Problem ist gelöst.“

„Alles ist wieder wie vorher“, bestätigte Mark.

„Ja“, sagte Mathilde und setzte sich auf einen der Eßzimmerstühle. „Aber könnten wir nicht auch reisen? Während wir kaufen und verkaufen? Der Regen hier ist so deprimierend. Weißt du schon, was du kaufen willst, Sijben?“

„Nein“, erwiderte Sijben, „und mein Vorschlag ist vielleicht zu einfach.“

„Im wesentlichen nicht“, sagte Mark, „und ich habe eben nur gelacht, weil die Richtigkeit deiner Überlegung so offensichtlich ist. Ich habe eigentlich mehr über mich selbst gelacht, weil *ich* auf diese Idee hätte kommen müssen. Habe ich nicht jahrelang in einer Firma mitgearbeitet, die genau dasselbe machte? Für einen Gulden kaufen und für zwei verkaufen?“

„Die Firma, die von einer anderen geschluckt wurde?“ fragte Kleiner Riese.

„Der Gewinn war zu niedrig, weil die Kosten zu hoch waren. Aber dieser Faktor entfällt bei uns. Unsere Kosten sind unwesentlich, und wir wollen ohnehin Urlaub machen. Suchen wir uns ein Land aus.“

„Tunesien“, schlug Mathilde vor.

„Und das Produkt?“

Mathilde lächelte. „Haschisch.“

Mark setzte sich hin. „Haschisch ist illegal.“

„Nicht, wie ich es mir vorstelle“, sagte Mathilde. „Haschisch mag hier verboten sein, aber nicht in Tunesien.“

„Haschisch“, sagte Mark düster.

„Haschisch“, sagte Mathilde fröhlich.

Sie saß aufrecht auf ihrem Stuhl, die Hände sittsam gefaltet. Mark sah sie von vorn. Ihr Gesicht war nicht oval, wie er bisher geglaubt hatte, sonder eher eckig, vor allem an der kräftigen Kinnpartie und an den Augen, wo ihre Wangenknochen deutlich hervortraten. Vielleicht habe ich sie zu sehr als Puppe betrachtet, überlegte Mark, dabei hat sie viel Persönlichkeit. Je länger ich sie sehe, um so mehr bewundere ich sie. Ich glaube, sie hat sich verändert.

Sijben sah sie im Profil. Mathildes Nase war nicht gerade, sondern leicht gebogen. Er wußte jetzt, daß er leicht gebogene Nasen lieber mochte als gerade. Ob sich ihre Nase verändert hat, überlegte Sijben.

Kleiner Riese betrachtete ihre leicht gerundeten Knie und ihre vollen Brüste. Zum Glück haben sich weder ihre Knie noch ihre Brüste verändert, dachte Kleiner Riese.

„Haschisch?" fragte Mark. „Drogen? Ist das nicht etwas für Kriminelle? Unser Name ist Sobrijn."

„Ich weiß", sagte Mathilde, „euer Name ist Sobrijn, und ihr seid keine Kriminellen. Mein Mädchenname ist De Gzell, und mein Großvater war ein russischer Graf. Ich bin auch keine Kriminelle. Daß Haschisch verboten ist, beruht auf Dummheit. In Amerika war Alkohol früher verboten, trotzdem war er immer erhältlich. Haschisch kann man hier in den Niederlanden überall kaufen. Habt ihr es je geraucht?"

„Ich habe es gegessen", sagte Mark, „als ich einmal eingeladen war. Die Gastgeberin hatte es in den Kuchen gebacken."

„Hat dir das Erlebnis gefallen?"

„Ja. Es wurde Musik gespielt an jenem Abend, und ich habe nie so schöne Musik gehört."

„Aber *war* es auch schöne Musik?" fragte Sijben.

„Bach, gespielt von einem Ensemble von Mitgliedern des Concertgebouw Orchesters."

„In Ordnung", sagte Sijben.

„Und du?" frage Mathilde Kleiner Riese.

„Ich rauche es manchmal. Solange es dauert, ist das Erlebnis angenehm, aber danach muß ich mitten in der Nacht aufstehen, um Schokolade zu futtern. Und ich hasse es, dick zu werden."

„Und du, Sijben?" fragte Mathilde.

„Natürlich", antwortete dieser. „Haschisch ist nicht verkehrt, ich hätte nichts dagegen, immer high zu sein, aber ich habe noch andere Dinge zu tun."

„Soll ich weitermachen?" fragte Mathilde.

„Hast du einen Plan?" erkundigte sich Mark.

„Ich habe einen Plan. Mein Bruder rief mich kürzlich an. Er lebt in St. Tropez, ist sehr vertrauenswürdig und importiert Haschisch. Das Haschisch kommt aus Tunesien, und bis vor kurzem hat er es selbst von dort geholt, aber das geht jetzt nicht mehr. Hat jemand eine Karte?"

Mark holte einen Atlas.

„Hier", sagte Mathilde. „Das Mittelmeer. Da ist St. Tropez und da unten Tunesien. Seht ihr?"

Der Atlas lag auf dem Eßtisch. Sijben sah über Mathildes Schulter. Mark und Kleiner Riese standen neben ihr.

„Nicht drängeln", sagte Mathilde. „Von Bizerte in Tunesien nach St. Tropez ist es nicht weit."

„Aber was hält deinen Bruder davon ab, selbst nach Bizerte zu fahren?" fragte Sijben.

„Er ist inzwischen zu bekannt."

„Bei der Polizei?"

„Die Polizei ist ganz liebenswürdig, aber die Konkurrenz will ihn umbringen. Die Importeure bekriegen sich gegenseitig, und die Kontakte meines Bruders sind nicht mehr so gut wie früher."

Kleiner Riese ließ seinen Finger über Tunesien wandern. „Die gelben Flecken sind Wüste. Meinst du, ich könnte auf einem Kamel reiten?"

„Ja", antwortete Mathilde. „Aber zuerst darfst du in einer Hängematte liegen und Zigarren rauchen. Mein Bruder will, daß wir uns Zeit nehmen, um uns an das Land zu gewöhnen. Er schlägt vor, daß wir ein paar Wochen in einem Strandklub verbringen. Die Klubs sind sehr komfortabel da unten, mit kleinen Häuschen auf den Dünen. In der Zwischenzeit kann ich Kontakt zu Achmed aufnehmen."

„Ich sollte dagegen sein", sagte Mark, „aber ich bin ganz dafür. Wenn die Gesellschaft mich ausstößt, fühle ich mich ihren Regeln und Vorschriften nicht länger verpflichtet. An Haschisch habe ich außerdem angenehme Erinnerungen. Wer ist Achmed?"

„Achmed ist ein sehr netter Mann. Euer Vater kannte ihn,

weil euer Vater und ich einmal meinen Bruder besucht haben. Euer Vater hätte auch gern ein Kamel geritten und Haschisch geschmuggelt."

„War das in St. Tropez oder in Tunesien?"

„Wir waren auch bei Achmed in Tunesien, doch bei ihm können wir jetzt nicht wohnen, da Achmed und ich nicht zusammen gesehen werden dürfen."

„Eine kleine Reise könnte nichts schaden", sagte Mark. „Meinst du nicht auch Sijben?"

„Ich reise schon seit Jahren", meinte Sijben.

„Und wir könnten es erst mit einem kleineren Betrag versuchen und später mit einem größeren. Bis die Million wieder da ist."

„Von hier nach *da*", sang Kleiner Riese. „Von da nach *hier*. Und immer auf einem Kamel, was Mathilde?"

„Ja, denn wir müssen auch durch die Wüste."

„Aber wir gehen ein hohes Risiko ein", gab Mark zu bedenken. „Von dem Geld mal ganz abgesehen."

„Wir könnten es mit einer Viertelmillion versuchen", sagte Mathilde. „Mit *meinem* Viertel. Wenn es schiefgeht, scheide ich aus, und wenn es glückt, kommt der Gewinn in den Topf, und der nächste kann etwas anderes ausprobieren."

Sijben studierte immer noch die Karte. „Aber was genau müssen wir tun?"

Mathilde deutete auf Orte. „Hier wird das Haschisch angeliefert, weit im Hinterland, von Achmeds Neffen Saud, dem Tuareg-Scheich. Von da müssen wir es durch das Land an die Küste bringen, es auf ein Schiff verladen und das Mittelmeer überqueren. Mein Bruder wird uns mit seinem Schnellboot in internationalen Gewässern treffen und die Fracht übernehmen."

„Und was könnte schiefgehen?"

„Die Konkurrenz könnte uns überfallen. Aber warum sollten sie vermuten, daß wir Haschisch transportieren? Wir fahren als Archäologen, in einem Lastwagen, mit Tropenhelmen, Kameras und Spaten."

„Und wer bezahlt den ganzen Unsinn?“

„Achmed“, sagte Mathilde. „Sie kommen für alle Ausgaben auf, und wir kassieren den Gewinn. Das sollte doch nicht so schwer sein, oder?“

Sechstes Kapitel

Kleiner Riese lag in einer an zwei Palmen befestigten Hängematte und rauchte eine Zigarre. Bisher ist alles ziemlich einfach, dachte Kleiner Riese, aber ich bin nicht einfach, weil ich ein Zwerg bin, und Zwerge sind verrückte Kerle, die ein kompliziertes Wesen haben. Er betrachtete Mathilde, die am Strand spazieren ging. Mathilde hatte einen Bikini an. Es war kurz vor Sonnenuntergang. Die roten Strahlen übergossen die Brandungswellen, die sich an weißen, kunstvoll verstreuten Felsen brachen, mit einem feurigen Licht. Mark und Sijben lagen entspannt in beinahe horizontal eingestellten Strandstühlen auf der Veranda des Bungalows, den sie mit Kleiner Riese teilten. Sie hatten soeben in dem Klubrestaurant, das einen Stern besaß und korrekte Kleidung vorschrieb, zu Abend gegessen. Die korrekte Kleidung hing nun wieder im Schrank. Mark und Sijben rauchten ebenfalls Zigarren und nippten an ihren Drinks. Auch Mark und Sijben beobachteten Mathilde.

Der Klub war eine exklusive Anlage mit nicht mehr als zehn Bungalows an einem halben Kilometer Strand, den uniformierte Bewacher und Hunde vor Eindringlingen aus dem nahegelegenen Touristenhotel schützten.

Eigentlich habe ich eine ähnliche Figur wie Sijben, dachte Mark, nur ist mein Fleisch etwas weich geworden. Ich habe einen kleinen Bauch, und meine Haut ist zu weiß, aber sonst bin ich noch gut in Form. Ich habe zuviel Zeit in schäbigen Büros vergeudet, doch das abenteuerliche Leben wird mich jetzt entschädigen.

„Nun?“ fragte Mark und wies mit seiner Zigarre auf den Strand.

„Wunderschön“, sagte Sijben. „Das Bild ist vollkommen.

Blaugrünes, unaufhörlich wogendes Wasser, reiner weißer Sand, südliche Palmen, dekorative Felsen und dazwischen eine nackte Frau."

„Sie ist nicht nackt."

„Aus dieser Entfernung könnte sie es gut sein", sagte Sijben. „Der Bikini besteht nur aus zwei Streifen, Schatten vielleicht von Palmblättern. Ob Eva so ausgesehen hat? Man könnte annehmen, daß Gott, als er die erste Frau schuf, sein Bestes tat, und daß er später, als der Schöpfungsprozeß in Gang war und zur Routine wurde, nicht mehr so gut aufpaßte. Heute sind viele Frauen ein bißchen häßlich, aber die erste muß eine Göttin gewesen sein, meinst du nicht auch?"

„Eigentlich nicht", antwortete Mark, „aber sprich ruhig weiter."

„Die ursprüngliche Frau", sagte Sijben, „mit der idealen Figur. Für mich jedenfalls, denn die Geschmäcker sind verschieden. So wie Mathilde stellte ich mir Frauen vor, als ich noch ein kleiner Junge war. Lange Beine und schmale Taille. Geschwungene Hüften, hohe Brüste und ein zierlich-kräftiger Nacken."

„Und der Kopf?" fragte Mark.

„Über Köpfe habe ich mir damals noch keine Gedanken gemacht, aber Mathildes Kopf ist gut. Ich wüßte nichts daran auszusetzen. Ihr Gesicht hat einen verschlossenen Ausdruck, dennoch ist sie immer höflich, was sie noch anziehender macht. Wie, glaubst du, hat Papa sie kennengelernt?"

„Wahrscheinlich auf ganz normale, anständige Weise", sagte Mark. „Papa war nicht der Mann, der Frauen belästigte. Auf der Straße, könnte ich mir denken. Bei irgendeinem Mißgeschick. Sie ist vielleicht gestürzt und verletzte sich, oder ihr Auto sprang nicht an. Papa lud sie in seine Wohnung ein – zu einer Tasse Tee –, und dann ist sie geblieben."

„Sie war drei Jahre mit ihm zusammen. Ob sie wegen Papas Geld bei ihm geblieben ist und glaubte, er würde sie heiraten?"

„Mathilde kommt mir nicht wie eine habgierige Frau vor", meinte Mark, „aber die Million ist weg."

Sijben stand auf. „Ich gehe schwimmen. Es gibt noch andere Verdächtige."

Mark hielt zwei Finger hoch. „Dich und Kleiner Riese."

„Kleiner Riese und dich", sagte Sijben, „denn ich weiß, daß ich es nicht war."

„Geh nur schwimmen", sagte Mark, „das haben wir alles schon durchgekaut. Es gibt immer drei Verdächtige, denn der vierte, der die anderen beschuldigt, ist es nicht gewesen."

Sijben und Mathilde begegneten sich auf dem Weg, der vom Bungalow zum Strand führte. Sijben streckte die Hand nach ihr aus, aber sie sprang zur Seite. Sie setzte sich neben Mark.

„Ich habe dir zugesehen, wie du am Strand entlang gingst", sagte Mark. „Du bist sehr schön. So schön, daß es schon wieder lästig ist."

Sie sah ihn durch ihre Augenwimpern an. „Es ist lästig, sich immer Komplimente anzuhören. Ich weiß, daß ich schön bin, manchmal wenigstens, aber wenn ich häßlich bin, bin ich meistens allein. Du brauchst mir also nicht zu sagen, wie ich aussehe. Du wirst dich mit der Zeit daran gewöhnen."

„Warum sollte ich?" fragte Mark. „Du bist jetzt schön, und Schönheit ist selten. Dein Anblick macht mir immer wieder deine Anziehungskraft deutlich und erweckt in mir ein heftiges Verlangen. Ich möchte mit dir ins Bett gehen, und die Nichterfüllung dieses Wunsches ist schrecklich frustrierend."

„Ich will nicht mit dir ins Bett gehen."

„Bist du dir da ganz sicher? Du bist doch eine normale Frau mit Bedürfnissen. Du wirst immerzu begehrt, regt das deine Hormone nicht an?"

Mathilde zündete sich eine Zigarette an. „Oh, entschuldige, das war dein Päckchen."

„Bediene dich nur", sagte Mark. „Ins Bett, sagte ich. Warum nicht jetzt? Sijben wird eine Weile weg sein, und Kleiner Riese ist damit beschäftigt, sein üppiges Abendessen zu verdauen. Er kann uns von seiner Hängematte aus nicht sehen."

„Nein", sagte Mathilde.

„Schade. Lustgefühle plus Gelegenheit verschaffen Befriedigung."

„Meine Bedürfnisse gehen dich nichts an", sagte Mathilde. „Außerdem gefällt mir das Wort nicht. Ich ziehe ‚Verlangen' vor."

„Verlangen..."

Mathilde blies ihm Rauch ins Gesicht, wedelte ihn aber sogleich wieder fort. „Mein Verlangen brauche ich mit dir auch nicht zu diskutieren. Du vergißt die Konstruktion unseres Abenteuers. Du und ich sind nicht allein, wir befinden uns mit deinen Brüdern zusammen in einer gemeinsamen Situation. Wenn ich mit einem von euch intim werde, ist das Gleichgewicht zerstört und damit die Basis unserer Beziehung, unser gegenseitiges Verständnis. Dann heißt es einer von euch und ich gegen die anderen. Ich will nicht, daß sich jemand ausgeschlossen fühlt."

„Wir können uns abwechseln."

„Sieh mich nicht so an", sagte Mark. „Ich sage doch nicht, daß wir eine Orgie veranstalten sollten. Wir schlafen abwechselnd mit dir, bei geschlossener Tür, ganz verschwiegen, wenn dir das lieber ist."

Es war still unter den Palmen. Das Meer rauschte leise, und der Wind ließ die Büsche an der Balkontreppe rascheln.

„Möchtest du etwas trinken?" fragte Mathilde. „Ich habe etwas Fruchtsaft im Kühlschrank meines Bungalows. Ich werde ihn holen."

„In unserem Kühlschrank ist auch Fruchtsaft, und Sijben hat eine Flasche Whisky gekauft. Aber laß uns erst diese Unterhaltung beenden. Was hältst du von einem Matriarchat in allen Ehren? Das gibt es öfter, vor allem in Tunesien. Hinter uns liegt das Atlasgebirge, in seinem Hochland leben die Tuareg. Sie sind ein stolzes und zivilisiertes Volk, und die Männer dienen den Frauen. Meine Brüder und ich würden dir gerne dienen, jeder auf seine eigene, tüchtige und bescheidene Weise."

Mathilde legte ihre Füße übereinander. „Willst du nicht endlich mit dem Flirten aufhören?"

Mark setzte sich aufrecht hin und drückte mit Kraft seinen Zigarrenstumpen aus. „Ich flirte nicht. Flirten ist nicht ernst gemeintes Hofmachen. Dafür bin ich immer zu schüchtern gewesen, zu wohlerzogen. Ich bin ein Rotterdamer Herr, und ich sage die reine Wahrheit. Ich möchte mit dir ins Bett gehen, aber wenn du dich weigerst, werde ich es nicht können. Ich hole uns was zu trinken. Was möchtest du?"

„Einen schwachen Whisky."

Mark schenkte ein. „Ein schwacher Whisky, das ist ein Zentimeter. Bittesehr. Möchtest du Wasser dazu? Eis? Ich gebe dir, was du willst."

Mathilde trank. „Und ich gebe dir nicht, was du willst."

„Ist mein Vorschlag so abstoßend, oder lächerlich?"

„Mark", sagte Mathilde, „ich will dich nicht beleidigen. Warum sollte ich meine geheimsten Gedanken äußern?" Ihre Hand berührte sein Handgelenk. „Dies ist mein Abenteuer, ich muß mich konzentrieren, ich möchte, daß es gelingt."

Mark trank ebenfalls. „Wie geht es eigentlich mit deinem Abenteuer?"

„Ich habe mit Achmed telefoniert", sagte Mathilde. „Es scheint, daß seine Position noch schwächer geworden ist; er wagt niemandem mehr zu vertrauen, außer seinem Neffen Saud, der weit weg ist. In ein paar Tagen wird Achmed einen Lastwagen hier vor dem Klub parken und uns per Post den Schlüssel und eine Landkarte schicken. Er hat mir auch mitgeteilt, wo wir die Jacht mieten können, es muß ein ziemlich großes Schiff sein, denn für eine Viertelmillion bekommt man eine Menge Haschisch."

„Von mir aus kann's losgehen", sagte Mark. „Ich habe die Klamotten und die Kamera gekauft. Die Spaten und Hacken sind unter dem Bett, und wenn Kleiner Riese seine Brille mit den kleinen, runden Gläsern aufsetzt, verwandelt er sich prompt in Professor Sobrinski, den Leiter der archäologischen Expedition, auf der Suche nach christlichen Pergamentrollen in verborgenen muslimischen Tonkrügen. Ich bin der, der die ganze Sache finanziert, und Sijben wird uns durch die

Wüste führen. Doch ich meine immer noch, daß die Geschichte zu einfach ist. Dein Bruder ist ein sehr charmanter Bursche, und er hat uns mehr als zuvorkommend in seiner Villa in St. Tropez empfangen, aber glaubst du wirklich, daß er uns, wenn wir…"

„… ihm auf See die Ware übergeben, sofort bezahlen wird? Mach dir keine Sorgen, Mark. Was wir Paul bringen, ist das beste Haschisch aus dem tunesischen Hochland. Er wird bereitwillig zahlen."

„Wenn du meinst", sagte Mark. „Es ist dein Geld. Wir gehen nur mit dir mit, weil wir zufällig gerade in der Nähe sind."

Mathildes Finger umklammerten die Stuhllehne. „Ich wünschte, es wäre dein Handel und daß ich einfach nur mitmachte. Was wäre das herrlich, am Strand zu faulenzen, einen Ausflug in die Berge und in die Wüste zu machen, oder meinen Gedanken nachzuhängen."

„Kleiner Riese freut sich auf den Wüstentrip."

„Ja", sagte Mathilde, „aber vielleicht findet er es nicht mehr so schön, wenn es erst losgeht. Achmed klingt sehr besorgt."

„Je mehr Sorgen er sich macht, umso besser wird er auf uns aufpassen."

„Du hast doch das Geld, oder?" fragte Mathilde.

„Ja."

„Wo?"

„Versteckt."

„Solange du es finden kannst."

„Ich schon", sagte Mark. „Aber ihr nicht. Ich vertraue niemandem mehr."

„Es ist mein Geld, mir kannst du ruhig verraten, wo es ist."

„Niemand ist nicht jemand", sagte Mark. „Hallo, Kleiner Riese."

„Geh mit mir spazieren", forderte Kleiner Riese Mathilde auf. „Gleich ist es dunkel, und dann ist es zu spät. Ich möchte dir etwas zeigen."

„Ich bin schon spazierengegangen."

„Es ist ganz in der Nähe."

Sijben stand hinter Kleiner Riese. „Sei vorsichtig. Bleib noch, ich will auch etwas trinken."

„Gleich", sagte Kleiner Riese. „Wir sind sofort zurück."

Mathilde ging auf Strandschuhen mit dicken Sohlen. Kleiner Riese lief barfuß. Um mit der großen Frau Schritt zu halten, mußte er in Trab fallen.

Mathilde kratzte sich am Rücken. „Was willst du mir zeigen? Es ist immer noch sehr warm, nicht? Der Sand kitzelt mich auf meiner Haut, oder vielleicht ist es das angetrocknete Meersalz. Ich könnte eine Dusche vertragen."

„Genau daran habe ich gedacht", sagte Kleiner Riese. „Ich bin auch geschwommen, und meine Haut kitzelt ebenfalls. Die Duschen sind nicht gut, der Druck ist zu gering. Ich habe etwas viel Besseres gefunden."

„Hier, hinter diesen Büschen. Ein Planschbecken für Kinder, aber im Moment sind keine Kinder da, und das Becken ist trocken."

Kleiner Riese zeigte Mathilde einen mit Kacheln gefliesten runden Teich. Am Boden lag ein Schlauch. „Ich habe ihn soeben selbst ausprobiert, er ist angeschlossen. Das Wasser ist schön kalt. Stell dich da drüben hin, dann spritze ich dich ab."

Mathilde stieg in das Becken.

„Geh ans andere Ende", sagte Kleiner Riese, „der Strahl ist kräftig genug. Du brauchst dich nicht zu genieren, die Gäste sind alle in ihren Bungalows, und das Personal ißt zu Abend."

Er drehte den Wasserhahn auf und richtete den schäumenden Strahl auf ihre Füße. „Fertig?"

Mathilde hob ihre Arme. „Ja."

Kleiner Riese wedelte mit dem Schlauch. Mathilde war immer noch trocken.

„Mach doch", sagte Mathilde.

„Zieh deinen Bikini aus", rief Kleiner Riese. „Da drunter juckt es am meisten."

Mathilde lief mit langen Schritten auf ihn zu. Sie machte ein böses Gesicht, ihr linker Arm hing herunter, der rechte fuhr hoch. Kleiner Rieses harter Strahl trieb sie zurück.

„Nein“, schrie Mathilde. Das Wasser spritzte ihr in den Mund, traf sie zwischen ihren Brüsten und senkte sich auf ihren Bauchnabel.

„Zieh ihn aus“, brüllte Kleiner Riese.

Mathilde zog das Höschen aus und hakte das Oberteil auf.

Kleiner Riese spritzte. Der kräftige Strahl erreichte Mathilde, wo immer Kleiner Riese wollte. Mathilde ließ ihn gewähren. Er handhabte den Schlauch mit Geschick, ohne ihn zu lange auf die Stellen seiner Wahl zu richten.

„Dreh dich um“, brüllte Kleiner Riese. Der Wasserstrahl suchte Mathildes Nacken, folgte ihrer Wirbelsäule, hüpfte über ihre Pobacken, glitt die Beine hinab bis zu den Fußgelenken und kam wieder hoch. „Genug?“ schrie Kleiner Riese.

„Noch ein bißchen“, rief Mathilde.

Mathilde wrang ihren Bikini aus, während Kleiner Riese den Schlauch aufrollte. Mathilde zog ihr Höschen wieder an und legte sich das Bikinioberteil um die Brust.

„Soll ich es zumachen?“ fragte Kleiner Riese höflich.

„Ich glaube, das kann ich selbst.“

„Es hat dir gefallen, was?“

„Schande“, sagte Mathilde. „Du hast mich soeben vergewaltigt.“

„Aber es hat dir doch gefallen, oder?“

„Ja“, sagte Mathilde, „es war nicht unangenehm.“

„Ich wollte dich nur von deinem Kitzelreiz befreien. Sonst hättest du vielleicht noch einen Sonnenausschlag gekriegt. Sehr häßlich. Viele von den anderen Gästen haben ihn.“

Mathilde ging zu ihrem Bungalow zurück. Kleiner Riese erklomm die Stufen, die zu der Veranda führten, auf der seine Brüder ihn erwarteten.

„Bald wirst du auf einem Kamel sitzen“, sagte Mark. „Und nun bekommst du etwas zu trinken. Bist du zufrieden?“

„Ich bin sehr zufrieden“, erwiderte Kleiner Riese.

Siebtes Kapitel

Der Lastwagen, ein graugrünes Fahrzeug mit Zwillingsreifen an der Hinterachse, rumpelte über eine schmale, gewundene Straße. Das Führerhaus war groß genug für alle vier. Mark saß am Steuer. „Fahren wir in die richtige Richtung? Diese Straßen sehen alle gleich aus."

„Der Mann vorhin", sagte Sijben, „der ein einigermaßen gutes Französisch sprach, meinte ja."

„Ich spreche kein einigermaßen gutes Französisch", sagte Kleiner Riese. „Was hat der Mann sonst noch gesagt?"

„Daß Tunesien erst schön wird, wenn man die Stadt verläßt und daß Tunis und Umgebung ein einziger großer Dreckhaufen sei. Er selbst komme aus den Bergen, aber dort könne man kein Geld verdienen. In der Stadt auch nicht viel mehr, weil überall Armut herrsche. Er habe früher in Paris gearbeitet, doch sei seine Aufenthaltsgenehmigung nicht verlängert worden."

Der Lastwagen schlitterte durch Matsch. Kleiner Riese versuchte, nicht in den Abgrund zu sehen, wo knorrige kleine Bäume wuchsen, Olivenbäume nach Sijbens Auskunft.

„Du fährst zu schnell", sagte Kleiner Riese.

An der nächsten Kurve führte die Straße wieder steil bergauf. Mark schaltete zurück und drehte das Steuerrad. „Ich muß schnell fahren", sagte Mark, „je schneller desto besser, denn nur so greifen die Räder richtig. Du willst doch nicht, daß wir steckenbleiben, oder?"

„Ist das nicht Getreide, was da unten wächst?" fragte Mathilde. „Sie scheinen also jedenfalls Brot zu haben."

Die Getreidefelder hörten auf. Der Lastwagen schlitterte weiter die gewundene Straße entlang. Kleiner Riese erblickte neue Abgründe und Wiesen, auf denen schwarze Schafe und gescheckte Ziegen an Unkraut nagten. Auch Menschen waren zu sehen, gebeugte und in ausgefranste Tücher gehüllte Gestalten, die plötzlich die Straße überquerten, so daß Mark ihnen nur mit Mühe ausweichen konnte, und mit Lumpen bekleidete Kinder, deren mit Schmutz und getrockneter Rotze verschmierte Gesichter dem Fahrzeug nachblickten.

Der Lastwagen rumste durch ein Schlagloch.

Die Straße verengte sich und führte in ein Dorf, das von bröckeligen Steinmauern umgeben und an den Ecken mit breiten, stumpfen Türmen befestigt war, deren für Bogen- und Donnerbüchsenschützen bestimmte Schießscharten argwöhnisch nach unten schielten.

Mark parkte auf dem Platz, zwischen einer Herde aneinandergebundener Esel und einem gelben, mit blutroten Rosen bemalten Bus.

Kleiner Riese setzte seinen Plastiktropenhelm auf und versuchte, die runden Gläser seiner Brille mit seinem Schal zu säubern. Männer in verschlissenen europäischen Anzügen näherten sich und hielten zögernd Tonpfeifen und harte, braune Kuchen in die Höhe.

„Das ist gut“, sagte Sijben. „Sie halten uns nicht für Haschischkäufer, aber sie versuchen es trotzdem.“

Mark half Mathilde beim Aussteigen. „Mathilde?“ fragte Mark. „Warum müssen wir so weit fahren, um Haschisch zu kaufen? Überall, wo ich anhalte, wird es uns angeboten.“

Mathilde betrachtete die Männer.

„Ich glaube“, sagte Sijben, „daß das Haschisch hier noch zu teuer ist. Und die Qualität wird auch nicht gut sein. Es ist wahrscheinlich Kiff.“

„Und was ist Kiff?“ fragte Mark.

„Klein gehacktes, ungereinigtes Marihuana. Es macht einen zwar high, aber nicht sehr high.“

„Es sind Zweige mit drin“, erläuterte Kleiner Riese, „und Tabak für den Geschmack.“

„Was wir suchen, ist *null null*“, sagt Sijben, „das Beste vom

Besten und davon einen ganzen Lastwagen voll. Das haben sie hier nicht.“

Mark zog eine Reisetasche aus der Kabine. „Ich bin nur ein ungebildeter Tourist, und die Käsebrote sind alle. Wenn Professor Sobrinski sich um das Mittagessen kümmern würde, könnte ich nachsehen, ob das Benzin hier genauso schlecht ist wie im vorigen Dorf.“

„Professor Sobrinski, der weltberühmte Archäologe, hat soeben eine Werkstatt entdeckt, in der Körbe aus Binsen geflochten werden“, sagte Sijben, „und sollte nicht gestört werden. Ich kümmere mich um das Essen.“

Kleiner Riese hatte sich zwischen eine Frau und einen Jungen gehockt, die ihm zeigten, wie man einen Korbrahmen macht. Mathilde sah ihm lächelnd zu. Sie stand mitten auf dem Platz im hellen Sonnenlicht. Die Haschischverkäufer, die sich auf eine verwitterte Holzbank gesetzt hatten, betrachteten Mathilde mit hungrigen Augen. Ein junger Mann in einem mit Farbe beschmierten Kittel ergriff ihre Hand. „*Venez s'il vous plait. J'ai besoin de vous pour quelques instants seulement.*“

„Mark?“

„Ich komme mit“, beruhigte Mark sie. „Er sagt, daß es nur ein paar Minuten dauert.“

Der junge Mann zog Mathilde in einen Schuppen und deutete auf Farbtöpfe. „*Attention, madame.*“

„Gib auf die Farbe acht“, sagte Mark.

„Ich verstehe, was er sagt“, meinte Mathilde. „Mein Französisch ist besser als seins, denn ich war in einem Internat in der Schweiz, aber was will er von mir?“

Mark setzte sich auf einen Stuhl. „Das ist doch völlig klar. Dieser Künstler malt Bilder, die er an Bus- und Lastwagenfahrer verkauft. Hast du nicht gesehen, daß all deren Fahrzeuge geschmückt und verziert sind? Er braucht dich als Modell.“

„Warum sollte ich sein Modell sein?“

„Weil du schön bist“, erwiderte Mark. „Das verpflichtet dich. Ich habe dir das Prinzip schon mal erklärt.“

Der junge Mann brummte vergnügt. Eine aus silbergrauen Brettern bestehende Holztafel stand bereit. Darauf war eine blaue Fläche zu sehen, eingerahmt von einer mit Olivenblättern bemalten Holzleiste. Die blaue Fläche war noch leer, bis auf ein Wölkchen in der rechten unteren Ecke. Der junge Mann berührte Mathildes Schultern und schob sie sacht zur Tür.

„Soll ich jetzt wieder gehen?"

„Du sollst auf der Schwelle posieren", sagte Mark.

Die Fingerspitzen des jungen Mannes fuhren an Mathildes Armen hinunter.

„Du bist eine exotische Erscheinung", sagte Mark, „mit deiner engen Hose, den hohen Stiefeln und der roten Schärpe um die Hüfte. In seinen Augen bist du eine *Huri* aus dem islamischen Walhalla."

Der Künstler hob Mathildes Arme hoch, bis ihre Hände die Türpfosten erreichten. Er schloß ihre Hände um das Holz, schob ihr Kinn zur Seite und klopfte mit seiner Hand unter ihren Oberschenkel.

„Mark, er faßt mich überall an."

„Ich bin hier", sagte Mark. „Es kann dir nichts geschehen. Du sollst dein Bein anheben."

Der junge Mann drehte Mathildes Oberkörper.

„Mark!"

„Nein, das ist gut so. Jetzt kommt dein Busen vor dem blauen Himmel richtig heraus."

Der Künstler lief nach hinten in den Schuppen, tauchte einen Pinsel in schwarze Farbe und malte Mathildes Körper auf die Holztafel.

„Wie lange muß ich so stehen bleiben?"

„Das weiß ich nicht. Du sollst einladend aussehen. Du bist eine *Huri*, verstehst du, und betrittst gleich den Raum, in dem der Betrachter sich befindet. Bald wirst du die Rückseite eines Lastwagens schmücken und die Phantasie eines Fahrers ausfüllen, der diesem Lastwagen folgt, vielleicht für Stunden, denn das Überholen auf Tunesiens schmalen Straßen ist nicht leicht. Wenn du so ein ängstliches Gesicht machst, wird der arme Kerl ja trübsinnig."

„Was ist eine *Huri*? Eine Hure?"

„Eine himmlische Hure", erwiderte Mark. „Der Mann, dem der Strandklub in Bizerte gehört, hat es mir erklärt. Muslime, die ein frommes Leben führen, kommen in den Himmel, wo die Huris ihn erwarten."

Mathilde verfolgte die eifrigen Bemühungen des Malers. „Er macht meine Brüste zu groß und meine Schenkel zu dick."

„Findest du?" fragte Mark.

„Du denn nicht?"

„Ich finde, du bist die schönste Frau, die ich je gesehen habe, und unser Künstler findet das offenbar auch, hör nur wie angestrengt er atmet. Aber jeder wird deine Schönheit vermutlich anders sehen."

„Er macht mich pummelig."

Sijben tauchte auf. „Wir haben Lebensmittel und Benzin. Kommt ihr?"

„Das ist die künstlerische Freiheit", sagte Mark. „*Vous permettez, Monsieur, il faut partir.*"

„*Merci*", sagte der junge Mann. „Ich verabscheue Ziegenmilch", sagte Kleiner Riese. „Was ist in der Papiertüte?"

„Weizenkuchen", antwortete Sijben, „die schmecken auch schrecklich."

„*Medjez el Bab*", sagte einer der Haschischherren.

„El was?" fragte Mark.

„Bab", sagte Mathilde. „Muß der Name des Dorfes sein."

„*Oui*", sagte der Haschischherr und wies nach oben, „*Djebel Mrhila.*"

„Der Berg?"

„*Oui, Monsieur.* Vierzehnhundert Meter hoch. Der Teufel wohnt da oben, der Djebel. Passen Sie auf, wenn Sie weiterfahren, die Straße wird schlechter. Wollen Sie mir nicht ein bißchen Haschisch abkaufen? Wenn sie rauchen, verläßt Sie die Angst, und Sie fahren besser."

„Er fährt schon schlecht genug“, sagte Kleiner Riese.

Eine Ziege sprang über die Straße. Mark schaltete zu spät zurück, und der Lastwagen geriet ins Rutschen. Der Motor setzte aus. Eine Bergspitze, kahl über die wüste Landschaft ragend, beherrschte die Umgebung. Schwarze Punkte kreisten hoch in der flimmernden Bläue.

„Geier“, sagte Kleiner Riese. „Sie warten darauf, daß wir in den Abgrund stürzen, und dann stoßen sie herunter, ziehen uns durch die Fenster und reißen uns in Stücke.“

„Ohne das Motorgeräusch“, sagte Sijben, „ist es wunderbar still hier.“

Mark streckte seine Hand nach dem Zündschlüssel aus.

„Halt“, rief Kleiner Riese, „ich muß mir einen Baum suchen.“

Die Brüder standen in einer Reihe nebeneinander und pinkelten in den Abgrund.

„Wie unbedeutend der Mensch doch ist“, sagte Sijben. „Seht das Ergebnis unserer gemeinsamen Bemühung. Drei lächerliche Strahlen, die dünne Schaumstreifen in die unermeßliche Leere zeichnen.“

„Ich brauche auch einen Baum“, sagte Mathilde, „aber hier sind keine.“

„Versuch es mit dem Busch dort drüben“, sagte Kleiner Riese.

„Da war ich schon, aber zwischen den Zweigen bewegt sich etwas.“

Kleiner Riese schlug mit einem Stock auf den Busch. Eine gelbe Schlange mit roten Linien auf dem flachen Kopf glitt davon.

„Siehst du? Vielleicht sind da noch mehr.“

Kleiner Riese stampfte zwischen den Zweigen herum. „Sie sind alle fort.“

„Sie werden wiederkommen.“

„Tu, was du tun mußt“, sagte Kleiner Riese. „Ich bleibe in der Nähe. Wenn dich irgendetwas stören sollte, werde ich es zu Brei schlagen.“

Sijben und Mark gingen weg. „Sie zieht ihn vor", sagte Mark. „Das gefällt mir nicht. Es verdirbt unsere Beziehung. Wenn sie sich Kleiner Riese als Hilfe in schwierigen Situationen aussucht, wird sich eine Gruppe innerhalb der Gruppe bilden, und das Gleichgewicht ist gestört."

Kleiner Riese und Mathilde kamen zurück.

„Wie weit ist es noch?"

„Weit", sagte Mark. „Ich verstehe die Karte nicht so ganz. Ich glaube, vor uns liegen Berge, dann kommt die Wüste und danach wieder eine Bergkette."

Sijben hielt sich am Armaturenbrett fest, als sie durch die nächste Kurve fuhren. Ein Stück weiter vorn schwankten hoch mit Brennholz beladene Esel dahin, geführt von einer Frau, die ein Kind trug. Der Abstand war nur noch gering. Mark fuhr weiter, ohne die Geschwindigkeit zu vermindern. Eines der Räder drehte sich über dem Abgrund.

„Du fährst zu schnell", sagte Kleiner Riese. „Du willst nur angeben, laß mich fahren."

Mark fuhr noch schneller. Mathilde hielt ihre Hände vor die Augen.

Das nächste Dorf bestand aus fensterlosen, quadratischen Häusern, deren verrottende Türen schief zwischen dem abblätternden Putz hingen.

Eines der Gebäude war ein Restaurant mit einem Hof; dürre Geranien, die aus verrosteten Dosen wuchsen, standen wahllos auf wackeligen Tischen. Eine zahnlose Frau brachte braunen Mehlbrei in gesprungenen Schalen und süßen dicken Kaffee in henkellosen Bechern. Sie füllte auch die Feldflaschen, die Sijben ihr hinhielt, mit trübem Wasser aus einem Ziegenhautsack.

Mark zeigte ihr die Karte, aber sie schüttelte den Kopf. „*Un moment.*" Sie kam wieder zurück, einen alten Mann an der Hand führend.

„Meine Tochter kann keine Karten lesen", sagte der alte Mann, „und ich sehe nicht gut, aber Sie sind nicht weit von Ihrem Ziel."

„Wissen Sie denn, wohin wir fahren“, fragte Mark.

„Man hat es mir gesagt, *Monsieur*. Saud läßt Sie grüßen und Ihnen ausrichten, daß der Weg von hier an sehr schlecht ist.“

Die Frau schob ihren Vater sanft aus dem Hof.

„Noch schlechter?“ fragte Kleiner Riese. „Das wird ja wirklich spannend, was?“

„Laß mich fahren“, sagte Sijben. Mark saß bereits hinter dem Steuer.

„Niemals. Ihr müßt mir gestatten, daß ich mich nützlich mache.“

„Indem du uns an die Geier verfütterst?“ fragte Kleiner Riese. „Du fährst immer zu schnell.“

„Ich habe mit Erfolg einen Schleuderkurs in Zandvoort absolviert“, sagte Mark, „und das Geld dafür will ich nicht umsonst ausgegeben haben.“

Der Lastwagen knirschte an Felswänden entlang, streifte Sträucher und dürre Bäume und verfehlte knapp einige Ziegen und ein Kamel, auf dem ein Mann ein Transistorradio an sein Ohr drückte. Das Kamel sprang zur Seite, und der Mann ließ sein Radio fallen.

„Du machst dich bei der hiesigen Bevölkerung nicht gerade beliebt“, sagte Sijben.

Mark gab Gas. Sijben fiel in seinen Sitz zurück. Ein mageres Schwein stand mitten auf der Straße. „Halt!“ brüllte Kleiner Riese.

„Stell dich nicht so an“, sagte Mark. „Du bist selbst ein schlechter Fahrer. An deinem Wrack von einem Auto zu Hause kleben immer Hühnerfedern.“

Es kam ein gerades Stück. Sijben zog den Schlüssel aus der Zündung.

„Was soll das?“ fragte Mark. „Wir kamen gut voran.“

Kleiner Riese ließ sich aus der Kabine fallen, tat ein paar schwankende Schritte und umarmte einen Baum.

Mathilde lehnte sich an einen Felsen. Sie sprach leise, während sie vor sich hin sah: „Ich habe gebetet, das habe ich seit langem nicht mehr gemacht, aber es hat nicht geholfen. Die Angst blieb."

„Unsinn", sagte Mark. „Ich bin sehr gut gefahren. Mit so einem schweren Lastwagen wie diesem muß man ein bißchen flott fahren, sonst macht es keinen Spaß. Findest du nicht auch Sijben?"

„Das finde ich nicht", erwiderte Sijben. „Und das letzte Stück fahre ich. Bis zur Wüste, und dann sehen wir weiter. Mit diesem Ding kommen wir nicht durch den Sand. Das muß die Wüste sein, da unten. Die Sahara, die größte Sandfläche der Erde, ein Weltwunder, aber im Moment bedeutet es mir gar nichts, weil ich Magenkrämpfe habe."

Mark ging fort.

Sijben kletterte hinter das Steuer und kurbelte das Fenster herunter. „Kommst du?"

Mark stieg schweigend ein.

Am Ende der Straße wartete eine Gruppe Kamele, begleitet von einem großen, schlanken Mann mit einem Gewehr.

„Saud", sagte der Mann und deutete auf seine Brust. Nur die Augen waren durch einen Schlitz in seiner Kopfbedekkung zu sehen. Die Augen funkelten. Er zog ein Tuch unter dem Sattel eines seiner Kamele hervor und reichte es Mathilde.

„Das sollst du dir vermutlich um den Kopf wickeln", sagte Sijben, „zum Schutz gegen den Sand und um die wilden Männer hier in dieser Gegend nicht in Versuchung zu führen. Tuaregs sind sehr prüde."

„Diesen dreckigen Lappen? Er stinkt nach Ziege."

Sauds Augen blitzten.

„Mach schon. Tuaregs sind nicht nur prüde, sie sind auch sehr reizbar. Wenn man nicht tut, was sie sagen, werfen sie mit Steinen."

Saud band die Reisetasche, die Kleiner Riese ihm gab, mit bunten Schnüren an die Satteltasche des Kamels. Dann sprach er auf ein anderes Kamel ein. Das Kamel kniete nieder.

„Du mußt aufsteigen", sagte Sijben zu Mathilde.

Die knochigen Knie des Kamels knackten und sein Schwanz peitschte hin und her, als es sich wieder erhob. Die Augen über den mahlenden Kiefern blinzelten argwöhnisch.

Das nächste Kamel war für Kleiner Riese.

„Warum bekomme ich das größte von allen?" fragte Kleiner Riese. „Gibt es keine Zwergkamele?"

„Los", sagte Sijben zu Mark, „du bist an der Reihe."

„Hol dich der Teufel", fluchte Mark. „Ich suche mir mein Kamel selber aus."

Kleiner Rieses Kamel war nicht nur das größte, sondern auch das am schlechtesten gelaunte. Es versuchte Sauds Kamel zur Seite zu drücken, aber Saud stieß ihm den Gewehrkolben in die Flanke. Kleiner Rieses Kamel schnaubte. „He", sagte Kleiner Riese, „Hilfe, ich kann mich nicht festhalten. Ich falle runter."

Saud deutete auf Kleiner Rieses Schuhe und auf seine eigenen nackten Füße.

„Du mußt deine Schuhe ausziehen", erklärte Sijben. „Binde sie zusammen und häng sie dir um den Hals, so wie ich. Press deine Füße gegen den Nacken des Tieres."

„Da komme ich nicht hin", erwiderte Kleiner Riese.

„Wenn du dir etwas wirklich wünschst", sagte Sijben, „dann geschieht es auch. Du wolltest auf einem Kamel reiten. Genieße die Erfüllung deines Wunsches."

Nachdem die Kamele noch ein paar Mal geschnauft und irritiert mit den Kiefern gemahlen hatten, nahmen sie ihre Positionen ein.

„*Oui*?" fragte Saud.

„Wir sind bereit", sagte Sijben.

„*Hùt hùt hùt*", machte Saud.

Die Kolonne setzte sich in Bewegung, der Sand knirschte. Der Abend brach herein, aber die Hitze glühte weiter.

Die Wüste glitt unter den weichen Sohlen der Kamele dahin. Es wurde Nacht, und ein Sichelmond tauchte die Wüste in silbernes Licht.

Kleiner Riese stöhnte.

Sijben drehte sich um. „Ja?"
„Das Wüstenschiff", rief Kleiner Riese. „Ich bin seekrank. Frag Saud, ob wir anhalten können."
Sijben drückte seine Füße in den haarigen Nacken des Kamels. Das Kamel lief etwas schneller. „Saud?"
„*Plus tard*", sagte Saud.
„Du mußt noch ein bißchen warten", rief Sijben.
„Ja", entgegnete Kleiner Riese, „aber ich muß *jetzt* kotzen."
„Du hast das arme Tier ganz vollgesaut", sagte Sijben, als sie Stunden später abstiegen und Saud seine Wasserflasche herumgehen ließ.
Mark war weggegangen. Mathilde lag ausgestreckt auf dem Sand.
„Wie geht's dir?" fragte Sijben.
„Nicht besonders gut."
„Saud will weiter, soll ich ihm sagen, daß wir uns noch ausruhen müssen?"
„Nein, es geht schon wieder. Und wie fühlst du dich?"
Ich fühle mich prima, dachte Sijben ein wenig später auf seinem sich wiegenden Kamel. Ich sitze hier so angenehm wie auf dem Abaloneboot, ob es nun hinaus oder wieder zurück ging, das spielte keine Rolle. Nur in Bewegung sein, ohne ein besonderes Ziel, wie früher in der Straßenbahn auf dem Weg zur Schule oder zurück nach Hause. Auch damals spielte das keine Rolle.
Kleiner Rieses Kamel schnaubte und grunzte lauter als die anderen und ohne den fügsamen Unterton seiner Artgenossen. Saud sah sich hin und wieder um und ließ sein eigenes Tier langsamer laufen, damit es dem verstörten Geschöpf Gesellschaft leisten konnte, während er sanft mit ihm sprach.
Saud zog den Riemen seines Gewehrs über den Kopf, richtete die Waffe gen Himmel und drückte ab. Von einem nahegelegenen Hügel ertönte ein Antwortschuß.
Ein Reiter galoppierte winkend und schreiend auf die Kara-

wane zu. Neben Saud blieb er stehen; sein ungeduldiges Pferd wieherte und bäumte sich auf.

Ich bin nicht mehr böse, dachte Mark auf dem letzten Kamel, und es tut mir leid, daß ich nicht gut Lastwagen fahre, aber ich bin nun genügend bestraft, und wenn ich jemals wieder von diesem Monstrum herunterkomme, lege ich mich auf den Boden und stehe nie wieder auf.

Hinter dem nächsten Hügel lehnten aus Felsblöcken errichtete und mit Steinziegeln gedeckte Häuschen aneinander. Die Kamele knieten ohne einen Befehl abzuwarten nieder, und die Reisenden glitten in den Sand. Mark blieb an der Stelle liegen, an der er abgestiegen war. Kleiner Riese stolperte zu dem Lastkamel und holte eine Feldflasche hervor. Er trank, gurgelte und spie.

„Geh sparsam damit um", sagte Sijben. „Ich glaube nicht, daß es hier Stadtwasser gibt." Er entkorkte eine andere Flasche für Mathilde. Mathilde ging zu Mark, hob seinen Kopf auf ihr Knie und schon ihm den Flaschenhals zwischen die gesprungenen Lippen.

Ein Araber nahm Sijben am Arm und ging zu einer der Hütten. Er lachte. *„Le petit déjeuner?"*

„Danke", sagte Sijben. Er ging zu Mark zurück. „Steh auf, Essen."

Kleiner Riese trottete heran. „Wirklich? Ich habe Hunger."

Sijben lächelte. „Das freut mich. Hat dir die Reise gefallen? Es sah unterwegs so aus, als ob du dich nicht wohl fühltest."

Saud stand neben Kleiner Riese und zog an dessen Ärmel. Hinter ihnen stampfte Kleiner Rieses Kamel mit den Füßen und warf seinen Kopf hin und her. Das Maul des Tieres stand offen, gelber Schaum tropfte ihm von den Lippen, und sein Schwanz peitschte gegen seine Flanken.

„Schlechtgelaunter Bastard", sagte Kleiner Riese. „Was will der Mann von mir, Sijben,"

Saud packte Kleiner Rieses Jacke und zog sie ihm aus.

„Ich glaube, er will, daß du dich entkleidest", sagte Sijben.

„Tu, was er sagt. Homosexualität ist unter Arabern allgemein verbreitet, du brauchst dich nicht zu schämen."

Kleiner Riese versuchte, sich zu wehren, aber ein anderer Araber hob ihn einfach hoch und zog ihm die Hose aus. Saud breitete die Jacke und die Hose vor dem Kamel aus.

„Mein teurer Anzug", rief Kleiner Riese, doch es war bereits zu spät. Das Kamel stampfte schnaubend und knurrend auf den Kleidern herum. Dann spreizte es die Beine.

„Nein", schrie Kleiner Riese.

„Es reagiert seine Wut ab", erläuterte Sijben. „Das Kamel glaubt, du seist die Kleider, weil sie nach dir riechen. Es ermordet dich symbolisch und demütigt dich anschließend. Ein beeindruckendes Beispiel angewandter Psychologie. Wenn der Guru das im Ashram mit mir gemacht hätte, wäre ich jetzt vielleicht ein heiliger Mann."

„Der Anzug war brandneu, und nun ist er total vollgepißt."

„Aber du lebst noch", sagte Sijben. „Wenn Saud das nicht getan hätte, hätte das Kamel dich angefallen. Es hätte dich zerrissen, sieh dir nur seine schrecklichen Zähne an."

„Kleiner Riese sprang vor Zorn auf und ab. „Mein Professor-Sobrinski-Anzug."

Das Kamel ging fort. Saud hob den Anzug auf und bot ihn Kleiner Riese an. *„Non, non et non"*, schrie Kleiner Riese, riß sich den Tropenhelm herunter, warf ihn in den Sand und trampelte auf ihm herum.

Ein Araber brachte einen Burnus und ließ das Kleidungsstück über Kleiner Rieses Kopf gleiten. Ein anderer wickelte ihm ein Stück Stoff um den Kopf. Kleiner Rieses Augen starrten hinter seinen runden Brillengläsern hervor durch die offengelassenen Schlitze. Sijben und Mark, die Hand vorm Mund, drehten sich um; die Araber wichen vor Kleiner Rieses geballten Fäusten zurück. Mathilde lachte nicht. Sie legte ihren Arm um seine Schulter. „Diese exotischen Kleider stehen dir sehr gut", sagte Mathilde. „Nun bist du auch ein Scheich, gerade so wie Lawrence von Arabien. Es ist eine Ehre, wenn sie dich ihre Kleider tragen lassen. Du hast das

Kamel wirklich gut im Zaum gehalten. Wir kriegen jetzt Hammelfleisch zu essen, riechst du es?“

Kleiner Riese ging mit ihr. „Mit Kartoffeln und Salat?“

„Und hinterher gibt’s Vanillepudding“, sagte Mathilde.

Achtes Kapitel

Zwischen den Steinhütten brannte ein Feuer, das von Saud und seinen Begleitern in Gang gehalten wurde. Das Holz, das die Araber herbeischleppten, mußte außergewöhnlich trokken sein, denn es entzündete sich sofort und spie lange, leuchtend gelbrote Feuerzungen, die wild tanzend oder sekundenlang senkrecht stehend an der Dunkelheit leckten. Die Expeditionsteilnehmer hockten auf dem Boden, Mark und seine Brüder mit gekreuzten Beinen, Mathilde kniend. Zu essen gab es tatsächlich Hammel, sein Fleischsaft tropfte in den Sand.

Saud saß zwischen Mark und Sijben und bediente seine Gäste. Er riß Fleischstücke von den Knochen und reichte sie weiter. Seine Hände waren schmutzig und seine Nägel schwarz.

„Solltest du nicht die Verhandlungen eröffnen?" fragte Sijben.

Mark holte einen gelben Fettbrocken aus seinem Mund und warf ihn ins Feuer. Das schmelzende Fett verbrannte zischend. „Jetzt schon?"

Sijben hatte seinen Fettklumpen hinuntergeschluckt. Er würgte und hielt sich eine Hand vor den Mund.

„Saud?" fragte Mark.

„*Oui?*"

„*Le haschisch?*"

Saud schenkte Kaffee ein und brach ein Stück Zucker, das ein Gehilfe ihm reichte, in zwei Teile. Er legte sie vor sich hin und hielt seine Hand hoch. Es war ganz still, nur das Feuer knisterte leise. Er nahm die Zuckerstückchen und schlug sie gegeneinander. In der Ferne ertönte ein Schuß.

„*L'haschisch*", sagte Saud, „*est là.*"

„Donnerwetter“, staunte Sijben.
Saud klopfte mit einem Fingerknöchel auf Marks Knie.
„*Oui?*“ fragte Mark.
„*L'argent?*“
„Hör mal, Sijben“, sagte Mark, „selbst die Schweizer haben nicht so eine seltsame Art zu verhandeln. Was nun? Wir sitzen hier zwischen diesen düsteren Horrorfiguren, die uns mit Rattenaugen anstarren, und das Haschisch ist irgendwo da draußen in der Nacht; erwarten die wirklich, daß ich jetzt einfach hunderttausend Dollar abzähle?“
Sauds Knöchel klopfte wieder auf Marks Knie. „*L'argent?*“
„Gib es ihnen“, sagte Kleiner Riese, „vielleicht lassen sie uns dann noch ein paar Minuten länger leben.“
Mark sah Mathilde an. „Es ist dein Geld.“
Mathilde zitterte. Die Hitze des Tages war von den nackten Felsen um sie herum aufgesogen worden, und ein kalter Zug zerriß das bißchen Wärme, die das Feuer verbreitete. „Gib es ihm. Er ist Achmeds Neffe, und Achmed ist der zuverlässige Partner meines Bruders.“
„Möge der Gott der Finanzen mir beistehen.“ Mark zog seinen Aktenkoffer zu sich heran und öffnete das kleine Schloß. Saud beugte sich über den Inhalt. „*Pour vous*“, sagte Mark heiser. „*Cent paquets de cent, chaque billet est de cent dollars.*“
„Was sagst du?“ fragte Kleiner Riese.
„Ich sage, daß Hundert mal Hundert mal Hundert Hunderttaussend ist.“
„Stimmt das?“ fragte Kleiner Riese.
„Ja“, sagte Sijben, „drei mal drei Nullen sind sechs Nullen. Nein, doch nicht. Du gibst ihm zuviel, Mark.“
„Aber nein“, entgegnete Mark. „Es sind hundert Bündel im Koffer, und jedes Bündel enthält tausend Dollar.“
Mathilde sah in in den Koffer. „Zehn Bündel.“
„Nur zehn?“ fragte Kleiner Riese. „Dann geben wir ihm nicht genug. Sag nichts, vielleicht merkt er es nicht.“
Saud zählte. Da waren zehn Bündel, und jedes Bündel ent-

hielt hundert Scheine zu je hundert Dollar. Er zählte an seinen Fingern.

„Er hat auch Schwierigkeiten", sagte Kleiner Riese. „Es ist nämlich wirklich vertrackt. Ich komme immer durcheinander, wenn ich es mit mehr als tausend Gulden zu tun habe, und dies sind Dollar, das ist wieder etwas ganz anderes."

Saud berührte seine Stirn, dann seinen Mund, dann sein Herz. Er ließ den Aktenkoffer zuschnappen und stellte ihn neben sich. Er gestikulierte.

„Wir sollen ihm folgen", sagte Mark. „Komm mit Sijben, ich habe keine Lust, allein zu sterben."

Saud hatte eine Stabtaschenlampe. Nachdem sie ein kurzes Stück gegangen waren, hob er seinen Arm und gab ein Signal: dreimal lang, dreimal kurz, dreimal lang.

Kleiner Riese, der mit geschürztem Burnus neben seinen Brüdern hergelaufen war, sagte: „Das bedeutet SOS. *Save our souls*. Sehr passend. Aber meine Seele interessiert mich jetzt nicht. Ich wäre schon glücklich, wenn ich mit heiler Haut hier wieder herauskäme."

Ein kleines Licht antwortete vom Hügel.

„Ils viennent", sagte Saud.

Kleiner Riese stieß Sijben an. „Ich bin doch froh, daß ich mitgekommen bin."

„Warte lieber erst mal ab, was uns noch erwartet."

„Nein", sagte Kleiner Riese, „das meine ich nicht. Ich hätte sogar Angst, wenn wir es mit alten Tanten statt tanzenden Derwischen zu tun hätten. Ich meine, daß ich jetzt endlich etwas vom Surrealismus zu begreifen beginne. Ich habe all die Bilderbücher zu Hause, aber die Erklärungen sind immer in Französisch, und Französisch kann ich nicht lesen. Hier sind die Erklärungen auch in Französisch, und ich verstehe es immer noch nicht, trotzdem wird mir jetzt alles klar. Könnt ihr mir folgen?"

„Nicht ganz", erwiderte Mark.

„Ich verstehe dich", meinte Sijben.

„Sijben", sagte Kleiner Riese, „manchmal enttäuschst du

mich. Wenn du es wirklich verstehen würdest, wärest du still."

Mark spähte zu den Hügeln hinauf. „Esel, eine Menge Esel, ein endloser Zug, und alle schwer beladen."

Die Sonne ging auf. Die Esel trotteten langsam den steilen Pfad hinab, unbeeindruckt vom Geschrei der neben ihnen laufenden Jungen.

„Ein Haufen Haschisch", stellte Mark fest.

„Habe ich nicht gesagt", meinte Mathilde, als die Esel am Fuß des Hügels angekommen waren, „daß meine Geschäftskontakte zuverlässig sind?"

Saud und seine Männer machten die Stricke los, mit denen die Juteballen auf den Eseln festgebunden waren. Die Ballen wurden abgeladen und zu einem Haufen gestapelt und von Arabern mit schußbereiten Gewehren bewacht.

„Sollten wir die Ware nicht prüfen?" fragte Mark. „Wer weiß, was unter der Jute ist. Ich habe keine Lust, mein Leben für gepreßte Ziegenscheiße zu riskieren."

Er schlug mit der Faust auf einen der Ballen. Saud trat vor, steckte seine Hand in den Burnus und zog sie mit einem Ruck heraus. Ein gebogenes Messer blitzte in der Sonne.

„*Choisissez*", sagte Saud. Mark deutete auf einen Ballen. Das Messer schlitzte die Juteverpackung auf. Saud zog eine braune Platte heraus, schnitt ein kleines Stückchen ab und bot Mark die Probe an. Mark betrachtete prüfend das Haschisch.

„Iß es", sagte Sijben, „aber gib mir die Hälfte."

„Und ich?" fragte Kleiner Riese. „Haschisch schmeckt nicht, aber es ist gut gegen die Angst."

Die Brüder kauten.

„Ist das Haschisch?" fragte Mark. „Ich habe es bisher nur in Plätzchen gegessen."

„Ja", antwortete Sijben.

Sauds Augen bohrten sich in Marks Gesicht.

„*Merveilleux*", sagte Mark. „*Très bon.*"

Saud führte sie in eine der Hütten und wies auf Schaffelle,

die auf dem schmutzigen Boden ausgebreitet lagen. „*Maintenant dormir, nous partons ce soir.*“

„Mathilde“, sagte Kleiner Riese im Schlaf, „tu das nicht. Au.“

„Ich tue nichts“, sagte Mathilde aus der anderen Ecke der Hütte.

„Das ist eine Katze“, sagte Sijben. „Bei mir war sie auch schon. Sie stößt und kratzt. Jag sie hinaus.“

Die Katze kam durchs Fenster zurück.

Kleiner Riese litt unter Durchfall und mußte nach draußen. Das Haschisch gab ihm ein federndes Gefühl in den Beinen, doch er konnte seinen Tanz nicht zu Ende führen, weil sich der Saum seines Burnus' an seinen Schuhen verfing. Er rollte einem der Wächter vor die Füße, der, aus dem Schlaf gerissen, das Gewehr auf ihn richtete.

„Wer schnarcht da?“ fragte Mathilde.

Sijben stieß Mark in die Seite. Nur Sijben schlief nicht. Er lag bewegungslos auf dem Rücken, abwechselnd dösend und die Lichtstreifen an den Dachbalken betrachtend.

Die Rückreise dauerte länger als der Hinweg. Die Kamele trugen nun die Güterlast, und ein Dutzend Reiter begleitete die Karawane. Der Zug kam nur langsam voran, denn er hatte mit einem heftigen Sturm zu kämpfen, der den Reisenden heißen Sand ins Gesicht peitschte. Der Mond hatte Mühe, die Staubwolken zu durchdringen.

Die Europäer waren von den Arabern nicht mehr zu unterscheiden. Sie trugen nun alle Burnusse und Waffen. Sijben hatte ein Gewehr auf dem Rücken, und Mark und Kleiner Riese waren mit Maschinenpistolen ausgerüstet, die mit ihren hölzernen Kolben und trommelförmigen Magazinen an den Sätteln hingen. Als die Waffen ausgeteilt worden waren, hatte Saud ihnen befohlen, damit zu üben, und die Schüler hatten gehorsam auf Strohziele geschossen. Kleiner Riese wollte zuerst nicht.

„Das gehört dazu“, sagte Sijben.

Kleiner Riese traf sein Ziel. Mark nicht. Sijben mußte ihm beibringen, den Abzug nur kurz zu berühren und mit der anderen Hand den Lauf nach unten zu drücken.

„Ich war Offizier", sagte Mark. „Bei den Husaren."

„Versuch's noch mal", riet Sijben. „Die Araber wissen das nicht."

Außer dem Heulen des Windes vernahmen die Reisenden auch Getrommel, kurze vibrierende Schläge, die drohend in der Ferne ertönten.

„Der Feind?" fragte Kleiner Riese, „als der unheilverkündende Klang die Karawane begleitete.

Saud gab eine Erklärung dafür. „Ich glaube", sagte Mark, „unser Scheich behauptet, daß das Trommeln von einem gewissen Raoul stammt, und daß dieser Raoul ein Teufel ist, vielleicht derselbe Dämon, der auf der Bergspitze wohnt. Der Djebel. Das Gedröhn wird eine akustische Fata Morgana sein."

Die Reiter, die vorausgeritten waren, galoppierten zurück und sprachen mit Saud, aufgeregte Kehllaute mit vielen scharfen g's ausstoßend. Er schwenkte sein Fernglas und deutete nach Osten.

„Die Bullen", sagte Kleiner Riese. „Aber wir haben ja nichts bei uns. Nur zwanzig Kamele, bepackt mit gefährlichen Drogen. Die Kamele haben den Weg in der Wüste verloren und sich uns ganz zufällig angeschlossen, und es ist uns nicht gelungen, sie fortzujagen."

Saud gab Befehle. Seine Gefolgsleute schwärmten aus. Die Kamele setzten sich ruckartig wieder in Bewegung, um bald wieder in ihren normalen wiegenden Schritt zu verfallen.

„Die Bullen können es nicht sein", sagte Mathilde zu Mark. „Haschisch ist hier erlaubt. Es ist wahrscheinlich nur die Konkurrenz."

„Es ist nur die Konkurrenz", sagte Mark zu Kleiner Riese.

„Und die schießen mit Platzpatronen?"

Sijben ritt auf Kleiner Rieses anderer Seite. „Nein, aber wir dürfen zurückschießen. Dies ist ein freies Land."

Ich träume nur, dachte Kleiner Riese. So wie zu Hause, wenn ich vergessen habe, in meinem Schlafzimmer ein Fenster zu öffnen. Und das Geknalle kommt von den Fehlzündungen der Traktoren, die nicht auf die Felder wollen, weil es ein kalter Morgen ist.

Die Scharmützel und der zunehmende Sturm hinderten die Karawane am Vorwärtskommen. Saud hielt seine Hand hoch, und die Kamele knieten nieder. Sauds Männer richteten Zelte auf.

„Wo ist Kleiner Riese?“ fragte Sijben.

Kleiner Riese lag auf dem Rücken, die Hände über der Brust gefaltet. Seine Augen waren geschlossen.

„Bist du krank?“ fragte Sijben.

„Ich sterbe.“

„Wie kommt es dann, daß du so deutlich sprichst?“

„Weil ich dir mitteilen muß, daß ich in biblische Zeiten zurückgekehrt bin. Ich liege im Sterben und warte auf den barmherzigen Samariter.“

Sijben ging in die Hocke, schob seine Arme unter Kleiner Rieses Körper und hob seinen Bruder hoch. In der Nähe des Feuers, das Sauds Reiter mit Zweigen und Pferdedung unterhielten, setzte er ihn wieder ab.

„Bleib hier“, sagte Sijben. „Ich hole Whisky für dich, und gleich gibt es etwas Leckeres zu essen. Amüsier dich, dies ist ein echtes Abenteuer, und nebenbei verdienen wir noch viel Geld damit.“

Kleiner Riese sah Sijben an. Der Morgen brach an, und der Sturm beruhigte sich. Ein unwirkliches, diffuses Licht erfüllte die riesige Himmelskuppel und breitete sich endlos um ihn aus. Sijbens Pferdeschwanz tanzte auf seinem Rücken hin und her, die Ärmel seines bis auf den Boden reichenden Burnus' flatterten feierlich im Wind. Hinter seiner eindrucksvollen Gestalt warteten die Kamele, haarige, bizarre Farbsilhouetten, die in Kleiner Rieses Vorstellung von der Welt nicht hineinpaßten. Vielleicht wirkte das Haschisch noch, denn Kleiner Riese fühlte sich bedenklich sorglos. Da läuft Christus, dachte Kleiner Riese glücklich, oder irgendein anderer jugendlicher Erzvater.

Mark, der an einem Sattel lehnte, beobachtete Sijben ebenfalls. Auch Mark hatte den Boden des Gewöhnlichen verlassen. All die Ereignisse, von Geraldines Trennung bis zum Anblick der Leiche, die eine berittene Patrouille schlaff vom Rücken eines Pferdes baumelnd mitgebracht hatte, hatten etwas in ihm befreit, so daß er nun das Gefühl hatte, zu schweben und die Essenz der vor ihm liegenden Szene richtig wahrnehmen zu können.

Sijben nahm zwischen seinen beiden Brüdern Platz und reichte die Flasche herum.

Der Alkohol stieg allen dreien sofort ins Blut.

„Als du eben zu deinem Kamel gingst", bemerkte Kleiner Riese, „sahst du aus wie Christus."

„Das dachte ich auch", sagte Mark.

Kleiner Riese beugte sich nach vorn, so daß er um Sijben herumsehen konnte. „Das dachtest du auch, was?"

„Genau. Der heilige Prophet, Interpret vieldimensionaler Erfahrungen, aber ich meine das nicht als Scherz."

„Her mit der Flasche", sagte Kleiner Riese.

„Nicht als Scherz", wiederholte Mark. „Sijben sah aus wie der Messias selbst, so wie er früher in den Bilderbüchern der Grundschule abgebildet war. Eine würdevolle Gestalt, die es gut meinte."

„Ich meine es auch gut", warf Sijben ein.

„Nein, nein", sagte Mark. „Du bist nichts Besonderes, auch wenn es für einen Augenblick so aussah. Als Kind hast du masturbiert, und vielleicht tust du es heute noch. Du hast Papa Geld aus dem Portemonnaie geklaut, du hast viel gelogen und immer alles in Unordnung gebracht."

Kleiner Riese gab Sijben die Flasche. „Das hast du auch getan, Mark. Und du hast mich immer gehänselt, weil ich mißgestaltet war und mich nicht gut verteidigen konnte. Meinen Namen habe ich dir auch zu verdanken. *Kleiner Riese,* ein gemeines Etikett, das kleben geblieben ist, weil es so lustig klingt und den Kontrast so schön deutlich zu machen scheint."

Sijben trank. Mark nahm Sijben die Flasche aus der Hand und reichte sie Kleiner Riese. „Trink noch was und beherrsch dich ein wenig. Es ist leicht zu kritisieren, aber wenn ich dich nicht so genannt hätte, wäre ein anderer auf eine noch viel schlimmere Bezeichnung verfallen. Und du bist wie alle anderen auch, du denkst nur an dein eigenes Leiden. Versetz dich mal in *meine* Lage. Von Papas drei Söhnen bin ich der einzige echte Bürger, ein Durchschnittsmensch der Mittelschicht, mit dem verborgenen Verlangen aufzusteigen, ohne daß es mir bisher gelungen wäre. Meine Frau hat mich verlassen, weil ich sie gelangweilt habe, und meine Chefs haben mich einfach an die Luft gesetzt - ich war ihnen nicht einmal so viel wert, daß sie mir eine Uhr mit Rechner geschenkt hätten, die auf Knopfdruck Musik macht. *Du* kannst deine Ambitionen immer ausleben, sowohl beim Flechten als auch in deinen Perversionen, die vermutlich mit deiner merkwürdigen Gestalt zusammenhängen, und Sijben ist von allem so losgelöst, daß er nur hin und her zu laufen braucht, um eine Vision hervorzubringen."

„Als ich in Indien war", sagte Sijben, „habe ich versucht, auf dem Wasser zu gehen. Daß ich versank, war nicht so schlimm, aber ich habe mir an einer rostigen Dose den Zeh verletzt, und die Wunde hat sich bös entzündet."

„Einen Moment", unterbrach Kleiner Riese. „Deine Äußerungen eben über meine Perversionen und meine merkwürdige Gestalt kannst du für dich behalten. Was willst du eigentlich? Willst du kämpfen?"

„Tu die Maschinenpistole runter", sagte Sijben. „Wenn Mark kämpfen will, dann mit bösen Arabern, nicht mit seinem eigenen Bruder. Und du *hast* eine merkwürdige Gestalt, Kleiner Riese, du bist etwas klein ausgefallen, aber inzwischen sollten dir Anspielungen auf diesen Aspekt deiner äußeren Persönlichkeit doch nichts mehr ausmachen. Reichst du mir mal die Flasche?"

Kleiner Riese streichelte Sijbens Pferdeschwanz. „Du bist immer freundlich zu mir gewesen."

„Darauf kommt es an", sagte Mark. „Auf wahre Freundlichkeit. Ich sehe zu wenig davon. Darum habe ich eben Christus gesehen, aber es war natürlich wieder nur Sijben. Ich habe ein Bedürfnis nach Freundlichkeit, nach echter Liebe, die muß es doch irgendwo geben. Und manchmal möchte ich sie auch sehen, besonders, wenn ich verrückt werde." Er hielt seinen Becher hoch.

„Bist du verrückt?" fragte Kleiner Riese.

„Ja", sagte Mark. „Vielleicht war ich früher normal, obwohl der verrückte Teil immer schon in mir gewesen sein muß, aber wenn man jeden Tag arbeiten geht und abends fernsieht, merkt man das nicht so. Daß ich die verschwundene Million akzeptieren kann, scheint meine Verrücktheit zu beweisen, und daß ich, ein Rotterdamer Herr, in einem Nachthemd in der afrikanischen Wüste sitze und dummes Zeug rede, beweist es noch einmal."

„Die verschwundene Million", sagte Kleiner Riese, indem auch er seinen Becher füllte, „darüber laßt uns noch mal reden. Ich habe sie nicht gestohlen, denn das wäre destruktiv, und ich bemühe mich immer, kreativ zu sein. Ihr müßt mir glauben, denn betrunkene Zwerge sprechen die Wahrheit. Das Geld war plötzlich verschwunden und ist nicht mehr aufgetaucht, obwohl wir Papas Wohnung völlig auf den Kopf gestellt haben. Ich habe mich damals beherrscht, dabei hätte ich mich am liebsten in einem Anfall auf den Teppich geworfen. Wer ...?"

„Ich nicht", sagte Mark. „Und es waren immer eine Dame und meine eigenen Brüder um mich herum, so daß ich meine Wut nicht richtig zum Ausdruck bringen konnte, obwohl der Wahnsinn da bereits in mir wütete und noch nicht abgeklungen ist. Ich bin ebenfalls betrunken und spreche deshalb die Wahrheit. Ich habe mit dem verächtlichen Diebstahl nichts zu tun."

„Bist du auch betrunken?" fragte Kleiner Riese Sijben.

Sijben nahm die Flasche von seinem Mund. „Natürlich."
„Dann sprich die Wahrheit."
Sijben bohrte die Flasche in den Sand. „Als geistiger Abenteurer ist es meine Aufgabe, mich selbst und damit die Welt ständig weiterzuentwickeln."
„Jaja", sagte Mark. „Hast du das Geld gestohlen oder nicht?"
„Nein", erwiderte Sijben. „Meine eigene Familie bestehlen? Die Frau, die ich liebe?"
„Du liebst Mathilde?"
„Soll er doch", meinte Mark. „Wo ist Mathilde übrigens? Wenn wir unschuldig sind, ist sie die Schuldige. Selbst der Wahnsinn hat Logik. Vier minus drei macht Mathilde."
„Was wissen wir von Mathilde?" fragte Kleiner Riese, „außer daß sie schön ist und daß Sijben sie liebt? Papa liebte sie auch, und plötzlich war sie da, in der Kralinger Wohnung, saugte den Teppichboden, machte Kaffee und teilte sein Doppelbett. Papa war damals schon über siebzig und war nie hinter Frauen her."
Mark zog die Flasche aus dem Sand. „Papa war ein Herr, und wenn Herren sich amüsieren, tun sie es im Verborgenen. Er hat keine glückliche Ehe mit Mama geführt, das sagte er selbst, und für mich war die Enthüllung keine Überaschung. Wer weiß, auf welche Weise Papa sich heimlich befreite?"
„Neulich hast du ganz anders gesprochen", erinnerte Sijben ihn.
„Da war ich weder betrunken noch inspiriert. Und vielleicht ist Mathilde gar keine Dame, auch wenn sie behauptet, in einer Schweizer Privatschule erzogen worden zu sein. Ihr Bruder ist ein Gangster."
„War er nicht ein liebenswerter Kerl?" fragte Kleiner Riese.
Mark stieß Sijben an. „Und wenn nun Mathilde unsere Million hat, was machen wir dann?"
„Warten", sagte Sijben, „und sie nicht einen Moment aus den Augen lassen."
Kleiner Rieses Kamel, das auf der anderen Seite des Feuers

den Sand beschnüffelt hatte, hob seinen riesigen Kopf und schnaubte laut.

„Halt dein dreckiges Maul!“ rief Kleiner Riese.

Die Araber, die schlafend aneinandergelehnt hatten, wurden wach und starrten Kleiner Riese an.

„Wollt ihr wohl eure gemeinen kleinen Augen zumachen“, brüllte Kleiner Riese.

„Da ist Mathilde“, sagte Sijben. „Schrei nicht so laut, sie braucht ihre Ruhe.“

„Es ist stickig im Zelt“, sagte Mathilde, „und ich träume immer von der Leiche dieses armen Arabers. Wie konnte ich wissen, daß so schreckliche Risiken mit meinem unschuldigen Abenteuer verbunden sind? Ich stürze euch alle ins Unglück und kann nur hoffen, daß es mich auch erwischt.“

„Aber, aber“, sagte Mark. „Wir sind doch bei dir, Mathilde. Drei untadelige Ritter, die deinen Namen auf ihrem Banner führen. Wir bringen dich wieder sicher zurück, so daß du dich für den Rest deines Lebens in deinem Boudoir anziehen und ausziehen kannst, während wir abwechselnd durchs Schlüsselloch gucken.“

„Ich träumte“, sagte Mathilde, „daß ihr die Leiche wart. Ich sah euch alle drei in den Überresten *eines* tapferen Kriegers verschmolzen. Und das war noch nicht alles. Ich kannte euch schon sehr lange, und all dies geschah nicht zum ersten Mal.“

Die Araber, mit Ausnahme der Wachtposten, schliefen wieder. Die Kamele und Pferde schliefen ebenfalls. Die Feinde, soweit sie nicht erschossen oder erstochen worden waren, waren nach Hause gegangen. Mathilde hockte zwischen den Brüdern. Einer der Wächter warf Kameldung ins Feuer.

„Ich wünschte, ich wäre euch nie begegnet“, sagte Mathilde.

Mark und Kleiner Riese lehnten aneinander. Ihre Münder standen offen. Mark gab ein lautes, schmatzendes Geräusch von sich, Kleiner Riese schnarchte leise.

„Warum solltest du versuchen, deinem Schicksal zu entkommen?“ fragte Sijben. „Wäre es nicht besser, deine begrenzten Wahlmöglichkeiten zu akzeptieren und herauszufinden, welche Alternativen die vorgegebene Richtung bietet?"

„Aber dein Vater war so ein lieber Mann", entgegnete Mathilde. „Ich wollte mich bei ihm ausruhen, und ihr gehört zu eurem Vater."

„Dann ruh dich bei uns aus. Willst du in meinen Armen schlafen?"

„Nein", sagte Mathilde. „Ich gehe in mein Zelt zurück, und du bleibst schön hier. Bis vor kurzem schlief ich bei deinem Vater, und die Vorstellung, meine Erinnerung an ihn mit einer lebendigen Erfahrung zu vertauschen, ist mir zuwider."

Neuntes Kapitel

„Halt!“ rief Kleiner Riese, aber Sijben fuhr weiter. Die Stoßstange des Lastwagens warf die rot-weiß bemalte Barrikade um, die quer über der Straße errichtet worden war. Bretter zerbrachen unter den Rädern des Fahrzeugs, und die Polizisten, die hinter der Absperrung gestanden hatten, sprangen zur Seite. Sie trugen frisch gestärkte Uniformen und steife Hüte, die mit Lederbändern am Kinn befestigt waren. Sijben gab mehr Gas. Der Lastwagen schleuderte durch die Kurve.

„Haschisch ist hier legal, und ich bin Professor Sobrinski. Das waren doch nette Polizisten!“

„Nun nicht mehr“, sagte Mark, „denn wir haben ihre Absperrung kaputtgemacht. Versuchter Totschlag an Polizeibeamten im Dienst ist ein schweres Vergehen und wird in Arabien wahrscheinlich noch härter bestraft als in Rotterdam.“

„Das war wieder die Konkurrenz“, sagte Sijben, „der Feind. Sie hatten alle Bärte. Echte Polypen tragen keine Bärte, und außerdem habe ich nirgendwo ein Polizeiauto gesehen.

Mathilde öffnete ihr Fenster und verstellte den Außenspiegel. „Ich glaube nicht, daß sie uns verfolgen.“

Kleiner Riese setzte sich etwas bequemer in seinem harten Sitz zurecht. „Von jetzt an mache ich nicht mehr mit. Ich bin in einem fremden Land und genieße den Ausblick. Du fährst zu schnell, Sijben.“

Der Lastwagen neigte sich in die nächste Kurve. „Eine Weile wirst du es noch aushalten müssen“, sagte Sijben, „für den Fall, daß sie uns verfolgen. Der Motor des Lastwagens dröhnte. Kleiner Riese schloß die Augen.

„Macht der Professor wieder mit?“ fragte Mark Mathilde, als sie zwölf Stunden später am Strand spazierengingen.

Kleiner Riese kam herbeigelaufen. „Wo bleibt Sijben denn nur?"

Mark ließ sein Feuerzeug aufflammen, um nach der Uhrzeit zu sehen. „Das kann lange dauern. Sijben sagte, er würde mit dem Bus zum Jachthafen fahren, und Busse verkehren hier sehr unregelmäßig. Bis Cap Blanc ist es ziemlich weit." Er befeuchtete einen Finger und hielt ihn hoch. „Wir haben kaum Wind, also wird er den Motor benutzen müssen."

„Und wenn die Konkurrenz/der Feind uns inzwischen hier erwischt?" fragte Kleiner Riese.

„Ausgeschlossen", sagte Mark. „Woher sollten sie wissen, welchen Strand wir uns ausgesucht haben?"

„Sie erkennen den Lastwagen."

„Haben wir den nicht versteckt?" fragte Mathilde.

„Die kleinen Jungen, die hier vor einer Minute entlangliefen, sahen ziemlich boshaft aus", sagte Kleiner Riese. „Sie sitzen jetzt sicher in den Büschen und flüstern in ihre Walkie-Talkies."

„Mach dir keine Sorgen."

„Warum sollte er sich keine Sorgen machen?" fragte Mathilde. „Sorg dich ruhig weiter, Kleiner Riese, ich bin auch nervös. Ich wünschte, ich hätte diese ganze Geschichte nie angefangen."

„Au", sagte Mark.

„Was ist denn?" fragte Mathilde.

„Ich habe mir die Finger verbrannt, als ich wieder auf die Uhr sehen wollte. Die Situation macht mich auch nervös, obwohl mir klar ist, daß der Versuch, aus einer Viertelmillion eine halbe zu machen, nicht leicht sein kann, denn wenn das so einfach wäre, wären meine sieben Jahre Ökonomiestudium vergeudete Zeit gewesen. Aber... Wo sind diese kleinen Jungen mit ihren Walkie-Talkies?"

„Weg", erwiderte Kleiner Riese. „Aber sie hatten eine Tasche bei sich, und da muß ein Walkie-Talkie drin gewesen sein."

Eine Jacht mit eingeholten Segeln näherte sich leise tuckernd der Küste.

„Allah sei gelobt", sagte Kleiner Riese.

„Allah ist mit dem Feind", sagte Mark.

„Dank sei ihm", sagte Mathilde, „man weiß nie wofür es gut ist."

Das Schiff ging vor Anker. Sie sahen Sijben im stillen Mondlicht auf dem Achterdeck hantieren. Die Ankerkette rasselte.

„Kann er nicht näher rankommen?" fragte Kleiner Riese. „Wie kriegen wir all die Ballen an Bord?"

Sijben ruderte zum Strand, mit kurzen Schlägen gelber Plastikriemen, die seitlich aus seinem Schlauchboot herausragten.

„Seht euch das Spielzeug an", sagte Mark. „Da paßt höchstens ein Ballen auf einmal rein. Hin und zurück, hin und zurück. Wir werden die ganze Nacht brauchen."

„Hin und zurück", sang Kleiner Riese.

„Bist du so glücklich?" fragte Mathilde.

„Ich bringe meine positiven Gefühle mit Singen zum Ausdruck", erwiderte Kleiner Riese. „Der Traum ist beinahe vorbei. Er ist sicher gut, aber eigentlich halte ich nichts davon, im Schlaf belehrt zu werden, und schon gar nicht in Arabisch."

„Guten Abend", sagte Sijben. „Es ist herrlich auf dem Wasser, und das Boot ist prima, nur schade, daß es wie eine Soßenschüssel aus Plastik aussieht."

„Pack an", sagte Mark. „Ein Ballen Haschisch für den Herrn."

Mathilde zog die Stiefel aus und wand sich aus ihrer Hose.

„Was tust du da?" fragte Mark. „Ich sehe dir gern zu, wenn du dich ausziehst, aber bist du sicher, daß dies der richtige Augenblick ist? Wir haben viel zu tun."

Mathilde schlüpfte aus ihrer Bluse. „Ich werde zur Jacht schwimmen, damit ich Sijben beim Verladen helfen kann. So sparen wir Zeit."

Kleiner Riese saß im Sand.

„Und was ist mit dir?" fragte Mark. „Du solltest Ballen tragen."

„Ich sollte gar nichts", sagte Kleiner Riese. „Wenn ein

Traum zufällig angenehme Ereignisse enthält, sollte der Träumer sich die Zeit nehmen, sie zu genießen. Vielleicht werde ich in einer Minute bis zum Hals im Sand begraben, und der Feind schmiert mir Honig auf den Kopf, damit ich von fleischfressenden Ameisen aufgegessen werde, aber bei dem Teil bin ich noch nicht. Jetzt erfreue ich mich an dem Anblick einer wohlgeformten Frau, die über einen nordafrikanischen Strand läuft und sich gleich in die Wogen stürzt. Und wenn das Wasser über ihre nackte Haut perlt, wird sie noch schöner aussehen."

„Hör auf zu glotzen und zu gieren", sagte Mark.

„Und was machst du?" fragte Kleiner Riese, ohne den Kopf zu wenden.

„Ich glotze und giere."

„An die Arbeit!" rief Kleiner Riese und rannte zum Lastwagen. Mit einem Ballen auf dem Kopf kam er zurückgetrabt.

Mark lief ebenfalls zum Lastwagen .

Das von Sijben geruderte Schlauchboot fuhr unzählige Male hin und her.

„Der letzte Ballen", sagte Mark. „Jetzt noch das Gepäck und Mathildes Kleider."

„Die können wir hierlassen", meinte Sijben.

„Nein", sagte Kleiner Riese. „Ihr Bruder wartet auf der anderen Seite, und er ist ein Gangster, der einen Butler mit einer gebrochenen Nase und einer Ausbuchtung unter der Achselhöhle hat. Außerdem besitzt er Dobermänner, die in seinem Garten lauern. So einem Gauner wie dem würde es bestimmt nicht gefallen, wenn wir seine Schwester vergewaltigten."

Sijben nahm die Taschen und Mathildes Kleider. Kleiner Riese sah dem Schlauchboot nach. Sijbens Zähne glänzten im Mondlicht. „Er amüsiert sich gut", sagte Kleiner Riese. „Ob er jemals Angst hat?"

„Sicher", sagte Mark. „Aber er zeigt es anders. Er ist wieder primitiv geworden, weil er jahrelang fern der Zivilisation gelebt hat. Affen zeigen auch ihre Zähne, wenn sie Angst haben."

Zehntes Kapitel

Eine saubere, weiße, neue Jacht mit straffem Großsegel und geblähtem Klüver durchschnitt die klaren Wellen, die munter gegen den Bug klatschten. Der Himmel war blau und das Meer ebenfalls. Das Steuer hielt ein schlanker Mann mit einer Schirmmütze auf den blonden Locken; auf dem Kajütdach lag eine hübsche Frau in einem winzigen Bikini, ein Bein aufgestellt, das andere ausgestreckt; auf dem Vordeck saß ein kleiner, bärtiger Kerl, und ein dritter Mann lehnte am Mast. Die nordafrikanische Küste war noch als langgezogene gelbe Wellenlinie sichtbar, von der sich die *Annabelle* in rechtem Winkel entfernte, einen schaumigen Kielwasserstreifen hinter sich herziehend. Das Schiff war ordnungsgemäß gechartert, versichert und bezahlt, und die Ladung war ordentlich unter Deck verstaut.

Die Jacht hatte das Meer für sich allein, mit Ausnahme einiger Möwen, die dem Schiff folgten, und eines dreieckigen Segels, das allmählich größer wurde.

„He“, brüllte Kleiner Riese.

„Ja?“ fragte Sijben.

„Da hinten“, rief Kleiner Riese.

Mark holte ein Fernglas. Sijben sah hindurch. „Das ist eine Dhau“, sagte Sijben, „ein arabisches Boot. Dhaus sind schlanke Fahrzeuge mit vielen Segeln, vielleicht etwas unmodern heutzutage, aber viel schneller als unsere Badewanne hier.“

Mathilde stand neben Sijben und schirmte ihre Augen gegen die Sonne ab. „Oh mein Gott.“

Auch Mark sah durchs Glas. „Auf dem Bug steht eine Kanone, und es wimmelt von Arabern in Pluderhosen.

„Kann ich das Fernglas noch mal haben?“ fragte Sijben.

„Nun?“ fragte Mark Sijben.

„Es ist keine Kanone, sondern ein Maschinengewehr auf einem Dreifuß.“

„Hört das denn nie auf?“ fragte Kleiner Riese. „Der Wind ist weg, vielleicht haben sie keinen Motor.“

Sijben drückte einen Knopf, und die *Annabelle* zitterte. Er stellte einen Hebel ein. Die *Annabelle* begann sich zu schütteln.

Kleiner Riese beugte sich in der Nähe des Ruders über die Reling. „Müßte sich die Schraube nicht drehen?“

„Dreht sie sich nicht?“

„Nein.“

„Dann ist etwas nicht in Ordnung“, sagte Sijben. „Wenn ihr mal ein bißchen zur Seite geht, kann ich diese Bretter hochheben, um an die Antriebswelle zu kommen.“

„Der Motor läuft“, sagte Kleiner Riese, „etwas bewegt sich also, aber es wäre schön, wenn sich die Schraube auch drehen würde.“

Sijben kniete. „Die Erschütterungen haben einen Bolzen aus der Verbindung gelöst, es ist also keine mehr da.“

„Ich habe von Technik keine Ahnung“, sagte Kleiner Riese.

Sijben lächelte. „Die Schraube ist über die Antriebswelle mit dem Motor verbunden, und wenn sich die Welle nicht dreht, bewegt sich die Schraube nicht.“

„Kannst du das reparieren?“

„Wenn ich Werkzeug hätte, schon.“

Mark fand einen Schraubenschlüssel, und Sijben versuchte, den Gewindebolzen damit zu packen. Der Schraubenschlüssel rutschte immer wieder ab. Sijben probierte es weiter. Die Dhau kam näher.

„Ich glaube, das Maschinengewehr ist auch kaputt“, sagte Kleiner Riese, während er durchs Fernglas sah. „Sie basteln ebenfalls daran herum.“

Sijben legte den Schraubenschlüssel weg. „Dies Ding taugt nichts, haben wir nichts anderes?“

Mathilde fand eine Kombizange. Die geriffelten Backen

fanden einen besseren Halt an dem Bolzen. „So", sagte Sijben, „nun sollte es gehen. Dreht sich die Schraube jetzt?"

Kleiner Riese hängte sich wieder über die Reling. „Nein."

„Es muß am Gewinde liegen", sagte Sijben. „Wahrscheinlich ist es ausgeleiert. Vielleicht kann ich einen Lappen dazwischenschieben."

„Als ich Leutnant bei den Husaren war", sagte Mark, „erhielt ich Unterricht in Strategie. Wenn man dem Feind auf die eine Art nicht ausweichen kann, gibt es immer eine Reihe anderer Möglichkeiten, aber im Augenblick habe ich nicht die geringste Ahnung, wie die aussehen könnten."

„Das Rattern", sagte Kleiner Riese, „bedeutet, daß sie schießen, und die Streifen da auf dem Wasser sind wahrscheinlich Kugeln."

„Endlich", seufzte Sijben. Die Schraube drehte sich, und die *Annabelle* nahm Fahrt auf, unterstützt von einer Windbö, die ihre Segel füllte.

„Sollten wir nicht in Deckung gehen?" fragte Mathilde.

„Wir könnten uns hinlegen", erwiderte Sijben, „aber viel würde uns das auch nicht helfen. Sie schießen mit einem fünfziger Kaliber, und die Kugeln gehen durch Beton. Dieses Boot ist aus Fiberglas."

„Sehr schön", sagte Kleiner Riese. „Sie bleiben zurück. Wir sind außer Reichweite." Eine Salve von der Dhau traf die *Annabelle*; die Kajütentür fiel auseinander. Marks Zähne klapperten. Kleiner Riese heulte. Mathilde umarmte ihre Beine und legte den Kopf auf ihre Knie.

„Meine Mütze!" rief Sijben. „Sie haben mir meine Mütze weggeschossen."

Der Wind nahm zu. Es wurde Abend, und ein leichter Nebel legte sich auf die Wellen. Die Dhau war außer Sicht.

„Ob wir sie jetzt los sind?" fragte Mark eine Stunde später.

„Sie sind bestimmt zurückgefahren", sagte Sijben. „Wir nähern uns Sardinien und der italienischen Küstenwache."

Sijben und Mark steuerten abwechselnd das Schiff, aber Sijben verbrachte mehr Zeit am Ruder, da Mark unter heftigen Zitteranfällen litt. „So was mache ich nie wieder", sagte Mark, als er Sijben das Steuer übergab. „Es gibt zu viele unberechenbare Faktoren, ein Abenteuer wie dieses kann man unmöglich planen. Meine Habsucht hat mich blind gemacht."

„Kopf hoch", entgegnete Sijben, den Fuß auf der Ruderpinne. „Ein bißchen Abenteuer kann nicht schaden. Und dieses nimmt doch ein gutes Ende, übermorgen sehen wir die französische Küste."

„Haschisch", sagte Mark, „ist ein gefährliches Kraut. Der Djebel auf dem Berg und Raoul, der tückische Wüstentrommler, wir haben viele Warnungen erhalten. Das Geld war ein Fluch, der Fluch meines Vaters."

„Unser Vater", sagte Sijben, „war ein freundlicher Mensch. Warum machst du uns nicht etwas Kaffee?"

Mark brachte Kaffee. Der Morgen brach an, und niedrige Wolken am Himmel verfärbten sich im Widerschein der noch unsichtbaren Sonne. Der Wind nahm noch mehr zu, und die Jacht schob eine hohe, weiße Bugwelle vor sich her. „Ha", rief Sijben.

„Ein Fluch", murmelte Mark. „Der Fluch meines Vaters: Geld und eine schöne Frau. Erst stiehlt sie die Hälfte, und dann zieht sie uns in tödlichen Drogenhandel hinein."

„Nun komm schon", sagte Sijben. „Du segelst auf dem Mittelmeer, in guter Gesellschaft und auf einer schönen Jacht. Genieß es ein bißchen.

„Ihr Bruder taugt auch nichts."

„Einer der nettesten Männer, denen ich je begegnet bin."

„Hör zu", sagte Mark. „Ihr Bruder wartet irgendwo vor dem Appartementhochhaus, in dem Papa wohnte. Kleiner Riese schläft auf der Couch, bis oben hin voll mit Genever. Du und ich liegen im Gästezimmer, ebenfalls völlig hinüber. Mathilde schleicht ins Wohnzimmer, schnappt sich die Million und wirft sie aus dem Fenster. Ihr Bruder fängt das Päckchen auf. Dann denkt sie sich das Haschischabenteuer aus, wahrscheinlich zusammen mit ihrem Bruder, um uns loszuwerden. Was meinst du, wäre geschehen, wenn die Dhau uns erwischt hätte? Mathilde wäre höflich behandelt worden, und uns hätte man den Fischen zum Futter vorgeworfen."

„Mathilde in der Rolle der Teufelin", sagte Sijben. „Ausgeschlossen wäre es nicht, denn sie ist zu schön für ein menschliches Wesen, aber selbst der Plan eines Teufels muß logisch sein. Warum sollte sie eine Million stehlen, wenn sie zwei haben konnte? Und warum blieb sie bei uns? Sie hätte fortgehen können, mit zwei Millionen kann man für immer verschwinden."

Kleiner Riese wand sich aus der Kajüte heraus.

„Dein Bart ist voller Jutefasern", sagte Sijben. „Hast du gut geschlafen?"

„Nein", erwiderte Kleiner Riese, „die Ballen bewegen sich hin und her, und in der Kajüte steht viel Wasser. Das Boot leckt."

Mathilde trat zu ihnen. „Wißt ihr, daß in der Bordwand Löcher sind? Der Rumpf ist voller Wasser."

Die Maschinengewehrkugeln hatten die Seite des Schiffes aufgerissen. Sijben wendete die *Annabelle*, aber das Wasser schwappte auf die Leeseite, und die Jacht krängte gefährlich.

„Können wir es nicht ausschöpfen?" fragte Mark. „Oder gibt es vielleicht eine Pumpe?"

„Das Boot liegt schon zu tief", sagte Sijben. „Wir müssen die Ladung über Bord werfen."

„Niemals", protestierte Mark. „Warum steuerst du nicht da drüben hin, da wo das Wasser so schön blau ist."

„Die Farbe spielt keine Rolle", sagte Sijben, „die Wellen sind da genau so hoch."

Mark sprang auf und nieder. „Es ist blauer, weil da weniger Wind ist. Das nennt man Flaute, ist dir der Ausdruck bekannt? Flaute?"

Ein plötzlicher Windstoß ließ die blaue Fläche sich kräuseln.

„Dreh sie in den Wind!“ schrie Kleiner Riese. „Ich hole das Großsegel ein.“

Das Seil rutschte ihm durch die Hände, das Segel kam zu schnell herunter, und der Baum schlug Mark auf die Schulter. Kleiner Rieses Arm verfing sich im Seil, und das Fall riß ihn vom Deck hoch. Sijben ließ das Ruder los und zog Kleiner Riese an den Beinen nach unten. Mark lag stöhnend auf einer Bank und massierte seine Schulter. Kleiner Riese blies sich auf die aufgerissene Haut seines Arms.

„Weg mit der Ladung“, sagte Sijben, „bevor ihr alle zu sehr verletzt seid.“

„Jetzt kann man sehen, wo die Lecks sind“, sagte Mathilde, nachdem die beiden Kajüten und der Frachtraum im Rumpf leergeräumt waren. „Können wir die Löcher nicht mit Stoffetzen verstopfen?“

Ihre Versuche, die Lecks mit Mathildes Unterwäsche zu dichten, machten alles noch schlimmer, weil sie zu viel Kraft aufwandten. Das zersplitterte Plastik brach unter ihren Händen. Das Wasser im Boot stieg ständig.

Sijben teile Schwimmwesten aus, und Mathilde befestigte weiße Handtücher an Paddeln.

„Wem soll ich denn zuwinken?“ fragte Kleiner Riese. „Es ist doch niemand zu sehen.“

„Da drüben“, sagte Sijben, „fährt ein großes Schiff.“

Sie winkten, aber das Schiff war zu weit entfernt und bemerkte sie nicht; es wich nicht von seinem Kurs, und das Meer wurde wieder leer.

„Tu etwas“, sagte Kleiner Riese zu Sijben.

Sijben setzte sich auf das Hauptkajütdach, kreuzte die Beine und schloß seine Augen halb.

„Was macht er jetzt?“ fragte Kleiner Riese Mark flüsternd.

„Er meditiert SOS-Signale“, flüsterte Mark zurück.

„Er sieht schrecklich aus“, flüsterte Mathilde. „Die Schwimmweste steht ihm nicht, das Gelb beißt sich mit seinen goldenen Locken.“

Der Wind nahm an Stärke zu.

„Hör auf!“ rief Mark, „Du machst es nur noch schlimmer.“

Sijben entwirrte seine Beine und legte sich hin. Seine Bemühungen sind am Ende vielleicht doch noch hilfreich gewesen, denn sie wurden später, am selben Tag, von einem Fischerboot aus Korsika gerettet. Die meisten Haschischballen waren fortgetrieben und hinter schäumenden Wellen verschwunden. Der Fischer fand noch zwei, als er die *Annabelle* umrundete, um festzumachen.

„Kann ich ihm nicht sagen, daß das Zeug uns gehört?“ fragte Mark.

Kleiner Riese musterte ihren Retter, einen breitschultrigen Mann, der boshaft zurückstarrte. „Er hat einen noch gemeineren Blick als Saud.“

„Er gibt sich viel Mühe, uns zu retten“, sagte Sijben, „und sollte dafür belohnt werden. Außerdem befinden wir uns hier in italienischen Gewässern. Wenn wir Anspruch auf die Ladung erheben, kriegen wir Schwierigkeiten.“

„Laßt mich mal rechnen“, sagte Mark. „Am Anfang hatten wir zwei Millionen, aber eine Million fiel aus einem Fenster in Kralingen, und eben ist eine Viertelmillion im Mittelmeer ertrunken. Also bleibt uns noch eine Dreiviertelmillion.“

„Immer noch eine ganze Menge“, meinte Kleiner Riese. „750000 lebendige Münzen. Ist das Leben nicht für seine Fähigkeit bekannt, sich zu vermehren?“

„Sehr richtig“, sagte Sijben. „Mach nicht so ein trauriges Gesicht, Mathilde.“ Er klopfte auf seine Gesäßtasche. „Bevor wir losgefahren sind, habe ich daran gedacht, daß unser Plan vielleicht schiefgehen könnte, und meine Ersparnisse mitgenommen. Sobald wir an Land sind, spendiere ich euch weiße Laken und warme Bäder.“

„Ich will nach Hause“, sagte Kleiner Riese.

„Für Flugtickets reicht es auch. Ich habe fünftausend Gulden in meiner Tasche.

An jenem Abend saß die Gesellschaft im Garten von Korsikas bestem Küstenhotel bequem auf Schaukelstühlen und machte sich, den Zikaden in den Rosensträuchern lauschend, Gedanken über die Zukunft.

„Ich habe meinen Anteil verloren", sagte Mathilde. „Sobald wir wieder in Rotterdam sind, werde ich euch verlassen."

Mark, durch den Wein und die plötzliche Sicherheit wieder aufgemuntert, fand, daß der Verlust geteilt werden sollte.

„Und der Fluch?" fragte Sijben.

„Welcher Fluch? Arme Mathilde. Es war zwar ihr Plan, aber wir haben alle mitgemacht."

„Siehst du, Mathilde", sagte Kleiner Riese, „es geht uns immer noch gut. Wir haben nur vorübergehend etwas Pech gehabt, aber nun sind wir plötzlich alle wieder reich."

Mark hielt eine lange Rede über geteilte Angst, die tiefe Bande schaffe. Habgier könne zu Leiden führen, aber Mut befreie von bürgerlicher Kleinlichkeit. Er sprach von seiner eigenen Beschränktheit und gelobte, daß seine zukünftigen Bemühungen besser ausfallen würden. „Ein falscher Anfang", sagte Mark, „führt oft zu großer Einsicht."

„Macht es euch etwas aus, wenn ich ins Bett gehe?" fragte Mathilde. „Ich bin müde und habe Strafe verdient."

Die drei Brüder standen auf und setzten sich wieder. „Warum hat sie Strafe verdient?" fragte Kleiner Riese.

Mark hob sein Glas. „Weil sie sich selbst dumm findet." Er lächelte. „Und vielleicht ist sie es auch. Aber für uns hat es sich als gar nicht so schlecht erwiesen, denn wenn wir uns nicht, durch ihre Schönheit geblendet, auf ihren Plan eingelassen hätten, befänden wir uns jetzt nicht in diesem exotischen Teil der Welt."

Sijben streckte sich und seufzte glücklich. „Du hast recht, dies ist ein wunderbarer Fleck. Warum bleiben wir nicht eine Weile hier?"

„Das Glück", sagte Mark, „kommt zu denen, die nicht aufgeben. Wir müssen weiter."

„Wohin denn nun schon wieder?" fragte Kleiner Riese.

„Nach Amerika", antwortete Mark.

„Was sollen wir in Amerika?"

„Geld verdienen.“

„Vielleicht weißt du es noch nicht“, sagte Sijben, „aber das Gold, das in Amerika einmal auf der Straße lag, ist längst aufgehoben worden.“

„Es liegt immer noch da. Ich habe drüben Freunde, die sehr erfolgreich im Einsammeln großer Reichtümer sind, und die Methode, nach der sie arbeiten, ist mir bekannt.“

„Und was tun diese Freunde?“ fragte Sijben.

„Sie legen Geld in hochwertigen Papieren an.“

Kleiner Riese ergriff sein Glas. „Ich sehe schon, weiteres Leiden steht uns bevor.“

„Du kommst doch mit, oder?“

„Natürlich“, erwiderte Kleiner Riese. „Ich will euch nicht langweilen, indem ich mich ständig wiederhole, aber einer von uns besitzt eine unrechtmäßig erworbene Million. Solange die nicht auftaucht, bleiben wir zusammen.“

„Mit Aktien spielen“, sagte Sijben. „Bist du sicher, daß das das Richtige ist?“

Mark tätschelte Sijbens Schulter. „Überlaß das nur mir. Es wird Zeit, daß ein Fachmann die Sache in die Hand nimmt. Aber zuerst müssen wir nach Hause, um mehr Geld zu holen.

Elftes Kapitel

Eisige Windböen fegten durch die 42ste Straße und schoben eine kleine Gruppe zitternder Reisender vor sich her. Der Taxifahrer hatte Marks Erklärungen nicht verstanden und sie an der Ecke der Fifth Avenue abgesetzt. Er deutete nach vorn und nach hinten. *„Aqui los hoteles."*

„Ich dachte, in Amerika sprechen sie Englisch", sagte Mathilde. „Kann ich meinen Koffer selber tragen? Gib ihn mir, Kleiner Riese, du hast schon genug Gepäck. Was ist denn in der Plastiktüte?"

„Papas Briefmarkenalben."

Sijben sah in die schmale Straße hinein. „Hier sind an die zehn Hotels, wie hieß unseres doch gleich?"

„Mohawk", antwortete Mark.

„Da drüben." Kleiner Riese ging voraus. „Ein Mohawk ist ein Indianer, und da hängt ein Kopf mit Federn, in Neon. Weißt du, woher ich das weiß?"

„Daß Indianer Federn tragen?"

„Nein, daß ein Mohawk ein Indianer ist. Ich weiß es von der 14 Shent-Marke, aus der Serie von 1922."

„Du lispelst."

„Ich lispele nicht."

„Doch, du hast eben Shent statt Cent gesagt."

„So spricht es sich auch", beharrte Kleiner Riese, „denn in Amerika hat das C einen Strich."

„Weitergehen", rief Mark. „Es ist viel zu windig hier. Je schneller wir drinnen sind, desto besser. Das Mohawk ist eines der teuersten Hotels in New York, und der Luxus wartet auf uns." Sijben ging hinter Mark, Arm in Arm mit Mathilde. Mark winkte ungeduldig.

„Hetz mich nicht", sagte Sijben. „Dies ist das erste Mal, daß ich in Amerika bin, und ich genieße es."

„Wirklich?" fragte Mathilde.

„Ein kleines bißchen. Das Fliegen war nicht besonders angenehm, es war eng wie in einer Heringstonne. Und das Taxi wäre in einem zivilisierten Land schon vor drei Jahren auf dem Schrott gelandet."

„Dies ist das reichste Land der Welt."

„Präsentiert sich aber wie ein dreckiger Slum."

An der Rezeption stand eine lange Schlange wartender Gäste. Mark und Kleiner Riese stellten sich an. Kleiner Riese betrachtete das Innere der Halle. „Ist es wirklich so teuer hier?"

„Ja. Dreihundert Dollar nur für die Zimmer, ohne Frühstück, und die Steuer kommt noch dazu. Aber für dich ist es umsonst, du bist mein Gast."

„Verschlissener Samt", stellte Kleiner Riese fest. „Wie in einem altmodischen Bordell, mit nicht mehr ganz taufrischen Prostituierten auf geblümten Sofas. Zigarrenlöcher im Teppich. Die Decke hängt durch. Oder", fuhr er fort, „wie Tante Maries Haus in der kleinen Gasse in der Altstadt von Den Haag, aber sie hatte eine wunderschöne Sammlung Delfter Porzellan. Was sie hier haben, ist nur Chinaimitation." Er verließ die Schlange, ging zu einem Regal im hinteren Teil der Empfangshalle und kam wieder zurück. „Und das meiste davon ist gesprungen und geklebt."

Der Mann hinter dem Tresen hatte eine Hautkrankheit und ein Glasauge.

„Und wohin gehen wir jetzt?" fragte Kleiner Riese.

„Zum Lift."

Der Lift kam laut quietschend nach unten, und seine Metalltür knirschte, als ein zahnloser Bediensteter sie öffnete. „Das ist kein Aufzug", sagte Sijben, „das ist ein mechanischer Käfig für überalterte Papageien."

„Wenn es dir hier nicht gefällt", meinte Mark, während sie einem uniformierten Buckligen folgten, der einen schiefen

Karren vor sich herschob, „kannst du dir ja etwas anderes suchen. Dies war das beste Hotel, das das Reisebüro anzubieten hatte."

„Ich möchte noch einen Spaziergang machen", sagte Sijben.

„Kommst du mit, Mathilde?"

Mathilde sah auf ihre Uhr. „Es ist vier Uhr nachts nach holländischer Zeit. Ich gehe ins Bett."

„Dann komm *du* mit", sagte Sijben in dem Zimmer, das er mit Kleiner Riese teilte.

Kleiner Riese saß auf seinem Bett mit einem aufgeschlagenen Briefmarkenalbum auf den Knien. „Was hast du vor?"

„Ich glaube, dies ist das Viertel, in dem es noch richtigen Jazz gibt."

„Das kostet Geld."

„Sind wir nicht reich?"

„Mark hat unser Geld, und er ist in schlechter Stimmung."

„Ich habe selbst noch etwas."

„Nein, du hast schon genug bezahlt." Kleiner Riese sah in sein Portemonnaie. „Hundert Dollar?"

„Das wird für ein paar Stunden reichen."

Die Brüder waren wieder in der schmalen Straße und beobachteten Dampffetzen, die aus Eisenrosten im rissigen Straßenbelag geweht wurden. Eine alte Frau in einem zerschlissenen Armeemantel, der ihr bis auf die nackten Füße reichte, auf dem Kopf einen mit geknickten Plastikblumen verzierten Hut, sprach Sijben freundlich an.

„Madame?" fragte Sijben.

„Ich bin keine Bettlerin", wiederholte die Frau, „aber ich brauche dringend etwas Geld."

„Ich glaube, die ist verrückt", sagte Kleiner Riese.

„Was hältst du von dem Herrn da drüben?" fragte Sijben. Der Herr war groß und schwarz. Er trug einen weißen Anzug unter seinem Bärenfellmantel und ein Hemd aus rosa Seide. Er hielt seinen Spazierstock hoch, starrte auf den polierten Silberknauf und unterhielt sich mit dem, was er darin sah, abwechselnd flüsternd und laut rufend, und er schien auch Antworten zu bekommen, denen er aufmerksam lauschte.

Kleiner Riese wollte noch weiter zusehen, aber Sijben zog ihn fort.

Eine junge Frau in einem Tweedkostüm näherte sich ihnen mit kurzen energischen Schritten. Sie blieb vor Kleiner Riese stehen und beugte ihre Knie, so daß sie ihm in die Augen sehen konnte. „Hallo Zwerg."

„Sijben?" sagte Kleiner Riese.

„Weißt du", sagte die Frau langsam, „daß ich jeden verdammten Nachmittag um zwei Uhr zu meinem Analytiker gehe?"

„Sijben?" sagte Kleiner Riese.

Die junge Frau ging weiter.

„Dies ist eine große Stadt voller Spannungen", sagte Sijben. Er ging zu einem blaubehelmten Polizisten, der neben seinem Pferd stand und seinen Gummiknüppel herumwirbelte. „Entschuldigen Sie bitte", sagte Sijben, „können Sie mir sagen, ob es hier irgendwo in der Nähe einen Jazzklub gibt?"

„Nein", antwortete der Polizist. „Gehen Sie weiter, Sie versperren mir die Sicht."

Ein alter Mann trat aus dem Schatten eines Hauseingangs. Er hielt eine flache Flasche hoch. „Möchten die Herren einen Schluck?"

„Nein, vielen Dank."

„Suchen die Herren einen Jazzklub?"

„Ja."

„Ich werde Sie hinbringen", sagte der alte Mann, „aber Sie müssen mich festhalten, sonst falle ich um."

Der Klub war nicht weit.

„Warum hatte der Mann eine blaue Hautfarbe?" fragte Kleiner Riese.

„Weil er sich von Spiritus ernährt."

„Ich glaube", sagte Kleiner Riese, als sie sich auf Stühlen an einer wackligen Bar niedergelassen hatten, „daß wir in der Hölle gelandet sind, doch es macht mir nichts aus. Ich habe immer geglaubt, daß es die Hölle gibt, aber es ist schwer, einen Glauben aufrechtzuerhalten, wenn Theorien nicht durch Fakten gestützt werden."

Ein dicker Mann spielte Trompete auf einer Bühne in der Nähe der Bar.

„Pst", machte Sijben. „Hör zu!"

Kleiner Riese hörte nicht zu. Er sah nach dem Barmädchen, dessen T-Shirt zu klein war. Auf den engen, weißen Baumwollstoff waren große rosa Brustwarzen gemalt.

Die Trompete spielte im Duett mit einem Saxophon. Die Trompete fragte, und das Saxophon antwortete. Sowohl der Trompeter als auch der Saxophonist hatten schmutzige und zerissene Kleider an, aber der Trommler trug einen frisch gereinigten Anzug, sein Haar war pomadisiert, und im Knopfloch prangte eine rote Tulpe. Er hatte nur eine Trommel.

Die Musik ging noch ein paar Minuten weiter.

Sijben war vor Andacht erstarrt.

„Sijben?" fragte Kleiner Riese.

„Was du gerade gehört hast", sagte Sijben, „ist einfach phantastisch. Ich bin froh, daß ich in die Vereinigten Staaten gekommen bin. Diese Art von Musik wird nur hier gepielt. Das eben war ein Blues, und Blues stellt man sich immer traurig, schwermütig vor, aber diese Musik sprengte alle Definitionen."

„Sie hat dir gefallen, was?" fragte Kleiner Riese.

„Noch etwas zu trinken?" erkundigte sich das Mädchen mit den Brustwarzen.

„Ja bitte", sagte Sijben. „Nein, sie hat mir weder *ge*fallen noch *miß*fallen. Weißt du, die vollkommene Darstellung entzieht sich den Grenzen unserer oberflächlichen Wahrnehmung. Ich befand mich jenseits der üblichen Kategorien, Kleiner Riese, aber das Gefühl läßt sich mit Worten nicht beschreiben. Solange man in Begriffen wie ‚dies' oder ‚jenes' denkt, bleibt man in der Dualität gefangen und verfehlt die Wahrheit. Erst wenn Definitionen nicht mehr notwendig sind, kann man das Höchste begreifen. Ich war *da*, für einen kurzen Augenblick."

„Du bist manchmal voll davon", sagte Kleiner Riese. „Das versuchte ich dir schon in Tunesien verständlich zu machen."

Kleiner Riese lauschte nun ebenfalls der Musik, die noch besser wurde. Die Zeit verging wie im Flug. Der Klub schloß.

Draußen warteten zwei junge Frauen und kamen fröhlich angelaufen, um Sijben und Kleiner Riese zu fragen, ob sie sie nicht nach Hause begleiten wollten. „Kommt doch mit", sagten die jungen Frauen, „unsere Wohnung ist ganz in der Nähe, und es ist dort sehr gemütlich."

Eine der Frauen legte ihren Arm um Kleiner Rieses Schultern, und die andere spielte mit Sijbens Pferdeschwanz. Sijben stieß sie mit seinem Ellbogen in die Brust und schlug ihre Hände weg, als sie ihm das Gesicht zerkratzen wollte. Er lief hinter der anderen Frau her und packte sie an ihrem Mantelkragen. Die Frau schrie um Hilfe. Sijben zeigte ihr seine Faust. „Her damit!"

„Was ist denn los?" fragte Kleiner Riese, als Sijben zurückkam.

„Taschendiebe. Deine hatte dein Portemonnaie schon erwischt, meine war ein bißchen langsam. Hier, nimm."

„Ich habe überhaupt nichts gemerkt. Wie kommt es, daß du es gemerkt hast?"

„Weil ich in Tschad Söldner gewesen bin", erwiderte Sijben, „und in Pandschab zu Füßen eines Meisters gekniet habe. Der Feldwebel und der Swami waren sich darüber einig, daß man immer gut aufpassen muß, weil die Dinge nicht immer sind, was sie scheinen."

„Aha", sagte Kleiner Riese.

Mark stand in der Hotelhalle und sprach mit zwei langhaarigen Männern in Jeans und Lederjacken. Er begrüßte seine Brüder. „Setzt euch einen Moment, ich komme gleich."

„Was ist passiert?" fragte Kleiner Riese.

„Ich habe euch gesucht, und weil ihr nicht in eurem Zimmer wart, fuhr ich nach unten. Im Aufzug erwartete mich ein Mann mit einer Pistole."

„Hat er dich beraubt?"

„Nein", sagte Mark, „denn ich hatte das Geld in meinem Zimmer gelassen. Der Kerl wollte mir nicht glauben und schob mir den Lauf seiner Pistole in den Mund."

Kleiner Riese schüttelte den Kopf.

„Ja, und ich habe mich bei der Rezeption beschwert. Die Männer, mit denen ich eben sprach, waren Detektive. Sie sagten, ich solle vorsichtiger sein."

Draußen heulten Sirenen.

„Ich wünschte, ich säße wieder auf meinem Kamel", sagte Kleiner Riese, „da habe ich mich viel sicherer gefühlt. Kann ich jetzt ins Bett gehen?"

Zwölftes Kapitel

„Über meinem Bett ist ein Kupferrohr“, sagte Kleiner Riese, „in dem eine Gasblase wohnt. Die Gasblase hat ein Verhältnis mit einer anderen, die sie jede Stunde einmal besucht. Wenn sie sich lieben, röcheln sie, und wenn sie ihre Klimax erreichen, klingelt das ganze Zimmer.“

„In meinem Pantoffel war eine Küchenschabe“, klagte Mathilde.

„Wenn es euch hier nicht gefällt...“ meinte Mark.

„Die Umgebung hat sich inzwischen wieder verändert“, sagte Sijben. „Sieh dich um, Kleiner Riese. Du frühstückst in einem Raum, der laut Prospekt zu einem Nationaldenkmal erklärt worden ist und regelmäßig als Kulisse für Interviews mit Filmsternchen und anderen Berühmtheiten dient.“

„Ja“, fiel Mark ein, „das Mobiliar ist Rokoko, und zwar nicht von der antiken, verrotteten Sorte, sondern richtig schön neu. Die Farben beschränken sich auf einfache Weiß- und Rottöne. Die Kellner waren gestern alle frisch beim Friseur und tragen Uniformen mit Schärpen. Ein Künstler hat die Obstschalen auf den Anrichtetischen arrangiert.“

„Ich bin nicht blind“, sagte Kleiner Riese.

„Dann lies die Speisekarte. Hättest du gern Garnelenpastetchen? Oder Nierenragout? Einen Avocadosalat?“

Kleiner Riese aß. Mark betrachtete Mathilde. Mathilde hatte ihr weichgekochtes Ei beendet und trank Kaffee. Sie hörte zu, wenn jemand etwas sagte, und antwortete, wenn jemand sie etwas fragte. Sie war einfach gekleidet und hatte ihre Bluse nicht ganz zugeknöpft.

Ob Mathilde zugänglich ist, überlegte Mark, und wenn ja, bis zu welchem Punkt? Die Lösung dieses Problems ließ auf sich warten. Was weiß ich eigentlich von Frauen, fragte sich

Mark. Ich habe nur Geraldine gekannt und ein paar Studentinnen, die auch nicht wußten, wie man es macht. Und eine Prostituierte hin und wieder macht einen auch nicht weiser. Aber Mathilde, angeregt durch mein Verlangen, bringt das Beste in mir zum Vorschein. Daß ich mich nicht wie ein zurückgebliebenes Kind aufgeführt habe, als das Geld aus Papas Wohnung verschwand, lag nur daran, daß sie dabei war, und daß ich mich in Tunesien nicht ständig beschmutzt und nicht versucht habe, den Helden zu spielen, kam nur daher, daß ich die Nähe eines Höheren Geistes spürte. Sijben sagt, er bete sie an, aber Sijben schreibt auch Gedichte. Ich glaube, daß ich einfach in Mathilde verliebt bin.

Der Kellner hatte die Kaffeekanne auf dem Tisch stehen gelassen.

„Mark?“ fragte Mathilde, indem sie die Kanne hob.

„Ja, bitte.“

Mark war fasziniert von dem dunklen Strahl, der seine Tasse mit der silbernen Tülle der Kanne verband. Mathilde goß Sahne dazu und wickelte zwei Stück Zucker aus dem Papier. Sie legte die beiden Zuckerstücke aufeinander. Mark sah zu, wie sie sich langsam auflösten.

„Danke“, stotterte Mark.

Sie hat gut aufgepaßt, dachte Mark, und weiß genau, wieviel Sahne und wieviel Zucker ich nehme. Könnte es sein? Nein, Mark glaubte nicht daran. Aber könnte es nicht vielleicht doch sein? Mark lächelte. Warum nicht? dachte er, und warf Mathilde einen lüsternen Seitenblick zu.

Kleiner Riese schmierte Butter auf seinen Toast. Er hatte Mathildes Bein unter dem Tisch gespürt, zufällig, aber immerhin. Daß Mathilde erreichbar war, wußte Kleiner Riese besser als Mark, aber sie war nicht vollständig erreichbar, das wußte er auch. Er konnte zum Beispiel ihre Hand halten oder sie plötzlich auf den Nacken küssen. Er konnte nur an sie herankommen, wenn er die Situation manipulierte, wenn sie nicht auf ihrer Hut war, und nach diesem ersten Mal wäre es nicht leicht.

Sijben sah in Mathildes ruhige, grüne Augen, durch den Rauch ihrer Zigarette hindurch. Wenn ich mein Bestes tue, dachte Sijben, habe ich sie, aber nicht für lange, nur solange, wie die Umarmung dauert. Was ich bisher versucht habe, war nicht genug, obwohl sie reagiert hat, soviel konnte ich spüren. Draufgängertum ist nicht meine Art; alles, was ich an Schönem erlebt habe, hat mir das Schicksal auf Umwegen gewährt. Ich muß mich weiter bemühen, mein Bestes zu tun, und bereit sein, damit ich den richtigen Augenblick nicht verpasse.

Mark wischte sich mit seiner Serviette den Mund ab. Der Kellner brachte die Rechnung. Mark unterzeichnete den Bon, und indem er schwungvoll das S von Sobrijn schrieb, fühlte er sich bereits viel besser.

„So", sagte Mark, „an die Arbeit."

„Wie?" fragte Kleiner Riese.

Mark sah auf seine Uhr. „Van der Putte erwartet mich, sein Büro ist um die Ecke. Wir haben in Amsterdam zusammen studiert und später eine Zeitlang in der selben Firma gearbeitet, aber Van der Putte wollte reich werden und zog deshalb nach New York. Er ist jetzt Börsenmakler und außergewöhnlich reich."

„Muß ich mit?"

„Nein", sagte Mark. „Du hast Ei an deinem Bart, und ich glaube nicht, daß wir Van der Putte jetzt schon mit Sijbens Pferdeschwanz konfrontieren sollten, aber wenn Mathilde mich begleiten würde, wüßte ich das sehr zu schätzen."

„Ich verstehe nichts von Wertpapieren", wandte Mathilde ein.

„Du sollst auch nicht wegen deines Verstandes mit", sagte Kleiner Riese, „sondern um die hübsche Puppe zu spielen. Amerikaner sind leicht durch Erfolg zu beeindrucken, und wer dich an der Leine hat, kann kein Verlierer sein.

„Richtig", sagte Sijben. „Du brauchst Van der Putte nur immer bewundernd anzusehen, damit er seinen kühlen Kopf verliert und ein paar gute Tips verrät."

„Kannst du das?“ fragte Kleiner Riese, „die Marionette spielen?“

Mathilde stand langsam auf und bewegte sich hölzern. Sie drehte ihren Kopf mit kleinen Rucken.

„Zieh deinen Rock hoch“, sagte Kleiner Riese. „Wir bilden einen Schirm, damit das gewöhnliche Volk nichts sieht.“

Mathilde war vor den Blicken der Gäste geschützt. Sie beugte sich in dem gleichen mechanischen Rhythmus zur Seite und ließ ihre rechte Hand an den Saum ihres Rockes sinken. Ihre Hand kam mit dem Rock wieder hoch. Der obere Rand eines schwarzen Strumpfes wurde sichtbar und danach ein Straps auf einem weißen Schenkel.

„Noch ein bißchen mehr“, bat Sijben.

„Nein“, sagte Mathilde. „Auf Subtilitäten bin ich nicht programmiert.“ Sie setzte sich wieder hin.

„Wieviel willst du also jetzt verspielen?“ fragte Kleiner Riese.

Mark rechnete auf seiner Serviette. „Deine Terminologie ist nicht korrekt, denn dies ist kein Spiel. Börsenmakler arbeiten mit Computerbildschirmen, die die Veränderungen von Aktien und Anleihen anzeigen. Ich bin immer gut in Zahlen gewesen und kann die Beziehungen zwischen ihnen fühlen. Außerdem ist Ökonomie mein Fach, und ich kenne alle wichtigen Firmen und Produkte. Jede Zahl verrät mir etwas über die Bedeutung aller anderen Zahlen.“

„Ist das dein Einsatz?“ fragte Kleiner Riese, indem er den Betrag las, den Mark aufgeschrieben hatte. „Alles, was du hast?“

„Ja.“

„Und wenn es weg ist, ist es weg?“

„Es wird nicht weg sein, es wird mehr sein. Wer auf den Wogen der Kurse zu schwimmen weiß, wird sehr schnell reich sein.“

„Bitte werde schnell reich“, sagte Kleiner Riese. „In der Zwischenzeit suche ich einige Briefmarkenhändler auf. Der

Portier hier sammelt ebenfalls Briefmarken und hat mir ein paar Adressen gegeben."

Mark stand auf und bot Mathilde seinen Arm an. Sijben sah dem Paar nach.

„Nun?" fragte Kleiner Riese.

„Ohohoh", sagte Sijben.

Dreizehntes Kapitel

„Hunderttausend Dollar?“ sagte Kleiner Riese, ohne aufzusehen.

„Was machst du da?“ fragte Sijben.

Kleiner Riese hielt Bücher hoch. „Ich studiere. Dies sind Briefmarkenkataloge. Ich vergleiche die Preise.“

„Macht es Spaß?“

„Ja, vor allem weil nichts stimmt.“ Kleiner Riese hielt Sijben eines der Bücher unter die Nase. „Schau her, hier ist eine Briefmarke mit einem Zeppelin drauf, zu verkaufen für hundert Dollar.“ Er hielt Sijben ein anderes Buch unter die Nase. „Und hier ist dieselbe Briefmarke, mit demselben Zeppelin, aber dieser Händler verlangt hundertsechzig Dollar. Beide Exemplare sind benutzt und leicht gestempelt, aber das eine kostet mehr als das andere. Wie kommt das?“

„Faszinierend“, sagte Sijben. „Aber hast du gehört, was ich eben sagte? Ich sagte, daß Mark, unser Mark, unser eigener Bruder Mark hunderttausend Dollar verdient hat. Das ist doch etwas mehr als der Unterschied zwischen zwei identischen, motorisierten Luftballons.“

Kleiner Riese rollte sich vom Bett. Sijben stand am Fenster und betrachtete die Aussicht, die nicht da war. Ihr Zimmer ging auf einen Luftschacht, der ringsum von Betonwänden umgeben war.

„Mit Aktien?“ fragte Kleiner Riese.

„Mit Aktien“, sagte Sijben. Er streichelte das Telefon auf dem Nachttisch. „Das war Mark, der eben anrief, um uns die gute Nachricht mitzuteilen, und uns zu einem Drink einlud. Er sitzt unten mit Mathilde und Van der Putte. Ich habe einen Augenblick gewartet, bevor ich es dir gesagt habe, weil ich dich nicht stören und selbst erst die Neuigkeit verarbeiten wollte. Es kann nicht sein, dachte ich, denn wir sind erst seit vier Tagen in New York, und niemand kann so schnell so viel Glück haben. Aber Mark vielleicht doch. Gehen wir nach unten?“

Van der Putte war ein dünner Mann mit braungelocktem Haar und freundlichen braunen Augen. Er trug einen Tweedanzug und rauchte eine Pfeife. Er erhob sich, damit Mark ihn vorstellen konnte.

„Mein Bruder Sijben“, sagte Mark. „Und mein Bruder Kleiner Riese.“

„Es gibt etwas zu feiern“, sagte Van der Putte. „Was möchten Sie trinken?“

„Ja“, freute sich Mark. „Haha. Es ist unglaublich, was man hier machen kann, wenn man wirklich clever ist. Haha. Man braucht nur erst ein bißchen Zeit, um zu begreifen, was los ist.“

„Ihr Bruder hat es sehr gut gemacht“, sagte Van der Putte.

„Das Glück des Anfängers?“ fragte Sijben.

„Nein, das kann man eigentlich nicht sagen. Mark hat das Spiel nach den Regeln gespielt.“

„Haha“, machte Mark. „Aber du hast mir über die Schulter gesehen. Und du hattest mir gezeigt, was auf deinem Fernschreiberbildschirm passiert.“

„Hat Mathilde dir auch über die Schulter gesehen?“ fragte Kleiner Riese.

„Nein“, antwortete Mathilde. „Ich mußte nur manchmal Butterbrote holen.“

Marks Hand fuhr über Mathildes Knie. „Du warst eine große Hilfe.“ Mathilde schob ihren Rock wieder über ihr Knie.

Mark zog einen Notizblock aus der Seitentasche seiner Jacke und drückte auf einen Kugelschreiber. Seht mal her.“

Seine Zuhörer sahen hin.

Mark notierte Zahlen. „Paßt auf, ihr denkt natürlich, daß ich nur so ein bißchen herumgespielt habe, aber ich kenne die Geheimsprache des Geldmarktes.“

Mark schrieb die Formel auf. 66 1/8 48 3/8 IBM 3.44 5.4 11 4916 64 5/8 64 1/8 64 1/8 – 3/4.

Er unterstrich den Kode.

„Und?“ fragte Kleiner Riese.

Van der Putte deutete mit seiner Pfeife auf die Zahlen. Er nickte. „Sehr gut, Mark, du mußt ein phänomenales Gedächtnis haben.“

Mark grinste. „Ja, aber eigentlich müßte ich jetzt in Hemdsärmeln und bunten Hosenträgern hier sitzen und viel schreien wie dein Assistent, wenn er den Bildschirm beobachtet.“

„Bildschirm?“ fragte Sijben.

„Ja, wie beim Fernsehen, nur ist dies ein Computer. Das ist natürlich nichts für dich. Zu sauber und zu ordentlich, die Magie der Mathematik entgeht dir. Nur ich kann sie sehen.“

Kleiner Rieses Zeigefinger fuhr über die Zahlen. „Und was bedeutet das?“

„Das bedeutet, daß diese Magie begreiflich ist und aus handfestem Material besteht. 66 1/8 ist der höchste Kurs der vergangenen 52 Wochen und 48 3/8 der niedrigste. Der Name des Papiers ist IBM. 3.44 ist ein Dollarbetrag und stellt die zuletzt gezahlte Dividende dar.“ Marks flache Hand schlug auf das Blatt. „Und 5.4 ist ein Prozentsatz, 5.4 %. Dies ist die Rendite, sehr wichtig. Und 11?“

„Ich habe mal in ein Buch über die Kabbala hineingesehen“, sagte Sijben. „Jüdische Zahlenmagie, und 11 taugte nichts, es ist die Zahl der Verrückten.“

Mark wischte die Bemerkung beiseite. „Nein. Alles Unsinn. Das ist die *Price / Earnings Ratio*, bei uns KGV, Kurs / Gewinn-Verhältnis, genannt. Darum dreht sich alles. Neben dem aktuellen Kurs ein häufig verwendetes Maß. Und wenn ihr jetzt die 4916 nehmt und zwei Nullen dranhängt, wißt ihr die Anzahl der Aktien, die an einem Tag den Besitzer gewechselt haben, wobei 64 5/8 der höchste und 64 1/8 der niedrigste und zugleich der Schlußkurs ist. Versteht ihr nun, warum ich IBM nicht gekauft habe? Das Papier ist zur Zeit völlig uninteressant.“

„Und -3/4?“ fragte Sijben.

„Es ist gestern gefallen“, sagte Mark triumphierend. „Um einen Dreivierteldollar. Als ich das sah, habe ich endgültig Abstand genommen.“

„Und damit hast du nun gearbeitet?“ fragte Kleiner Riese. „Mit dieser Formel?“

„Nein“, antwortete Mark. „Das hätte ich natürlich tun können, aber ich habe es anders gemacht. Es gibt viele Möglichkeiten, hunderttausend Dollar an Land zu ziehen.“

Der Kellner brachte die Getränke. Ich hätte lieber Tee gehabt, dachte Kleiner Riese. Warum trinke ich so viel? Ich trinke jetzt fast jeden Tag Alkohol, wie kommt das?

„Dein Wohl“, sagte Sijben. „Nun erzähl mal von den hunderttausend Dollar. Ich bin ganz Ohr.“

„Haha“, machte Mark.

„Tun Sie das auch?“ fragte Sijben Van der Putte. „Mit Aktien spekulieren?“

„Nicht mehr“, erwiderte Van der Putte. „Früher sehr viel. Das erste Jahr, das ich hier war, habe ich nichts anderes gemacht, aber dann mußte ich vorübergehend aufhören und an einer Tankstelle arbeiten. Später habe ich es nochmal versucht, und da ging es besser, aber ich mußte wieder aufhören, weil mein Magengeschwür durchbrach. Seit ich mit meiner Maklerfirma begonnen habe, berate ich nur noch und lebe von meinen Kommissionen.“

Der Mann ist reich, dachte Kleiner Riese. Er wohnt in einem Schloß aus braunem Sandstein, umgeben von einem Park. Er fährt ein riesiges schwarzes Auto, und abends liest er Weltliteratur, aus ledergebundenen Büchern, die zu beiden Seiten seines Kamins nach Farben geordnet in Mahagoniregalen stehen.

„Nun“, sagte Mark. „Haha. Es ging ungefähr so. Van der Putte ist also Börsenmakler und kennt jeden, und ein Kollege, der ihm einen Gefallen schuldig war, gab ihm die Information, daß eine Fusion zwischen zwei großen Firmen bevorstehe.“

„So eine wie die in Rotterdam?“ fragte Kleiner Riese, „als du deinen Job loswurdest?“

„Was?“ fragte Mark. „Ach ja. Richtig. Haha. Eine Fusion also. A will B kaufen, aber B bekommt Wind davon und deren Eigentümer beginnen natürlich, die Aktien ihrer eigenen Firma zu kaufen.“

„Aber das geschieht ganz im Stillen“, sagte Van der Putte, „und ganz diskret, denn sonst steigt der Kurs zu schnell. A kauft ebenfalls Anteile von B, und dieser Faktor wird den Prozeß beschleunigen. Die Makler von A und B erhalten den Auftrag, die Beute einzusammeln, aber in kleinen Partien, um den Preis unter Kontrolle zu behalten.“

„Aber“, unterbrach Mark, „man weiß natürlich nie, ob so ein Tip gut ist, haha, denn es werden viele Gerüchte in Umlauf gebracht, und man muß sich vergewissern, daß die Information korrekt ist.“

„Was tun wir also?“ fuhr Van der Putte fort. „Wir suchen aus unserem Kundenbestand jemanden heraus, der B-Aktien besitzt, und empfehlen ihm zu verkaufen.“

„Sie meinen, Sie empfehlen ihm zu kaufen“, sagte Kleiner Riese, „denn Sie erwarten ja, daß der Preis steigt.“

„Nein, haha“, entgegnete Mark. „Wir müssen doch sicher sein, daß der Preis steigt. Gerüchte an sich führen nur zu Vermutungen. Vermutungen zahlen sich nicht aus. Es wäre sehr gut möglich, daß niemand B kaufen will.“

„Oder eben doch“, sagte Van der Putte, „und das finden wir auf diese Weise heraus. Was geschah? Die Aktien wurden sofort gekauft, nachdem mein Kunde sie angeboten hatte.“

„Genau“, bestätigte Mark. „Weggeschnappt wurden sie, haha. Aber Van der Putte versuchte es noch einmal mit einem anderen Kunden. Und wieder dassselbe!“

„Der Kurs stieg?“ fragte Kleiner Riese.

„Ein bißchen“, antwortete Van der Putte. „Genügend, um das Gerücht zu bestätigen.“

„Aber haben Sie Ihren Kunden nicht einen schlechten Rat gegeben?“ fragte Sijben. „Haben die nicht Aktien verkauft, die beträchtlich mehr wert gewesen wären, wenn sie sie behalten hätten?"

„Ein Börsenmakler kann nicht immer gute Ratschläge geben", sagte Mark. „Er ist auch nur ein Mensch, und ich saß zufällig in Van der Puttes Büro, neben ihm, ich, sein persönlicher Freund."

Van der Putte stopfte seine Pfeife.

„Und dann hast du also große Mengen gekauft?" fragte Sijben Mark.

Wenn er noch einmal haha macht, dachte Kleiner Riese, noch ein einziges Mal haha...

„Ja", flüsterte Mark, „für mein ganzes Geld. Alles hinein, wenn man so arbeitet, darf man nicht ängstlich sein. Eine Hand voller Asse und den Joker dazu. Es hat sich ausgezahlt. Hunderttausend Dollar Gewinn."

Sijben streckte seine Beine. „Das müssen seltsame Aktien gewesen sein. Du hattest doch nur etwa hundertfünfundzwanzigtausend Dollar, für die du kaufen konntest. Ich wußte nicht, daß Kurse solche Sprünge machen."

„Es waren ganz gewöhnliche Aktien", sagte Van der Putte, „und der Gewinn pro Aktie war nicht besonders hoch, aber Mark hat natürlich gegen Sicherheitsleistung gekauft; um einen so großen Gewinn zu machen, muß man das Zehnfache von dem einsetzen, was er hatte."

„Wie konnte er mehr einsetzen, als er hatte?" fragte Kleiner Riese.

„Habe ich das nicht gut gemacht?" sagte Mark. „Gegen Sicherheitsleistung zu kaufen?"

„Du hast nur einen kleinen Teil von dem eingesetzt, was du eigentlich hättest haben müssen? Und wenn der Kurs nun gefallen wäre?"

„Dann wäre er sein Geld los gewesen", sagte Van der Putte. „So etwas kann immer passieren, doch in diesem Fall war das Risiko gering. Wenn der Kurs gesunken wäre, dann nicht sehr stark, und Mark hätte aussteigen können, ohne gleich alles zu verlieren."

Kleiner Riese sprang auf. Er fuchtelte mit seinen Armen über dem Tisch herum. Sijben bewahrte die Gläser vorm Umfallen. „Laßt uns hier verschwinden, jetzt gleich, solange die Beute noch sicher ist."

„Niemals", sagte Mark.

„Trotzdem", meinte Van der Putte, als er sich verabschiedete, „der Vorschlag deines Bruders ist nicht so dumm, Mark. Dies war zwar keine Glückssache, weil der Tip gut war und ich hinter dir stand, aber wenn man einmal einen solchen Schnitt gemacht hat, ist es gewöhnlich besser, sich für eine Weile aus dem Spiel zurückzuziehen."

„Haha", machte Mark.

Vierzehntes Kapitel

„Wieder zehntausend Dollar verdient“, sagte Mark, „noch einfacher als das letzte Mal und ohne Van der Putte. Wer behauptet, daß das Geld hier nicht auf der Straße liegt? Meine Idee war gut, nur in diesem Weltzentrum kann man schnell genug Informationen sammeln, um wirksam zuzuschlagen. Wer will hören, wie ich die zehn Großen gemacht habe?“

Kleiner Riese reichte Mathilde die Speisekarte. „Nimm *Sashimi*, das ist nicht einfach nur Hering aus dem Meer und durchs Salz gezogen, wie man das bei uns zu Hause macht, sondern eine vollständige Feinschmeckerplatte mit ausgesuchten Fischen. Sijben und ich haben sie gestern gegessen.“

„Sehr zu empfehlen“, bestätigte Sijben.

„Ich bin froh, daß ihr uns hierher mitgenommen habt“, sagte Mathilde, „Mark hat nur Zeit für Hamburger, und Van der Putte lebt von Crackers und schwachem Tee. Entspanne dich, Mark, und such dir was Leckeres aus.“

„Ich nehme nur etwas gebackenen Reis“, meinte Mark. „Was der Mann da drüben ißt, das sieht ganz vertrauenerweckend aus. Japanisches Essen ist mir zu fremd. Wollt ihr wissen, wie ich die zehntausend Dollar verdient habe? Das hab ich doch wieder gut gemacht, was? Findet ihr nicht auch?“

„Oder nimm *Tempura*“, sagte Kleiner Riese. „Das ist in Teig gebackenes Gemüse.“

Sijben deutete auf den Schautisch. „Oder etwas von dem *Sushi*. Eine ausgezeichnete Vorspeise.“

Ein Mädchen in einem Kimono nahm lächelnd und kichernd die Bestellung auf. Mark runzelte die Stirn. „Weshalb kichert sie dauernd? Ich habe doch nichts Lustiges gesagt. Ich mißtraue diesen Orientalen ebensosehr wie ihrem Essen, warum sind wir nicht irgendwohin gegangen, wo es

Pommes Frites und Steak gibt? Zum letzten Mal, wollt ihr nun wissen, wie ich unser Kapital vergrößere oder nicht? Ich glaube, ihr seid bloß neidisch auf meine Intelligenz und meine Energie."

„Könnte sein", sagte Mathilde, „denn *mein* Versuch ging völlig daneben. Es tut mir leid, Mark. Bitte erzähl mir, was du gemacht hast."

„Du brauchst es nicht zu übertreiben", entgegnete Mark. „Du warst ja dabei, als ich die Kohle kassiert hab. Ich hatte meine Brüder gemeint."

„Die dir zuhören", sagte Sijben.

„In Van der Puttes Büro", erzählte Mark, „lernte ich einen Herrn kennen, der sich später, als Mathilde und ich in einer der Seitenstraßen von Wall Street einen Happen aßen, zu uns an den Tisch setzte. Er sprach von Wechselkursen und deutete an, daß der Schweizer Franken steigen würde."

„Ich weiß, wie er aussah", sagte Kleiner Riese. „Er war schwarz, trug einen Pelzmantel und hatte einen Spazierstock mit einem silbernen Sprechknopf dabei."

„Nein", winkte Mark ab. „Er trug einen blauen dreiteiligen Anzug und hatte weißes, hinter die Ohren gekämmtes Haar."

„Also hast du Schweizer Franken gekauft", sagte Sijben, „und wieder alles riskiert. Stimmt's?"

„Mark steckte seine Eßstäbchen in den Reis. Der Reis rutschte zwischen den glatten Hölzern durch. Mathilde hielt ihre Hand hoch und legte die Stäbchen hinein. „Mach es so. Nimm das eine zwischen Daumen und Ringfinger und das andere wie einen Bleistift zwischen Mittel- und Zeigefinger, so, siehst du?"

„Mark ist etwas ungeschickt", bemerkte Kleiner Riese.

„Und halte die Schale dicht an deinen Mund, damit der Abstand so gering wie möglich ist."

„Ja", sagte Mark und nahm einen Löffel. „Du hast recht, Sijben, ich habe wieder alles riskiert. Ich mußte Travellerschecks kaufen, weil ich kein Konto bei der Bank hatte. Die beiden Mädchen, die die Schecks ausfüllen mußten, sind verrückt geworden und noch verrückter, als ich sie heute alle wieder zurückbrachte."

„Und der Unterschied machte so viel aus?"

Mark zog eine Zeitung aus seiner Jackentasche und zeigte Sijben eine rotumrandete Spalte. „Sieh selbst, der Schweizer Franken ist in die Höhe geschossen."

„Unglaublich", sagte Kleiner Riese.

„Du findest das nicht gut?"

„Zehntausend Dollar Gewinn sind gut, aber es hätte auch anders kommen können."

„Iß du nur deinen rohen Fisch", sagte Mark. „Der Kurs ist gestiegen und nicht nur, weil der Wall Street-Herr das gern wollte. Bis ihr morgens wach werdet, habe ich bereits sechs Zeitungen gelesen. Ich wußte, daß der Dollar schwach war, und mein Verdacht hat sich bestätigt, nur für einen Tag, aber das hat mir genügt."

„Meinen Glückwunsch", sagte Kleiner Riese. „Können wir jetzt wieder nach Hause? Ich habe genug von New York gesehen. Diese Wolkenkratzer sind nichts weiter als schwankende, muffige Türme. Wir geben dreihundert Dollar pro Tag aus, um Gasblasen in rostigen Heizungsrohren hören zu dürfen."

„Kein Licht ohne Schatten.", sagte Mark. „Geh die Fifth Avenue entlang und sieh, wozu der amerikanische Pioniergeist fähig ist. Die positiven Kräfte, die diese phantastischen Glastürme geschaffen haben, leben nun auch in mir. In wenigen Augenblicken habe ich unsere tunesischen Verluste wettgemacht. Unser Kapital hat seinen früheren Umfang wieder erreicht, aber meine Gewinnenergie ist noch nicht erschöpft."

Schweigen.

„Ich würde gern etwas von euch hören", insistierte Mark.

„Ich esse jetzt", brummte Kleiner Riese.

„Geld ist Papier", sagte Sijben. „Das hat uns Papa gezeigt. Ich glaube, wir haben jetzt genug."

„Geld gibt ein sicheres Gefühl."

„Was?" sagte Kleiner Riese. „So wie du damit umgehst? Um die Hunderttausend zu verdienen, hast du zehnmal mehr eingesetzt, als wir hatten, und wenn der Franken nur ein bißchen gefallen wäre..., ich will gar nicht daran denken, was für Risiken du eingehst. Ich bin es leid, am Rande des Abgrunds zu stehen. Laß uns hier verschwinden, sage ich. Laß uns ein bißchen Spaß haben, sage ich. Laß uns eine große Limousine mieten, sechs Kisten Bier kaufen, Clownskostüme und einen Satz Trommeln ausleihen. Stell dir doch nur vor, Mark, die Wüste von Arizona, mit Kakteen so groß wie Pinien, Las Vegas mit einer Bühne voller Damen, die so schön sind wie Mathilde, nur vergessen haben, sich anzuziehen. Kühler Champagner an einem Swimmingpool unter Neumexikos tropischem Himmel. In einem Helikopter über die Rocky Mountains. Eien Fahrt in einer antiken Straßenbahn über die Hügel von San Francisco. Die Küstenstraße entlang nach Big Sur und dann mit einem Luxuskreuzer nach Hawaii."

„Gib mir noch ein wenig Zeit", sagte Mark, „und wir machen das alles. Und mehr. In Amerika machen sie immer mehr. Ich verstehe, was du meinst. Noch ein Bier, Sijben?"

„Nein", antwortete Sijben. „Und ich habe das Gefühl, Kleiner Riese hat recht. Je schneller wir aus dieser Stadt kommen, umso besser. Van der Puttes gibt es vielleicht auch in Kalifornien, aber wenn wir dort pleite gehen, haben wir wenigstens etwas vom Land gesehen."

„Pleite", sagte Mark. „Daß ich nicht lache. Habe ich euch noch nicht davon überzeugt, daß ich auf dem richtigen Weg bin?" Er rieb sich über seinen Bauch. „Es glüht hier drinnen, und wenn es glüht, bedeutet das, daß ich das Richtige tue. Vergeßt nicht, daß ich für diese Art Handel ausgebildet bin und daß ich von meinen Eingebungen profitieren kann. Laßt mich noch ein bißchen weitermachen, sobald ich spüre, daß es Zeit zum Aufhören ist, hauen wir ab."

„Schweinehäute?" fragte Kleiner Riese am nächsten Tag beim Mittagessen.

„Ja", sagte Mark. „Und die Ferkel sind noch nicht einmal geboren. So was nennt man Termingeschäft. Schweinehäute sind im Moment billig zu haben, aber die Experten erwarten eine große Nachfrage in der Zukunft, obwohl die Amateure sehr verunsichert sind. In Texas hat es eine Schweinepest gegeben und in Louisiana auch, und diese beiden Staaten sind die Hauptlieferanten. Jetzt sind die Terminkontrakte noch billig, doch der Markt kann jeden Augenblick anziehen."

„Hast du die Schweinehäute schon gekauft?" fragte Sijben.

„Ja."

„Zeig sie mir."

Mark hielt seine Hand hoch. „Wie kann ich euch Luft zeigen. Ich sagte doch bereits, daß die Schweine, die die Häute tragen werden, noch nicht existieren."

„Dann zeig mir die Papiere. Die Kaufurkunden."

„Es gibt keine Papiere. Was ich gekauft habe, läuft auf meinen Namen. Da ist alles, was ich brauche."

„Du hast wieder nur mit einer Anzahlung gekauft?"

„Natürlich. Wenn man einen großen Gewinn machen will, muß man groß einsteigen. Schweine gibt es zu Millionen."

„Du ziehst den Teufel an seinem Schwanz", sagte Kleiner Riese.

„Ich finanziere künftigen Reichtum. Indem ich jetzt bezahle, verschaffe ich den Schweinebauern Geld, damit sie ihre Säue decken lassen und Futter kaufen können."

„Bah", sagte Kleiner Riese.

„Sag mal, Mark", fragte Sijben, „hast du zufällig etwas Bargeld in der Tasche?"

„Ja, warum?"

Sijben streckte seine Hand aus. „Tausend Dollar bitte!"

„Was willst du mit tausend Dollar?"

„Ausgeben", erwiderte Sijben.

Kleiner Riese streckte seine Hand ebenfalls aus.

„Zweitausend Dollar? Was ist plötzlich in euch gefahren?"

„Gib uns das Geld", sagte Sijben. „Wir sind deine Brüder. Wenn du es in Schweine investieren kannst, kannst du es auch in uns investieren."

„Ich habe nicht so viel bei mir."

Kleiner Riese wies mit seiner Gabel auf Marks Mund. „Da hängen ein paar grüne Blätter aus deinem Maul, du siehst selbst wie ein kleines Schwein aus. Sei nicht so ein Geizhals, Mark. Als die Wellen dich an einen Strand von Korsika warfen, hat Sijben dir auch geholfen. Revanchiere dich dafür."

Mark aß mehr Salat.

„Ich glaube, du solltest es ihm geben", sagte Mathilde. „Wir wissen zwar, daß du auch für uns Geld verdienst, aber ein wenig kannst du doch sicher davon entbehren?"

„Willst du auch tausend Dollar?"

„Das Schwein hier hat eine Schweinerei gemacht", sagte Kleiner Riese, „und der Gestank ist schwer zu ertragen. Ich gehe auf mein Zimmer. Kommst du mit, Sijben?"

Mathilde erhob sich ebenfalls.

„Es tut mir leid", entschuldigte sich Mark. „Ich werde euch das Geld gleich bringen."

„Armer Mark", sagte Mathilde im Aufzug.

Fünfzehntes Kapitel

„Mein Name ist Goldstein", sagte der Mann hinter dem monumentalen Schreibtisch. „Was kann ich für Sie tun?"

„Sobrijn", entgegnete Kleiner Riese. „Ich habe ein paar Briefmarkenalben bei mir, und die möchte ich Ihnen gern zeigen."

Der Mann stand auf, aber sein Kopf blieb auf derselben Höhe wie zuvor. Er ging um den Schreibtisch herum und schüttelte Kleiner Rieses Hand. Er war etwas kleiner als sein Besucher. KLeiner Riese lachte und entschuldigte sich.

„Lachen sie auch oft über Sie?" fragte Goldstein.

„Oft", antwortete Kleiner Riese. „Aber ich habe mich daran gewöhnt."

Goldstein wies auf einen mit Schnitzereien verzierten antiken Stuhl und nahm Kleiner Riese gegenüber Platz. Er hatte auch einen Bart, der aber länger und voller als der von Kleiner Riese war, und sein gesetzter dunkler Anzug sah neu aus oder kam frisch aus der Reinigung. Ein sauberes, makellos gefaltetes Taschentuch lugte aus seiner Brusttasche hervor, und auf seiner Krawatte glänzte eine große Perle. „Ich werde mich nie daran gewöhnen, es ist ein Fluch, sich als Zwerg zeigen zu müssen."

Kleiner Riese nahm die angebotene Zigarre und entzündete ein Streichholz. Er gab Goldstein zuerst Feuer. „Sie sind kein Zwerg, ebensowenig wie ich. Wir sind nur etwas klein ausgefallen, aber unsere Größe ist ganz in Ordnung. Was für ein prächtiges Büro Sie haben."

Goldstein lächelte. „Finden Sie? Ich bemühe mich, es geschmackvoll zu gestalten. Selbst die Häßlichen können sich mit schönen Dingen umgeben. Ich bin Sammler, alles, was Sie hier sehen, ist Eiche, sechzehntes Jahrhundert. Die Anrichte stammt aus dem Schloß eines englischen Lords, ich habe das Stück erst vor kurzem erworben."

„Und die Spiegel?"

„Aus Spanien."

„Und diese Stühle und das Tischchen?"

„Die sind aus Armenien, mein Vater hat sie mitgenommen, als wir nach Amerika emigrierten."

„Und Briefmarken sammeln Sie auch?"

Goldstein hielt abwehrend seine Hände in die Höhe. „Bitte. ist meine Last nicht schon groß genug? Wenn die Briefmarken auch noch an mir kleben blieben, könnte ich meine Familie nicht mehr ernähren."

Kleiner Riese zog den Reißverschluß seiner Tasche auf. „Vielleicht verschwende ich ihre Zeit, doch ich würde gern wissen, was diese Sammlung wert ist. Sie stammt von meinem Vater, aber er ist gestorben, und da ich ohnehin nach Amerika mußte, habe ich sie mitgebracht. Er hat nur amerikanische Marken gesammelt, und ich dachte, daß sie hier gefragter wären als in Europa."

Goldstein setzte seine Brille auf. „Ihr Vater ist gestorben? Das tut mir leid. Sind Sie gut miteinander ausgekommen?"

Kleiner Riese legte zwei Alben auf den niedrigen Tisch. „Ja, aber er war anders als ich, er war ein Herr, der auf einem Niveau lebte, das für mich unerreichbar war."

„Machen Sie sich lustig?" fragte Goldstein.

„Ich glaube nicht."

„War Ihr Vater größer als Sie? Physisch meine ich?"

„Das auch", sagte Kleiner Riese.

Goldstein begann mit dem zweiten Album und blätterte die Seiten rasch durch. Die neueren Marken schienen ihn nicht besonders zu interessieren. Für das erste Album nahm er sich mehr Zeit.

„Die letzten vierzig Jahre sind komplett", sagte Kleiner Riese.

„Mag sein", entgegnete Goldstein, immer noch blätternd, „ich interessiere mich nur für die älteren Stücke, die haben ihren Preis, und manche haben einen sehr guten Preis. Sehen Sie hier" – er wies auf ein kleines graues Porträt von Washington – „und diese auch, die Kolumbus-Dollarmarke von 1893."

„Was ist die Dollarmarke wert?"

„Was ein Irrer dafür bezahlt", antwortete Goldstein. „Möchten Sie Kaffee?"

Der Kaffee wurde in einer silbernen Kanne von einer alten Dame hereingebracht. Sie goß ihn in kleine Porzellantassen. „Mutter", sagte Goldstein, „dies ist Herr Sobrijn. Er will wissen, was die Kolumbus-Dollarmarke wert ist."

„Guten Tag, Herr Sobrijn", sagte die alte Dame, schlug die Hände zusammen und sah zur Decke.

„Sie meinen?" fragte Kleiner Riese.

„Meine Mutter meint, daß eine Briefmarke ein kleines bedrucktes Stück Papier ist", erwiderte Goldstein, „und keinen wirklichen Nutzen hat, und damit auch keinen echten Wert. Man kann sie nur in ein Album stecken und das Album irgendwo hinlegen."

„Aber was ist mit Ihren Eichenmöbeln aus dem sechzehnten Jahrhundert?" fragte Kleiner Riese. „Haben Sie die nicht von Ihren Gewinnen aus dem Briefmarkenhandel gekauft?"

Goldstein strich sich liebevoll mit der Hand über seinen Bart. „In der Tat, aber vielleicht ist es nicht richtig, sich an der pervertierten Habgier anderer zu bereichern. Es hat eine Zeit gegeben, da wäre ich beinahe im Waffenhandel gelandet, Briefmarken sind das kleinere Übel."

„Und sie haben einen Sinn", sagte die alte Dame. „Wie hätte ich die Namen der amerikanischen Präsidenten lernen sollen, wenn ich mir nicht diese Briefmarken hätte ansehen müssen."

Goldstein tippte leicht auf die rote Marke. „Und die Irren haben sogar einen Preis dafür festgelegt. Diese kostet laut Katalog sechshundert Dollar."

„Und die bezahlen Sie?"

„Vielleicht die Hälfte", meinte Goldstein.

„Und vielleicht ist das noch zuviel", sagte seine Mutter,

„weil Samuel sie ja wieder loswerden muß, er ist Händler, Herr Sobrijn, und wir leben von seinem Gewinn."

„Sagen wir also, die ganze Sammlung, so wie sie hier auf dem Tisch liegt?"

„Zweitausend Dollar", sagte Goldstein, „und das auch nur, weil ich Sie mag. Ich könnte die Sammlung auch für Sie versteigern, dann bekommen Sie vielleicht mehr."

„Oder weniger", warf Goldsteins Mutter ein. „Und dann geht die Kommission noch davon ab. Die nächste Auktion ist erst in ein paar Monaten."

„Ich hatte angenommen, sie sei mehr wert", sagte Kleiner Riese.

Goldstein nickte. „Das höre ich oft von meinen Kunden, aber die Sammlung ist nicht vollständig, wissen Sie. Ich will es Ihnen zeigen." Er blätterte die Seiten wieder um. „Zu viele leere Stellen, und das ist schade. Ich kann sie nicht als Ganzes verkaufen, sondern muß sie in Serien zerlegen. Ich werde sie bestimmt los, und auch mit Gewinn, aber das kostet viel Zeit."

„Und Mühe", ergänzte die alte Dame.

Kleiner Riese zählte die leeren Stellen. „Zweiundsechzig fehlende Marken. Macht das so viel aus?"

„Das macht alles aus."

„Und wenn die Sammlung vollständig wäre?"

„Dann", sagte Goldstein, „würde ich die große Trommel rühren und eine Anzeige von einer sechzehntel Seite in der *New York Times* aufgeben, denn wir hätten eine große Rarität zu verkaufen. Die Vereinigten Staaten komplett. Kommt her Leute, kommt her."

Frau Goldstein hob ihre Arme über den Kopf und stand auf einem Fuß. Sie sang.

„Ein armenisches Volkslied", erläuterte Goldstein. „Für Festtage, die kamen auch selten vor."

„Sie haben eine schöne Stimme", sagte Kleiner Riese. Er wandte sich wieder Herrn Goldstein zu. „Und was kostet es, die fehlenden Marken zu beschaffen?"

„Wenn Sie keine Eile haben", meinte Goldstein, „und wissen, wie man mit einem Perforationsmesser und einem Wasserzeichensucher umgeht, und wenn Sie die philatelistischen Zeitschriften lesen lernen und auf Auktionen nicht den Kopf verlieren, können Sie mit zehntausend Dollar ziemlich weit kommen."

„Rechnen Sie lieber mit mehr", sagte Frau Goldstein, „mein Sohn ist immer Optimist."

„Und was wäre die Sammlung meines Vaters dann wert?" Goldstein schlug eine weitere Seite um. „Einige Exemplare müßten ersetzt werden, dieses zum Beispiel, eine ziemlich schlechte Garfield zu sechs Cent."

„Shent", korrigierte Kleiner Riese. „Das amerikanische c hat nämlich keinen Strich. *Wir* schreiben gewöhnlich Cent, mit einem ganz normalen C. Das 'Sh' macht den Unterschied deutlich."

„Strich? Nein, es fehlt ein Teil der Perforation. Aber die Garfield ist nicht teuer, ich verkaufe Ihnen eine bessere für acht Dollar."

„Ein Strich durch das Shent, nicht durch die Marke."

Goldstein hörte nicht zu. „Und Ihre fünfzig Shent Mississippi hat einen kleinen Einschnitt, aber die kostet auch nicht viel."

„Cent", sagte Frau Goldstein.

Kleiner Riese steckte die Alben wieder in seine Tasche. Er erhob sich. „Ich danke Ihnen für Ihre Mühe."

„Sie leben nicht hier?" fragte Goldstein.

„Ich lebe in Holland."

Goldstein strich sich über den Bart. „Gut, die fehlenden Marken kaufen Sie besser woanders. Außerhalb des Herkunftslandes sind die Preise gewöhnlich niedriger, denn die Sammelwut im Hinblick auf die Marken eines bestimmten Landes nimmt zu, je näher man dem Ursprung kommt. Eigentlich merkwürdig, weil man doch annehmen könnte, daß das exotische Element den Preis erhöht, aber es sieht so aus, als ob wir unsere Träume lieber zu Hause verwirklichen. Sie müssen schon gehen?"

„Ich will Sie nicht länger aufhalten", sagte Kleiner Riese.
Frau Goldstein lächelte, als sie ihren Sohn neben Kleiner Riese stehen sah. Sie schnitt einen Kuchen an und schenkte mehr Kaffee ein. „Samuel?"
„Ja, Mutter?"
„China."
„Richtig", sagte Goldstein. „China. Herr Sobrijn, nehmen Sie doch bitte nochmal Platz. Im Stehen zu essen, ist ungesund. Vielleicht ist China Ihnen zu weit, aber Sie sind ein Reisender, und ich möchte Sie nicht unverrichteter Dinge wieder gehen lassen. Sie möchten nicht verkaufen, was halten Sie davon, etwas zu kaufen?"
„Aber ich habe doch schon Briefmarken", sagte Kleiner Riese.
Goldstein brachte einen Pappkarton. „Sehen Sie sich das mal an."
Kleiner Riese steckte seine Hand zwischen die durchsichtigen Umschläge.
„Die Alben liegen unten", sagte Goldstein. „Die Sammlung ist durcheinander, aber ziemlich umfangreich."
Kleiner Riese öffnete ein Album. „China?"
„Weit weg", sagte Goldstein, „und hier nicht sehr gefragt. Eine Menge Arbeit, das alles zu sortieren, aber Sie werden viel über eine außergewöhnliche Kultur lernen. Was da vor Ihnen liegt, ist nicht uninteressant, wenn Sie Zeit und Lust haben, sich damit zu befassen."
„Die teuren Marken fehlen?"
„Nicht alle."
„Und was nicht da ist, könnte ich finden?"
„Warum nicht? Sie leben in Europa und könnten auf die großen Auktionen gehen. Mit dem, was Sie hier haben, und dem, was Sie dort dazukaufen können, ließen sich wenigstens drei Sammlungen vervollständigen."
„Und dann?"
„Könnten Sie Ihre Ware mit hohem Gewinn wieder verkaufen. Es gibt sehr wohlhabende Chinesen, Herr Sobrijn, und

die Inflation macht ihnen genauso zu schaffen wie uns. Es besteht ein Bedürfnis, Banknoten, die ständig an Wert verlieren, gegen Briefmarken zu tauschen, deren Wert im Laufe der Zeit wahrscheinlich zunimmt."

Kleiner Riese hielt eine Marke hoch. „Wie dieses verrückte Stück Papier? Mit einer häßlichen Ente darauf?"

Goldstein faltete seine Hände. „Das glauben die Menschen, selbst die Weisen aus dem Osten. Ist es unsere Aufgabe, den Glauben der anderen zu erschüttern?"

„Was ist in der Schachtel?" fragte Sijben.

„Briefmarken", antwortete Kleiner Riese

„Hast du die tausend Dollar noch?"

Kleiner Riese wies auf die Schachtel.

Sijben zog seine Jacke an. Kleiner Riese trat einen Schritt zurück, um seinen Bruder zu betrachten. „Was haben wir denn hier? Einen Landstreicher in Zivil?"

Sijben knöpfte sein Seidenhemd zu. „Mathilde ist immer so gut angezogen, daß ich dachte, ich müßte mich ihrem Stil anpassen."

Kleiner Riese setzte sich beinahe auf seine Schachtel, sprang jedoch gerade noch rechtzeitig zur Seite. „Sie wird dich in deiner jetzigen Gestalt nicht erkennen."

„Genau", sagte Sijben. „Ein plötzlicher Schock wird ihre Verteidigung vielleicht schwächen."

Kleiner Riese hob den Deckel von der Schachtel und spähte hinein. „Mathilde ist viel zu schlau für uns."

„Für dich und Mark?"

„Für *uns*. Dir gelingt es auch nicht, Sijben."

Sijben kämmte sein Haar. „Ich liebe sie, und meine guten Absichten sind über jeden Zweifel erhaben."

Kleiner Riese pfiff die ersten Noten des Hochzeitsmarsches.

Sijben legte den Kamm hin und befühlte sein Kinn. „Keineswegs. Was ist das für eine primitive Schlußfolgerung? Das will sie auch nicht, sie will nur geliebt werden, selbst wenn es den Anschein hat, als würde sie solche Gefühle nicht dulden. Darum ändere ich meine Taktik."

„Zu Bett, zu Bett", sagte Kleiner Riese. „Heißt es nicht so in einem primitiven Wiegenlied für Kinder? Sich hübsch anziehen, lecker essen gehen, tanzen und fröhlich sein und zum Schluß die Säfte vereinigen? Ist das das höchste Ziel?"

Sjiben setzte sich neben Kleiner Riese aufs Bett.

„Vorsicht, meine Schachtel."

„Ich bin vorsichtig." Sijben nahm einen Umschlag und sah hinein. „Drei Chinesen mit angeklatschtem Haar in einem Medaillon. Was willst du damit?"

„Sie mir ansehen. Und zwar die ganze Nacht und morgen auch. So lange, bis ich weiß, was ich habe und was ich nicht habe."

„Sehr nützlich", sagte Sijben. „Viel nützlicher, als an mir herumzunörgeln. Ich gebe zu, daß mein Begehren niedrig ist, ja von mir aus sogar animalisch, aber es ist unschuldig und wahrscheinlich gesund. Mathilde ist eine normale Frau, und ich bin ein normaler Mann, bisher jedenfalls, denn es gibt keine Sicherheit – und dieses Einanderumkreisen irritiert mich allmählich. Auf Mark ist sie jetzt böse, weil sie keine Schweine mag, und während du leere Alben füllst, werde ich mein Glück versuchen. Wenn es nicht klappt, habe ich nichts verloren, doch wenn ich mein Ziel erreiche, habe ich wenigstens eine vergnügliche Nacht."

„Du zerstörst das Gleichgewicht in unserer Gesellschaft", wandte Kleiner Riese ein. „Mathilde mag das nicht."

„Ich werde hinterher aufräumen", versprach Sijben. „Wünsch mir Glück."

„Meine Gedanken werden bei dir sein", sagte Kleiner Riese. „Was macht Mark?"

„Mark geht heute abend mit Van der Putte aus, in ein Cafe, wo Börsenmakler ihre Kunden vor Fehlern zu bewahren versuchen. Die Schweinehäute sind ein wenig gestiegen, und Mark will sie verkaufen, aber nun scheint er für Kakaobohnen zu schwärmen."

„Wieder Termingeschäfte?"

„Ja", sagte Sijben, „und die Sträucher, an denen die Bohnen wachsen sollen, haben noch nicht die Erdoberfläche durchstoßen."

Kleiner Riese sprang vom Bett und stellte sich vor Sijben. „Wir müssen ihn entführen. Laß mich morgen ein Auto mieten und damit vorfahren. Du schlägst ihn nieder und wirfst ihn in den Kofferraum. Je schneller wir hier wegkommen, desto besser."

„Ich muß erst meine Obsession loswerden."

Kleiner Riese leerte seine Umschläge auf das Bett. Die Tür, die hinter Sijben zuschlug, verursachte einen Zug, und die Briefmarken flatterten durchs Zimmer. Kleiner Riese seufzte, wartete, bis die Briefmarken sich beruhigt hatten, kniete nieder und begann, sie aufzusammeln.

Sechzehntes Kapitel

„Wie lieb von dir", sagte Mathilde und ließ sich in einem mit malvenfarbenem Samt bezogenen Sessel sinken. „Wo sind wir hier?"

„Unserem Hotelmanager zufolge in dem elegantesten Nachtklub von New York. Ein bißchen später wird es Musik geben, und in der Zwischenzeit können wir etwas trinken und vielleicht ein wenig essen. Möchtest du gern Kaviar?"

„Ja", sagte Mathilde. „Kaviar. Bitte. Eigentlich finde ich ihn eklig, weil er aus Fischsperma oder -eiern oder irgendsoetwas besteht, aber ich habe gelernt, ihn zu essen, um deinen Vater nicht zu enttäuschen. An manchen Abenden zog er seinen besten Anzug an und sah mir zu, wie ich mich ankleidete. Ich mußte meine Perlenkette tragen, und er toupierte mein Haar. Wir gingen in ein Konzert oder ins Theater und danach in ein elegantes Restaurant. Es dauerte nie sehr lange, weil er schnell müde wurde."

„Ich bin jünger", sagte Sijben.

„Und hübscher. So wie du jetzt aussiehst, bist du der exaltierte Traum eines verzückten Schulmädchens." Sie grinste.

„Lach mich nicht aus", sagte Sijben, „ich tue mein Bestes."

Sie berührte seine Hand. „Ich lache, weil ich glücklich bin und weil mir etwas eingefallen ist. Früher, als ich noch ganz klein war, nahm mein Vater mich sonntagmorgens oft mit in den Zoo. Es war im Sommer, und eine Kapelle spielte. Es war genau so wie jetzt. Ich durfte auf einem schönen Stuhl sitzen, und mein Vater sagte: ‚Gleich wird es Musik geben'."

Wenn der Anfang gut ist, dachte Sijben, erhöhen sich die Chancen, daß das Ende ebenfalls gut sein wird. Er bestellte Champagnercocktails und Kaviar.

„Wirst du den hübschen Anzug jetzt immer tragen?“ fragte Mathilde.

„Möchtest du das gern?“

„So siehst du Mark ein bißchen ähnlich.“

Das ist nicht gut, dachte Sijben.

„Nein“, sagte Mathilde. „Ich drücke mich nicht richtig aus. Du siehst so aus, wie Mark aussehen sollte.“

Das ist besser, dachte Sijben.

Mathilde ordnete die Falten ihres Rocks. Nachdem sie sich von dem Sessel hatte umarmen lassen, saß sie nun wieder aufrecht und achtete darauf, daß ihre schicklich übereinandergeschlagenen Beine möglichst vorteilhaft zur Geltung kamen. Die Umrisse ihrer Schenkel unter dem Rock waren deutlich zu erkennen. Ebenso ihre Brust, die den V-Ausschnitt ihrer Bluse spannte und sich bei jedem Atemzug eindrucksvoll hob und senkte. Ihre frische Haut glänzte wie die Perlen, die ihren Hals umschlossen, und deren Perlmuttschimmer kontrastierte reizvoll mit dem tiefen Rot ihres Mundes und ihres Haars.

Sijben sah Mathilde in die Augen. Wie ließe sich ihr Ausdruck definieren, überlegte er. Als schläfrig? Nein, das ist eine plumpe Definition, obwohl es stimmt, daß ihre Augen nie völlig in der Außenwelt aufgehen. Sieht sie nach innen, so daß sie in ihren Gedanken leben und sich innerhalb der Grenzen ihrer Träume sicher fühlen kann? Das trifft auch nicht ganz zu, denn sie nimmt doch ein wenig Anteil an dem, was um sie herum geschieht. Oder sieht sie vielleicht einfach nur sexy aus? Lassen wir's dabei.

Er prostete ihr zu. „Findest du, daß Mark und ich einander ähneln?“

Ein leichtes Zittern pflanzte sich von Mathildes Nasenflügen bis in ihre Mundwinkel fort. „Mark handelt mit Schweinen.“

„Er handelt mit Geld“, sagte Sijben. „Und die Schweine sind schon wieder vorbei, jetzt steckt er im Kakao.“

Mathilde ließ sich Feuer geben. „Ich habe eigentlich nie

richtig verstanden, was Geld ist, nicht einmal, als ich selbst welches hatte. Geld ist nicht wirklich, aber es gehört immer dazu, denn ohne Geld hört das tägliche Leben auf. An dem Abend, bevor ich deinen Vater kennenlernte, saß ich in einem gemieteten Zimmer und aß Marmelade mit meinen Fingern aus einem Topf. Die Marmelade war schimmelig und die Tapete in dem Zimmer auch."

Sijben beobachtete vier große schwarze Männer, die das Podium erklommen. „Wie kam es dazu?"

„Ich war meinem Mann fortgelaufen. Mein Mann war vom Geld besessen, darum habe ich nichts mitgenommen, weil ich eine vollständige Trennung wollte. Er vermittelte Schwarzarbeiter."

„Ich kenne das Geschäft, es wird von Leuten betrieben, die mit jedem Bankrott reicher werden."

„Er fuhr einen Cadillac, der zu groß war, um ihn irgendwo parken zu können, also ließ er mich fahren und schnauzte mich an, wenn ich keinen Platz fand. Er kaufte mir alles, aber meistens gefielen mir seine Geschenke nicht, und dann wurde er furchtbar wütend."

„Ein lästiger Kerl", sagte Sijben mitfühlend.

Mathilde lachte. „Das kann man wohl sagen. Er sah sich auch gerne Video-Pornos an, und ich mußte sie für ihn aussuchen. Aber jetzt sieht er sich keine mehr an."

„Ist er blind?"

„Er ist tot." Mathildes Hand versteifte sich. Ihr Zeigefingernagel wurde der Anfang einer scharfen Linie, die im dicken Teppich endete. „Fünf Kugeln trafen ihn in die Brust, auf einem Strandstuhl an der französischen Küste, und nun spielt er in Höllenszenen mit."

„Aber du hattest nichts damit zu tun?"

„Nein, es muß einer seiner Kollegen gewesen sein. Ich war bei deinem Vater in Kralingen."

„Und du bekamst sein Geld?"

„Sein Geld war weg. Ich bin eine arme Witwe."

Der spöttische Klang ihrer Stimme auf einem Hintergrund

träger Schwermut wurde von der Combo übernommen. Eine Flöte blies klare, runde Töne, die über den anschwellenden Akkorden des Flügels schwebten. Der Baß stöhnte schwer, aber der Pianist versuchte, die Beklemmung zu durchbrechen.

Er hatte Mathilde gesehen und paßte sich ihrer Stimmung an. Mathilde lächelte wieder. Die Musik wurde weniger melancholisch und sogar ziemlich aggressiv, denn der Trommler begriff, was den Klavierspieler inspirierte, und begann, leicht auf die Seite seiner Schnarrtrommel zu schlagen, um dem Piano ein Motiv zu geben, damit es seinen Flirt aufrechterhalten konnte. Die Flöte gab ihre Soloversuche auf und unterstützte das Trommelspiel.

Sijben beobachtete die schwarze Hand, die den Klaviertasten Dissonanzen entlockte, und streckte seinen Rücken. „Willst du vielleicht tanzen?"

„Gleich", sagte Mathilde. „Wenn ein paar mehr Leute da sind. Das Leben beginnt hier spät. Kann ich noch was zu trinken haben?"

Eine junge Frau glitt hierbei und wieder fort, die Cocktails in den bloßen Händen.

„Wie gemütlich", bemerkte Mathilde. „Wahrscheinlich haben sie hier noch nie etwas von Tabletts gehört. Ist diese Frau nur zur Bedienung da, oder gibt es oben auch Schlafzimmer?"

„Ich glaube nicht, daß es Schlafzimmer gibt", meinte Sijben.

„Tut mir leid, ich habe ein wenig bissig geklungen, nicht wahr? Aber das Mädchen hat dich berührt, sie hat ihren Schenkel an dein Bein gedrückt. Und warum nannte sie dich Colonel Custer?"

„Sie hat einen Witz gemacht", erwiderte Sijben. „Colonel Custer ist durch seine Kämpfe gegen die Indianer berühmt geworden, und ich glaube, er war ziemlich groß und trug sein Haar zu einem Pferdeschwanz gebunden."

„Das Mädchen ist zu aufdringlich", sagte Mathilde. „Vielleicht sollte ich mich bei der Direktion beschweren."

Sijben streichelte ihre Hand. „Deine Schönheit übertrifft die dieses Mädchens nicht nur um ein Vielfaches, sondern um ein unendliches Vielfaches. Jeder Vergleich zwischen euch beiden ist sinnlos."

„Mädchen? Die Frau ist ebenso alt wie ich."

Sijben sah zu der Bedienung hinüber. „Es wird Zeit, daß ich mir eine Brille machen lasse. Sollen wir jetzt tanzen?"

Der Pianist straffte sich, als er Mathilde zur Tanzfläche gehen sah, und begann ein schnelles Motiv zu spielen. Der Trommler folgte ihm bereits, und der Bassist schüttelte seine Handgelenke und attackierte heftig seine Saiten. Die Musiker waren attraktive Männer mit identischen, seitwärts gebürsteten Schnurrbärten und in tadellos geschnittenen weißen Baumwollanzügen.

Mathilde mit vollkommener rhythmischer Begleitung, dachte Sijben, obwohl er nicht denken wollte, denn die Musik hatte ihn ebenfalls gepackt. Nichts ist von Bedeutung, dachte Sijben, und weil ich mir dieser grundlegenden Wahrheit bewußt bin, gelingt mir beinahe alles, was ich will. Getragen von meiner Einsicht, brauche ich nichts weiter zu tun, als mich dem Strom der Ereignisse zu überlassen. Mathildes vibrierender Körper in seiner Nähe ermutigte ihn, eins zu werden mit der hypnotischen Melodie, die die Combo nun spielte und nicht mehr beenden zu wollen schien. Sijbens Zweifel, die hin und wieder noch aufblitzten, schwanden dahin, und das erregende Gefühl der Befreiung ließ ihn seine Beine heben und die Arme strecken. Daß ihm dies sehr kunstvoll gelang, bewiesen die sich leerende Tanzfläche und der höfliche Applaus der anderen Gäste.

„Sijben", sagte Mathilde, „das war herrlich. Ich war überhaupt nicht verlegen oder verkrampft. Du bist ein großartiger Tänzer."

„Ich brauche noch was zu trinken", entgegnete Sijben.

Sie nickte. „Aber das wird mein letzter Cocktail heute abend sein."

„Und danach gehen wir noch in das japanische Restaurant, es hat dir da doch gefallen, oder?"

„Ja", antwortete Mathilde, „aber ich will nicht zuviel essen."

Sijben hatte Glück. Nichts störte seine Methode, alle Umstände waren für ihn. Ein Zwerg kam herein, ein richtiger, ein Liliputaner in einem Gehrock. Der Zwerg verteilte Ansteckstrauße. Mathilde erhielt den schönsten, eine einzelne Orchidee mit einem Zedernzweig, und der Zwerg weigerte sich, Geld dafür zu nehmen. Er verneigte sich. „Ein kleines Zeichen meiner Anerkennung Ihrer Schönheit, Madame."

Daß Sijben den Zwerg doch bezahlte, mit einer Banknote, die er der Kellnerin in die Hand drückte – sie gab sie weiter, denn der Zwerg zwinkerte Sijben später zu – merkte Mathilde nicht. Die Combo spielte wieder und allein für sie.

Es war windstill, als sie nach draußen kamen, und es liefen keine verrückten Leute umher, die ihre Botschaften loswerden wollten. Das Taxi war ein neues Auto und der Fahrer ein freundlicher alter Mann, der ausstieg, als er Mathilde erblickte, und ihr die Tür öffnete. Der Mond schien auf die Fifth Avenue und goß sein ruhiges, durchdringendes Licht auf die Glasfassaden, die in einen sternenübersäten Himmel reichten.

Sijben fühlte sich von dem von ihm selbst beschworenen Zauber ergriffen und zutiefst beeindruckt. Er war ein unwirklicher Filmheld, der sich in einer Szenerie bewegte, die kein irdischer Produzent erdacht haben konnte. Und neben ihm, in dem Taxi, das an Verkehrslichtern vorbeiglitt, die auf Grün sprangen, sobald es sich näherte, saß eine märchenhafte Mathilde und leistete ihm sanft und gehorsam Gesellschaft in diesem vorübergehenden Abenteuer.

Auch das japanische Restaurant paßte zu dieser unirdischen Atmosphäre, und das hübsche Paar ergötzte sich an den zierlichen jungen Mädchen, die diensteifrig in ihren dekorativen Kimonos hin und her trippelten, kunstvolle Farbtupfer vor der schlichten Kieferntäfelung. Die reizvoll angeordneten

Gerichte erfreuten ihre Augen und der warme weiße Wein ihre Gaumen. Es konnte nicht ewig dauern.

„Nach Hause“, sagte Sijben.

Sie gingen zu Fuß, denn es war nicht weit, und wieder waren die Straßen fast leer; hier und da tauchten menschliche Schatten auf, die sich in das surrealistische Straßenbild einzufügen wußten.

„Sieh mal“, sagte Mathilde.

Mathilde beobachtete einen älteren Herrn, der in einem phantastischen antiken Wagens verschwand, nachdem er mit beiden Händen seinen Hut abgenommen hatte.

Sijben sah dem fortgleitenden Fahrzeug nach. „Seltsam.“

„Sah er nicht genau wie dein Vater aus?“

„Er besaß so einen Packard“, sagte Sijben, „bis vor ein paar Jahren, als er aufhörte zu fahren.“

Mathilde stand in der offenen Tür, ihr dunkles Zimmer hinter sich. Das Flurlicht fiel sanft auf ihr Gesicht und ihren Körper, und ihr Kopf neigte sich leicht nach hinten.

Sijben küßte sie zart. „Schlaf gut.“

Mathildes Arme schlossen sich um seinen Hals, während sie zurücktrat.

Siebzehntes Kapitel

„Nicht schon wieder", stöhnte Kleiner Riese und sah den Briefmarken nach, die von seinem Bett, Nachtschränkchen und Tisch flatterten. Mathilde stand vor ihm und hielt die Hand vor ihren Mund. „Was habe ich getan?"

„Du hast einen Zug verursacht", sagte Kleiner Riese, „und jetzt kann ich wieder von vorn anfangen. Sijben hat es heute morgen auch getan, einmal, als er hereinkam, und ein zweites Mal, als er ging. Aber ich werde jedesmal geschickter beim Sortieren."

Mathilde kniete. „Soll ich dir helfen?"

Gemeinsam sammelten sie Kleiner Rieses Marken ein und legten sie in die Schachtel zurück.

Kleiner Riese hatte soeben geduscht und ein Handtuch um sich gewickelt. Er duftete angenehm nach Seife und Rasierwasser. Sein Bart hatte sich in leichte Locken gerollt, und seine Ohren sahen rosa aus seinem trocknenden Haar hervor. Er saß mit untergeschlagenen Beinen auf seinem Bett. „Möchtest du Kaffee? Sie haben gerade welchen gebracht. Schön frisch."

„Es ist nur eine Tasse da."

„Nach dir", sagte Kleiner Riese, „es ist genug in der Kanne."

Mathilde setzte sich neben Kleiner Riese aufs Bett. Sie hatte eine enge Hose an, mit dem Reißverschluß an der Seite. Kleiner Riese zog den Reißverschluß auf.

„Laß das, Kleiner Riese."

„Warum sollte ich?" fragte Kleiner Riese. „Das ist doch das Schöne am Hotelleben. Man wird aus der gewöhnlichen Routine gerissen und hat Gelegenheit, das Ungewöhnliche zu tun. Ziehst du nicht auch das Ungewöhnliche der gewöhnlichen Routine vor? Er öffnete den Druckknopf über dem Reißverschluß. „Wenn du jetzt aufstehst, verlierst du deine Hose ganz von selbst, das bin dann nicht ich gewesen, und du kannst mir keinen Vorwurf machen."

Mathilde stand auf.

Kleiner Riese sprang vom Bett und rannte zur Tür. Er drehte den Schlüssel um und legte die Kette vor. „Wenn ich das eher getan hätte, wären meine Briefmarken nicht weggeflogen, aber dann hättest du auch nicht hereinkommen können."

„Immerhin hättest du zwei Katastrophen vermieden. Versuch dich zu benehmen, Kleiner Riese."

Kleiner Rieses Hände glitten über ihre Bluse und drückten die Knöpfe durch die Knopflöcher. „Bitte setz dich wieder hin, meine Arme sind zu kurz."

„Ich kann auch stehenbleiben und meine Schuhe ausziehen."

Kleiner Riese bedachte die Alternative. „Nein."

Mathilde wartete geduldig.

„Es ist aufregender, wenn du deine Schuhe anbehältst."

„Aber dann kommst du nicht so gut dran."

„Ich komme dran", sagte Kleiner Riese. „Stell dich vor das Bett, dann klettere ich darauf und bin größer als du."

Wem oder was ich dies zu verdanken habe, weiß ich nicht, dachte Kleiner Riese, aber dies ist kaum der Moment, Fragen zu stellen. Er sprang vom Bett, schlug das Laken zur Seite und geleitete Mathilde an den ihr vom Schicksal zugedachten Bestimmungsort.

Jetzt nur nichts überstürzen, sagte Kleiner Riese zu sich selbst; ein guter Liebhaber weiß sich zu beherrschen und nimmt sich Zeit, selbst wenn er durch die unerwartete Wendung so überrascht und aufgeregt ist, daß sein Herz pocht und sein Atem stockt.

Kleiner Riese nahm sich Zeit, und mehr als eine Stunde war verstrichen, als Mathilde die Tür ihres eigenen Zimmers hinter sich schloß.

Nun noch Mark, dachte Mathilde; Shakespeare hat nicht

übertrieben, als er behauptete, jede Frau sei eine halbe Hure, aber ich glaube nicht, daß ich seine These heute noch beweisen werde. Ich bin zu müde, und Mark ist zu überdreht. Morgen ist auch noch ein Tag.

Mark war unten und unterhielt sich mit Van der Putte. Sijben sah zu.

„Du meinst also, ich sollte verkaufen?" frage Mark. „Aber diese verrückten Bohnen werden wieder steigen. Warum sollte ich von einem Zug abspringen, der noch fährt?"

„Ich bin der Meinung, daß das ganze Gerede über einen möglichen Bürgerkrieg in Ghana stark übertrieben ist", sagte Van der Putte, „und selbst wenn es dort einige Unruhen gibt, wird der Preis der Kakaobohnen noch lange nicht steigen." Er wedelte mit einem Blatt Papier vor Marks Gesicht herum. „Mark, höre auf guten Rat. Dieser Informationsbrief eines Experten befaßt sich mit Kakao und enthält die jüngsten Zahlen der produzierenden Länder. Ghana liefert nur einen geringen Anteil der Weltproduktion, was sollte es also ausmachen, wenn die Ernte dieses Jahr ausfällt? Nigeria rechnet mit einem Überschuß und die Südamerikaner bauen jedes Jahr mehr an, es wird wahrscheinlich mehr Kakao geben als je zuvor."

„Und was ist mit deiner eigenen Information? Mit deinen Computerdaten, die exakt die gegenwärtige Situation widergeben? War der Preis gestern nicht zwei Punkte höher?"

„Eine kleine Panik", sagte Van der Putte. „Wie wir sie gerade in Baumwolle hatten. Ein kleiner Wurm sollte sie angefressen haben, aber heute morgen eröffnete Baumwolle zehn Punkte niedriger. Gesamtbilder sind zu wenig aussagekräftig. Der Computer zeigt nur die gegenwärtigen und vergangenen Kurse an."

Mark drückte seine Zigarette aus, mit einem nikotinverfärbten Finger. Er hatte die Nägel abgebissen. „Dann muß ich also verkaufen?"

„Ich würde dir dazu raten. Kakao ist nicht mehr interessant, und von den übrigen Terminwaren verstehe ich nichts.

Wenn ich du wäre, würde ich den Verlust hinnehmen und ruhig abwarten, bis die Situation wieder klarer ist. Es besteht keine wirkliche Notwendigkeit zu spekulieren. Was könnte dich zwingen, ständig weiterzumachen?"

„Ein Verlust?" fragte Sijben.

„Ein kleiner Verlust", erwiderte Van der Putte. „Kakao fällt, und wenn er sich erholt, ist der Gewinn nur vorübergehend. Jetzt hat Mark noch ein wenig Spielraum, doch wenn der Kurs weiter fällt, steht er mit dem Rücken an der Wand. Eine Position, die ich keinem meiner Klienten empfehle."

„Da kommen die Morgenzeitungen", sagte Mark und stürzte zum Zeitungsstand in der Halle.

„Haben Sie selbst auch Kakao gekauft?" frage Sijben.

Van der Putte runzelte die Stirn. „Ich kaufe nichts mehr, außer das Sicherste vom Sichersten, und auch das nur breit gestreut und in kleinen Mengen. Meine Abenteuer gehören der Vergangenheit an. Ich habe zweimal mein letztes Hemd verloren und einmal sogar Konkurs angemeldet. Daß der Konkurs nicht bestätigt wurde, lag daran, daß meine Gläubiger dachten, ich würde mich da wieder herausspekulieren. Das habe ich auch, aber ich habe mir geschworen, daß ich nie wieder in eine solche Lage geraten wollte."

„Ich dachte, Sie wären reich?"

„Was ist reich?"

„Reich ist man", sagte Sijben, „wenn man anständig leben kann – und zwar für den Rest seines Lebens –, ohne sich anstrengen zu müssen."

„Dann bin ich nicht reich. Ich kaufe in einer Woche mehr zu essen als ein Haitianer in einem Jahr, doch mein Haus ist nicht mehr wert als die Hypothek, und von meinen drei Autos müssen zwei dringend repariert werden. Mein Einkommen ist unbeständig und sinkt, wenn ich nicht aufpasse."

„Und Sie leben allein von Ihren Kommissionen?"

Van der Putte blickte über seine Schulter. „Sehen Sie sich bloß an, wie Mark die Zeitungen auseinanderreißt. Der Anblick ist unerträglich." Er erhob sich. „Ja, ich lebe von meinen Kommissionen, und meine Kunden bleiben mir treu, weil sie wissen, daß ich sie nicht in ihr Verderben laufen lasse. Wenn Mark so weitermacht, wird er nicht mehr lange mein Klient sein."

„Wo ist Van der Putte?" fragte Mark.

„Er mußte in sein Büro zurück, ließ dich aber bitten, ihn in einer Stunde anzurufen."

„Um ihm zu sagen, daß ich meine Bohnen verkaufe, nehme ich an." Mark ließ sich auf einen Stuhl fallen. Er rieb sich über seinen Bauch. „Ich habe immer noch ein sicheres Gefühl. Die Schweinehäute sanken auch vorübergehend, aber am nächsten Tag erholten sie sich wieder. Ich weigere mich entschieden, noch einen weiteren Verlust hinzunehmen."

Sijben sprach mit Mathilde, und dann sprachen beide mit Kleiner Riese.

„Nein", sagte Kleiner Riese, „Mark ist nicht ganz richtig im Kopf, und bei Verrückten muß man warten, bis der Anfall vorbei ist. Außerdem habe ich nichts dagegen, wenn er zur Abwechslung einmal voll auf die Schnauze fällt. Sein jetziges Benehmen ist nicht zum Aushalten."

„Die Genugtuung", meine Sijben, „wenngleich nicht unwillkommen, könnte ziemlich kostspielig werden."

„Ich will sehen, was ich für dich tun kann", sagte Sijben im Flur zu Mathilde.

„Es geht nicht nur um mich", entgegnete Mathilde. „Wenn du Mark zum Verkauf überreden kannst, stärkst du unsere gemeinsame Position."

Sijben streichelte Mathildes Arm. Sie schob seine Hand weg. „Vergangene Nacht war vergangene Nacht, es wäre mir lieber, wenn du meinen schwachen Moment vergessen würdest."

„Ich bete dich an."

„Das geht vorüber."

„Ich will alles für dich tun."

„Dann sprich mit Mark, ich will hier weg."

„Ruf Van der Putte an", sagte Sijben zu Mark.

„Drohe mir nicht. Ruf ihn an oder was?"

„Oder nichts", sagte Sijben. „Ich versuche nur, dir zu helfen."

„Indem du mir beweist, daß ich nicht einmal von meinem eigenen Fach etwas verstehe?"

Ein Hotelpage trug eine große Schiefertafel durch die Halle. Der Name ‚Sobrijn' stand mit Kreide darauf geschrieben. Der Page schlug auf eine Glocke.

Sijben ging zu dem Jungen. „Ja?"

„Sie werden am Telefon verlangt, mein Herr."

„Es ist für dich", sagte Sijben zu Mark. „Eine Stimme aus dem Grab."

Er wartete, bis Mark zurückkam. „Nun?"

„Der Schuft hat meine Kakaobohnen verkauft."

„Gut so."

„Gut so", wiederholte Mark tonlos. „Begreifst du nicht, was ich sage? Er konnte sie ohne meine Zustimmung nur verkaufen, wenn sie bis auf mein Minimum fielen. Ich hatte Zweihunderttausend hineingesteckt, und nun beträgt mein Verlust Zweihunderttausend. Van der Putte konnte sie nicht länger halten, es sei denn, ich hätte Geld nachgeschossen, und er weiß, daß ich das nicht kann."

„So", meinte Sijben.

„Und sowas will ein Freund sein", sagte Mark. „Morgen werden die Bohnen wieder höher stehen." Er zündete sich eine Filterzigarette an der falschen Seite an. Sijben zog ihm die Zigarette aus dem Mund, brach den brennenden Filter ab und steckte sie ihm wieder zwischen die Lippen. Er ließ sein Feuerzeug aufflammen. „Hast du die Hotelrechnung bezahlt?"

„Nein."

„Hast du genug Geld auf deiner Kreditkarte?"

„Nein."

„Wo hattest du die zweitausend Dollar her, die du Kleiner Riese und mir gegeben hast?"

„Vom Gewinn aus dem Schweizer Franken-Geschäft."

„Ich dachte, du hättest mehr verdient."

„Ich habe ein wenig geprahlt", sagte Mark, „und das meiste habe ich wieder investiert. Aber das spielt jetzt keine Rolle mehr. Wenn ich mehr verdient hätte, hätte ich das ebenfalls in Kakaobohnen gesteckt."

„Ich habe noch ein paar hundert Dollar übrig", sagte Sijben. „Es war ein teurer Abend, und ich habe mir auch einen Anzug gekauft."

„Und Kleiner Riese?"

„Der hat in Briefmarken investiert."

Mark stöhnte.

„Kleiner Riese und ich haben immer noch unseren Anteil vom Erbe, wir können uns etwas davon schicken lassen."

„An einem Freitag? Das Wochenende hat bereits begonnen."

„Abendessenszeit", sagte Sijben. „Du darfst das Restaurant aussuchen. Das Universum dreht sich noch."

„Hast du ausgerechnet, wie weit wir mit deiner Kreditkarte kommen?" fragte Kleiner Riese.

„Mir fehlen zweitausend Dollar."

„Morgen früh geht ein Flugzeug nach Amsterdam", sagte Mathilde. „Laßt uns so schnell wie möglich aufbrechen und in Marks Wohnung ein wenig verschnaufen. Die kostet keine dreihundert Dollar pro Tag, und ich kann billig kochen."

„Aber wie bezahlen wir das Hotel?" fragte Mark. „Oder wollt ihr die Koffer hierlassen und in aller Stille verschwinden? Das ist nicht ganz mein Stil."

„Der Herr ist ein Ehrenmann", sagte Kleiner Riese. „Aber vor nicht allzu langer Zeit schmuggelte der Herr Drogen, und seitdem hat er mit ziemlich teurer Luft gehandelt."

Mark sah auf seinen Teller, Sijben beobachtete die Decke, und Mathilde starrte über Kleiner Rieses Kopf hinweg.

„Es tut mir leid", sagte Kleiner Riese. „Ich hatte vergessen, daß Haschischhandel in Tunesien legal ist und daß wir die Ware in internationalen Gewässern übergeben wollten. Auch will ich meinen Bruder nicht hänseln. Ich habe mich einen Augenblick lang geärgert, weil ich nicht entwickelt genug bin, um mit zuviel Unglück auf einmal fertig zu werden. Seht ihr mich nun wieder an?"

Er wurde angesehen.

„Danke", sagte Kleiner Riese. „Ich habe einen Freund, der ungefähr so groß ist wie ich und Goldstein heißt. Er hat mir zweitausend Dollar für Papas unvollständige amerikanische Briefmarkensammlung geboten. Ich werde ihn morgen früh auf unserem Weg zum Flughafen besuchen."

Sijben klopfte Kleiner Riese auf die Schulter, Mark schüttelte ihm die Hand, und Mathilde küßte ihn auf seine Wange.

Achtzehntes Kapitel

Die Brüder arbeiteten.

„Ist das nicht schön?“ fragte Mathilde. „Ich helfe euch gleich wieder, aber jetzt machen wir eine Pause, trinken Kaffee und essen selbstgebackene Plätzchen. Oh, ich finde die Idee von Kleiner Riese ja so gut. Dies macht viel mehr Spaß als New York, denn dort konnte nur Mark etwas tun, aber hier arbeiten wir alle zusammen.“

„Paß auf, daß es keinen Zug gibt“, mahnte Mark und schirmte die Marken auf seinem Schreibtisch mit dem Arm ab. „Ich glaube, daß ich jetzt endlich eine vollständige Serie kleiner Drachen zusammen habe.“

Sijben kniete vor einem niedrigen Kaffeetisch. „Nicht hier abstellen, Mathilde, denn ich habe auch etwas komplett, Postwertzeichen aus den nordöstlichen Provinzen. Oder sind es Steuermarken? Das vergesse ich immer.“

„Nicht hier“, sagte Kleiner Riese, „oder das ist das Ende meiner Serie doppelter Karpfen.“ Kleiner Riese saß am Eßtisch, auf dem eine Vergrößerungslampe installiert war und Alben herumlagen. In seiner gestikulierenden Hand blinkte eine Pinzette.

„Wo denn dann?“ fragte Mathilde.

„Auf dem Boden.“

Mathilde setzte das Kaffeetablett auf den Teppich. Sie klatschte in die Hände. „Pause!“

„Ja“, sagte Mathilde, „ich habe nie gewußt, was Familienleben ist. Es ist so lustig, und heute abend bekommt ihr Gulasch mit Reis, weil ihr das alle mögt.“

Mark knabberte an einem Plätzchen. „Sehr lecker, kross und frisch. Aber du hast doch einen Bruder, diesen Herrn in St. Tropez.“

„Meine Eltern waren geschieden, und mein Bruder war meistens bei meinem Vater."

„Und du warst bei deiner Mutter?"

„Nein", antwortete Mathilde. „Meine Mutter war fort. Ich lebte in einem Internat und wurde zur Dame ausgebildet."

„Darum bist du so sexy", sagte Mark. „Internatmädchen haben einen besonderen Stil. Auch etwas Verstohlenes, aber später wird daraus Raffinesse."

Mathilde trank ihren Kaffee.

„Hör nicht auf ihn", riet Kleiner Riese, „selbst wenn er recht hat. Mark kann nie lange nett sein. Reue nutzt sich ab. Wir dürfen schon froh sein, daß er eine ganze Woche lang seine große Klappe gehalten hat."

„Hör zu", sagte Mark. „Ich weiß, daß ich alles verkehrt gemacht habe, aber ich werde nicht ewig trauern. Von einem Griesgram habt ihr nicht viel, und ihr wart selbst der Meinung, daß ihr hiermit nicht alleine fertig werdet. Wenn ich euch helfen soll, muß es mir auch erlaubt sein, mich normal zu benehmen."

Sijben nahm auch einen Keks. „Und daß er Mathilde hänselt, ist ganz verständlich." Er sah Mathilde an. „Du darfst es Mark nicht übel nehmen. Du bist ein vollkommenes Symbol, eine Fleisch gewordene Phantasie, eine sichtbare offene Leere, die wir mit unserer niedrigen Lust füllen wollen, du bist..."

„Setz dich wieder hin, Mathilde", sagte Kleiner Riese, „und trink deinen Kaffee aus."

Mathilde stampfte mit dem Fuß auf. „Ich setze mich nicht wieder hin, ich werde meinen Koffer packen!"

Kleiner Riese zog an ihrem Rock. „Setz dich, sage ich. Wenn du gehst, gehen wir mit dir. Du bist an uns gekettet."

„Du zerreißt meinen Rock."

Kleiner Riese machte ein gemeines Gesicht. „Und deine Bluse, und deine Unterwäsche. Hähähä."

„Und wenn du nichts mehr anhast, werden wir dich grausam vergewaltigen", ergänzte Mark.

„Ja“, sagte Sijben. „Hihi.“

Mathilde setzte sich. Sie stieß Sijben gegen die Schulter. „Hör auf, so vulgär zu grinsen. Du bist doch sonst so ruhig und höflich. Warum bist du auf einmal so ekelhaft?“

„Weil ich alles genau vor mir sah“, erwiderte Sijben. „Hihi. Du dich windend auf dem Boden und wir...“

„Und warum bin ich angekettet? Ich bin eine freie Frau. Wenn ich gehen will, kann mich niemand aufhalten.“

Kleiner Riese setzte seine Tasse ab. „Du bist durch eine verschwundene Million an uns gekettet.“ Er klapperte mit seiner Tasse auf dem Unterteller. „Wir haben in der letzten Zeit nicht mehr darüber gesprochen, aber es ist doch nichts, was man leicht vergißt. Einer von uns ist ein feiger Dieb, der sich hinter einer höflichen Maske versteckt. Das macht mich jedesmal rasend, wenn ich daran denke.“ Er rülpste verhalten. „Bah.“

„Bah was?“

„Magensäure“, sagte Kleiner Riese. Er rülpste wieder. „Ich verstehe euch nicht. Seht euch nur an. All diese unschuldigen Gesichter. Papa hinterläßt uns sein fleißig verdientes, eifrig gespartes Vermögen und bevor man bis drei zählen kann, ist die Hälfte davon verschwunden. Ist einem von euch diese Diskrepanz schon einmal aufgefallen?“ Er rülpste erneut, so laut, daß er sich entschuldigte. „Niemand sagt ein Wort. Alle vergnügen sich auf Kamelen, baden im blauen Meer, treiben sich in New Yorks Straßen herum, geben aus, was noch übrig ist, aber hört man einmal jemanden fragen, wo zum Teufel eine ganze Million geblieben ist? In deren verdammter Nähe ich schlief? In meiner Unschuld? Hört ihr, Herrgott...“

„Nicht fluchen“, beschwichtigte Mathilde.

„Beruhige dich, Kleiner Riese“, sagte Mark.

„Ich will mich ja nicht einmischen“, meinte Sijben, „aber könnte es nicht vielleicht sein, daß du, in deiner Unschuld, in deinem Geneverrausch, in der Nacht aufgewacht bist und dich in deinem Tran, ganz unabsichtlich sozusagen, an unserem gemeinsamen, ich sage gemeinsamen, Erbe vergriffen hast?“

„Das ist doch nun der Gipfel“, schrie Kleiner Riese. „Ich, die Freundlichkeit selbst, die Bescheidenheit in Person, ich, der Mathilde als erster ihr Viertel zugestand, das nicht einmal legal war, das Papa nur auf dem Tonband erwähnte, während er vielleicht schon im Sterben lag und sich seiner sentimentalen, aber möglicherweise nicht akzeptierbaren Gefühle gar nicht bewußt war. Ich, der gezwungen wurde, auf einem Kamel zu reiten und...“

„Das war dein eigener Wunsch“, erinnerte ihn Sijben. „Wer redete dauernd von Kamelen, bevor wir überhaupt eins zu Gesicht bekamen? Und wer hat das arme Tier vollgekotzt und seinen Charakter so beleidigt, daß es auf die Kleider dieses Betreffenden pissen mußte, um die Dinge wieder in Ordnung zu bringen und...“

„Jetzt ist es genug“, sagte Mark.

„Warum?“ fragte Kleiner Riese. „Therapeutisch gesehen könnte dieser Austausch von Worten sehr nützlich sein, um verborgene Aggressionen freizusetzen...“

„Dies ist keine Begegnungsgruppe, sondern eine Arbeitsgruppe“, sagte Mark. „Wir wollen hier Geld verdienen. Also, Kleiner Riese, wie verdienen wir es denn nun?“

„Ich werde es noch einmal erklären“, antwortete Kleiner Riese. „Mein Freund Goldstein sagte, daß diese Schachtel fast vollständige chinesische Briefmarkensammlungen enthalte, und er hatte recht, denn wir haben bereits mehrere Alben gefüllt. Ich habe tausend Dollar für den ganzen Schwung bezahlt, und laut Katalog besitzen wir nun eine Sammlung, die beinahe zehntausend Dollar wert ist. Aber niemand, so mein Freund Goldstein, d.h. niemand, der bei klarem Verstand ist, bezahlt jemals den Katalogpreis, nicht einmal reiche Chinesen in Hongkong, die ihr Geld vor der Inflation schützen wollen. Und außerdem will diese Art von reichen Chinesen vollständige Sammlungen, die sie hin und wieder aus dem Safe holen können, um sie ihren neidischen Bekannten zu zeigen.“

„Und was fehlt in unseren Alben noch?“ fragte Mark.

„Die teuersten Marken natürlich", erwiderte Kleiner Riese, „denn diese Schachtel hat mir Goldstein verkauft, und der ist nicht verrückt, selbst wenn er ein Zwerg ist. Wir müssen also irgendwo die teuren Stücke auftreiben, und Goldstein zufolge tun wir das am besten hier, weil die Leute hier von chinesischen Marken nichts verstehen."

„Und der nächste Schritt?" fragte Sijben.

Kleiner Riese verneigte sich in Marks Richtung. „Bruder Mark, der einen Doktor in der Verwaltung von Reichtum hat und dazu ein außergewöhnlich entwickeltes Gehirn besitzt, selbst wenn er manchmal Fehler macht, hat sich den nächsten Schritt ausgedacht. Wir werden eine Anzeige aufgeben."

„Was die Gründung einer Firma notwendig macht."

„Das ist inzwischen geschehen. SOBRIJN & CO. Das Schild ist heute gekommen und wurde bereits an die Tür geschraubt."

„Zieh deine Unterlippe ein, Mathilde", sagte Sijben. „Wenn du einen Schmollmund machst, zerstörst du das Bild, das ich von dir habe."

„Tut mir leid", erwiderte Mathilde, „ich wußte nicht, daß ich einen Schmollmund mache."

„Warum soll sie die Unterlippe einziehen?" fragte Keiner Riese. „Wenn sie sie nicht einzieht, sieht Mathilde richtig zum Küssen aus."

„Wenn die Herren sich einigen könnten, wie sie es gern hätten", sagte Mathilde.

„Kannst du dir nicht was anderes anziehen?" fragte Kleiner Riese. „Ich würde eine Internatsuniform vorschlagen. Einen kurzen schwarzen Rock und eine enge weiße Bluse, einen breiten Lackgürtel und ein Band im Haar. Und wir tragen Leder und Ketten, und dann geht's rund."

„Wieviel Geld willst du investieren, bevor wir nach Hongkong fahren?" fragte Mark.

„Viel", antwortete Kleiner Riese. „Der Wert einer kompletten chinesischen Sammlung, inklusive das alte Kaiserreich, die Republik, das kommunistische China, Taiwan, die Provinzen und die Städte – Schanghai zum Beispiel hat einige Jahre lang eigene Marken herausgegeben – sowie die ganzen Aufdrucke und die Sonderausgaben aus der japanischen Besatzungszeit, beträgt über fünfundzwanzigtausend Dollar. Der Trick ist, soviele Sammlungen wie möglich zu vervollständigen. Auf einer Auktion – andere Möglichkeiten werden wir dort kaum haben – kann jede Sammlung gut und gerne zwölftausend Dollar einbringen, vielleicht ein bißchen mehr. Bisher haben wir erst tausend investiert. Ich hatte daran gedacht, etwa fünftausend Dollar für Inserate in mehreren bekannten Zeitungen auszugeben. weitere zehn- oder fünfzehntausend für Reisekosten und den Rest für den Einkauf."

„Dein Anteil beträgt ungefähr zweihunderttausend Gulden, was etwa der Hälfte in Dollars entspricht", rechnete Sijben. „Soviel kannst du ausgeben."

„Wenn das nur gut geht", bemerkte Mathilde.

„Tja", sagte Mark, „das haben wir beim Haschisch und in New York auch gedacht. Aber einmal muß es gelingen, das ist das Gesetz der großen Zahl."

Sijben hielt eine Hand vor seine Augen. „Das Gesetz der großen Zahl?" Er hielt auch die andere Hand vor seine Augen. „Du meinst wohl eher das Gesetz von eins, zwei, drei – und Sprung."

„Dann machen wir es eben nicht", sagte Mark. „Mir ist es egal. Wir haben immer noch vierhunderttausend Gulden, die wir durch vier teilen können. Wir sagen uns Aufwiedersehen, und das war's dann."

Kleiner Riese versuchte wieder zu rülpsen. „Und die Million bleibt verschwunden? Wir müssen zusammenbleiben, und mit diesem Briefmarkengeschäft ist das eine Weile möglich. Vielleicht macht es uns sogar reich. Goldstein ist auch reich davon geworden."

„Woher weißt du das?"

„Weil er Eichenmöbel aus dem sechzehnten Jahrhundert besitzt." Keiner Riese schlug einen Purzelbaum rückwärts und kam auf seinen Beinen zu stehen. „Mark, ich weiß es zwar nicht genau.“ Er deutete mit dem Daumen auf seinen Bauch. „Aber ich habe ein sicheres Gefühl. Dieses Mal wird es gelingen.“

„Das habe ich in New York auch gedacht, und Mathilde in Tunesien.“

„Geben wir also jetzt die Inserate auf?“ fragte Mathilde.

Neunzehntes Kapitel

Anzeige

CHINESISCHE BRIEFMARKEN dringend gegen Barzahlung gesucht

Alle chinesischen Marken: Kaiserreich, Republik, Rotchina, Provinzen, Formosa/Taiwan, Städte, Aufdrucke, Sonderdrucke.
Große und kleine Sammlungen willkommen, in Alben oder Einsteckbüchern, auch lose, sowie Einzelstücke.
WIR KAUFEN (bis einschließlich zum Wochenende) *gegen bar* bis zu hunderttausend Gulden und mehr.
Unsere Mitarbeiter empfangen Sie täglich zwischen 11 und 17 Uhr.

FA. SOBRIJN & CO., Mathenesserlaan 525 Rotterdam
Telefon 010-772300

„Nein, meine Dame. Soviel kann ich nicht dafür bezahlen“, sagte Kleiner Riese.

Die Dame trug einen Hut, war dickleibig und saß auf dem Rand ihres Stuhls. Sie sah Kleiner Riese böse an.

„Sie haben hier zwar“, stimmte Kleiner Riese zu, „eine ganze Menge Briefmarken, doch die meisten von ihnen sind nicht besonders alt. Alles neue Ausgaben, sehen Sie selbst.“

„Mein Mann hat sie gesammelt“, sagte die Dame. „Er war bei der Handelsmarine, aber nun ist er tot.“

„Ich hebe Ihnen tausend Gulden dafür“, bot Kleiner Riese an.

Die Dame lehnte sich auf ihren Schirm.
„Ja?“ fragte Kleiner Riese.
„Mehr wollen Sie nicht bezahlen?“
„Nein, sonst ist es für mich uninteressant.“
„Also her mit den tausend Gulden“, sagte die Dame.

„Nein“, sagte Sijben, „mehr kann ich nicht dafür bezahlen.“
„Sechshundert Gulden für einen Schuhkarton voller Marken?“ fragte der junge Mann in der Lederjacke. „Aber das kann doch nicht genug sein. Verstehen Sie überhaupt etwas von Briefmarken?“
„Was heißt schon verstehen“, entgegnete Sijben. „Ich weiß, was sie mir wert sind, und sie sind nicht für mich, ich muß sie wieder verkaufen.“
„Es sind sehr schöne dabei, mit drolligen Tieren, die sich gegenseitig am Hinterteil beschnuppern. Sehen Sie nur die Verzierungen an den Rändern.“
„Die habe ich gesehen“, sagte Sijben, „und der Katalogwert ist sicher höher als das, was ich Ihnen biete, aber niemand bezahlt je den Katalogwert.“
„Warum gibt es ihn dann?“ fragte der junge Mann.
„Irgendjemand nennt immer einen Preis“, erwiderte Sijben. „Aber niemand sonst würde sich daran halten.“
Der junge Mann nahm den Schuhkarton an sich.
„Sechshundert Gulden“, sagte Sijben. Er zückte seine Brieftasche.
Der junge Mann, der bereits an der Tür stand, kam wieder zurück und streckte seine Hand aus.
„Bitte sehr“, sagte Sijben. „Und besten Dank.“

„Nein“, sagte Mark, „mehr als das kann ich nicht bezahlen.“
„Mein Herr“, protestierte der Mann in dem Baumwollanzug, „was Sie hier sehen, ist einzigartig. Alle chinesischen Briefmarken komplett.“
„Die sind nicht viel wert. Hier ist der Katalog, sehen Sie selbst.“

„Ich kenne die Preise", sagte der Mann. „Die Aufdrucke sind ziemlich teuer, besonders die von 1912."

„Das stimmt, aber die fehlen hier."

Der Mann stand auf und schlug Seiten in einem Album um. „So, die fehlen?" Er wies anklagend auf eine Marke. „Hier, direkt vor Ihrer Nase. Aufdruck in Rot."

„Ja, sagte Mark, „rot ist sie, aber rot ist nicht genug. Ich nehme an, Sie verstehen ein wenig Chinesisch. Was auf Ihrer Marke steht, ist nicht ausreichend, es fehlen ein paar Schriftzeichen."

Der Mann setzte sich wieder. „Wonach suchen Sie denn dann? Was ich Ihnen hier anbiete, ist eine wunderschöne Sammlung." Er sprang wieder auf. „Zum Beispiel hier, diese Sun Yat-sen-Serie ist allein schon dreihundert Dollar wert."

Mark hielt einen Finger hoch. „Übertreiben Sie nicht ein bißchen? Zweihundert Dollar trifft wohl eher zu, und das ist der *Katalog*wert, Sie wissen doch, daß den niemand bezahlt."

„Also gut", sagte der Mann. „Aber nun sehen Sie sich die erste Seite des ersten Albums an, das ich Ihnen gab. Den zehn Cent-Aufdruck auf zwölf Cent orange. Ist die Marke zweihundertfünfzig Dollar wert oder nicht?"

„Augenblick!" sagte Mark. „Sie meinen *hell*orange. Was ich hier sehe, ist aber *dunkel*orange und nicht einmal zehn Dollar wert."

„So", sagte der Mann.

„Ja", sagte Mark.

„Ich muß mich geirrt haben", räumte der Mann ein, „ich bin farbenblind, wissen Sie."

„Tatsächlich?"

„Ja, aber Sie können nicht leugnen, daß ich Ihnen eine interessante Ware anbiete."

„Eine sehr interessante Ware", sagte Mark. „Und deshalb habe ich Ihnen dreitausend geboten."

„Dollar?"

„Gulden."

„Gut, sagte der Mann. „Dreitausend Gulden für das erste Album, und den Rest nehme ich wieder mit nach Hause."

„Nicht gut", entgegnete Mark. „Dreitausend für alle drei Alben und das Einsteckbuch mit den Doppelten."

„Sie ziehen mich aus."

Mark legte drei Tausendguldenscheine auf den Tisch.

Der Mann zögerte.

Mark nahm die Scheine wieder auf.

„Liegen lassen", sagte der Mann, „denn Sie gehören mir."

„Guten Tag", sagte Mathilde zu einem Jungen in Turnschuhen.

„Guten Tag. Kaufen Sie chinesische Briefmarken?"

„Ich nicht" antwortete Mathilde, „aber die Herren in den anderen Zimmern. Setz dich doch einen Augenblick."

„Ich muß wieder weg", sagte der Junge nach ein paar Minuten. „Ich muß Volleyball spielen."

„Hast du die Briefmarken in deiner Tasche?"

„Möchten Sie sie sehen?"

„Was für schöne Marken", sagte Mathilde.

„Da ist ein vollständiger Bogen dabei", erklärte der Junge, „mit Flugzeugen darauf. Die Flugzeuge fliegen über die chinesische Mauer."

„Aber sie sind etwas beschmutzt, sieh nur all diese kleinen Kritzeleien hier."

„Das macht nichts", sagte der Junge. „Das muß sogar so sein. Viele holländische Briefmarken haben das auch, wie die mit der Königin Wilhelmine als junges Mädchen. Aufdrucke nennt man sowas."

„Deine Marken gefallen mir. Was willst du dafür haben?"

„Hundert Gulden." Die Stimme des Jungen piepste plötzlich.

Mathilde betrachtete die Marken. „Sie sind so hübsch, wie kleine persische Teppiche. Willst du sie nicht lieber behalten?"

„Ich sammle nur niederländische. China macht keinen Spaß. Wenn ich chinesische Marken zeigen will, gehen alle weg."

Das Telefon klingelte. „Einen Augenblick", sagte Mathilde. „Ja?"

„Ich gehe Volleyball spielen", meinte der Junge.

„Herr ter Kulve?" fragte Mathilde. „Und Sie kommen den ganzen Weg von Harderwijk? Sicher, wir sind hier, Herr ter Kulve, Sie können uns bis 19 Uhr erreichen. Um 20 Uhr, sagen Sie, und Sie haben einige Tschou En-lai mit den hübschen Mädchen? Gut, wir werden auf Sie warten."

„Wo hast du die Marken her?" fragte Mathilde.

Der Junge zuckte mit den Schultern. „In der Schule getauscht, gegen Wilhelm III. Ich gebe sie Ihnen für achtzig Gulden."

Mathilde seufzte. „Wir haben heute so viel zu tun. Kannst du nicht noch ein paar Minuten warten?"

„Ich muß Volleyball spielen."

„Also gut", sagte Mathilde, „hier hast du deine achtzig Gulden."

„Ich bin froh, daß es fast vorbei ist", sagte Mark. „Heute ist der letzte Tag. Ich werde bald verrückt von all den Marken. Unaufhörlich kommen sie mit ihren Tschiang Kai-schek-Mausoleen und Mao Tse-tungs mit dem roten Büchlein."

„Und tanzenden Kindern", fuhr Sijben fort.

„Und Traktoren in Kornfeldern", ergänzte Kleiner Riese, „und besiegten Tibetern und koreanischen Veteranen zu Besuch bei ihren Müttern und Sportlehrerinnen vor der Klasse."

„Und was man ihnen bietet, ist immer zu wenig", sagte Mark.

„Es *ist* immer zu wenig", betonte Sijben.

„Hundertfünfzigtausend Gulden ist nicht genug?" fragte Kleiner Riese.

„Und diese schrecklichen kleinen Jungen", sagte Mathilde. „Sie hingen immer bei mir herum, und alles kostet hundert Gulden. Ein paar von ihnen habe ich heute abgefertigt, ihr wart zu beschäftigt, und sie wollten nie warten."

„So", seufzte Mark, „mehr tue ich nicht. Wieviele Sammlungen haben wir jetzt?"

„Zwanzig", antwortete Kleiner Riese, „und die Schachteln mit den Resten."

„Und du meinst, du kannst sie für eine halbe Million verkaufen?" fragte Sijben.

„Ja", sagte Kleiner Riese. Seine Stimme klang plötzlich heiser.

Es klingelte.

„Ter Kulve", stellte sich der Herr vor. „Ich komme aus Harderwijk. Wollen Sie meine Briefmarken kaufen?"

„Wir haben schon so viele", sagte Kleiner Riese, „aber nehmen Sie trotzdem Platz."

„Es hieß", sagte Herr ter Kulve, „daß Sie alles kaufen, was chinesisch ist. Gegen bar. Ich habe den weiten Weg von Harderwijk hierher gemacht."

Herr ter Kulve ging wieder, mit zweitausend Gulden in der Tasche.

„Wo blieb die Vorstellung?" fragte Sijben. Er stand auf, beugte seine Knie und sagte in Kleiner Rieses Tonfall: „Soviel kann ich dafür nicht bezahlen, Herr ter Kulve."

„Du hast dem Mann einfach gegeben, was er verlangt hat", sagte Mark, „und dabei hatte er nur rotchinesische Marken, die billigsten von allen laut Katalog."

Kleiner Riese schob Herrn ter Kulves Album zur Seite. „Manche von ihnen sind ungestempelt und Geld wert, wie zum Beispiel diese mit den kleinen Jungen, die Gymnastik machen."

„Kleiner Riese war müde", sagte Mathilde.

Es klingelte.

Eine Frau kam herein.

„Zeigen Sie mal, was Sie haben, meine Dame", forderte Mark sie auf. „Aber eigentlich sind Sie ja schon zu spät."

Die Dame war Chinesin und sprach auch nur Chinesisch.

Sijben machte eine einladende Geste.

Die Dame leerte einen durchsichtigen Umschlag.

„Das sind koreanische Marken“, sagte Kleiner Riese.

„Woher wußtest du das?“ fragte Mathilde, als die Frau wieder gegangen war.

„Die Verzierung an den Rändern bestand aus weiß-schwarzen Scheiben, dem Symbol für Yin und Yang, die das männliche und das weibliche Prinzip, die gemeinsame Schöpfung darstellen.“

„Weiblich ist weiß?“ fragte Mathilde.

„Schwarz.“

„Aber mit einem kleinen weißen Punkt in der Mitte“, sagte Sijben.

„Dann kann ich nicht ganz schlecht sein“, meinte Mathilde.

„Wer sagt, daß weiblich schlecht ist?“ entgegnete Sijben. „Schwarz ist die Farbe von schwülem, warmem Schlamm, der von dem hellen Licht befruchtet wird.“

„Schlamm?“ fragte Mathilde.

Es klingelte.

Mark sah auf seine Uhr. „Es ist nach neun, wir haben keine Verabredungen mehr.“

Kleiner Riese knipste das Licht aus. Sijben stopfte sein Taschentuch in die Glocke. Gemeinsam stolperten sie durch den Flur.

„Bist du das?“ fragte Mark.

Mathilde stieß seine Hand weg.

„Komm mit“, flüsterte Mark.

„Nein“, sagte Mathilde laut.

„Laß sie in Ruhe“, sagten Kleiner Riese und Sijben.

Mathilde lag im Bett und fühlte ihre Atmung langsamer werden.

„Hallo?“ fragte der alte Herr Sobrijn.

„Ach“, sagte Mathilde, „da bist du ja wieder. Wie schön. Ich habe dich so vermißt.“

Der alte Sobrijn stand vor ihr. Er trug einen samtenen Morgenrock, der in der Taille von einer Kordel mit Quasten an den

Enden zusammengehalten wurde. Er kam soeben aus dem Badezimmer und rauchte ein Zigarillo.

„So warst du mir immer am liebsten", sagte Mathilde, „denn wenn du dich entspanntest, sahst du immer so gütig und weise aus. Ich war sehr glücklich mit dir, weißt du das, du Herr vom alten Schrot und Korn?"

Der alte Sobrijn machte ein schuldbewußtes Gesicht.

„Und du warst immer so bescheiden und höflich."

Der alte Sobrijn lächelte verschämt.

„Aber das, wozu du uns in der letzten Zeit angestiftet hast", tadelte Mathilde, „läßt mich an dir zweifeln. „Die Sache mit dem Haschisch war eine dumme Geschichte, und ich hätte mich nie darauf eingelassen, wenn du nicht einmal gesagt hättest, daß du meinen Bruder so bewunderst und daß du gerne so gelebt hättest wie er, in einer malerischen Villa an der Riviera und mit riskanten Abenteuern beschäftigt."

Der alte Sobrijn machte eine entschuldigende Geste.

„Und die Spekuliererei in New York war der reine Wahnsinn, ich hätte Mark davon abhalten sollen. Aber du sagtest, es täte dir leid, daß du nie das geringste Risiko eingegangen seist."

Der alte Sobrijn blies einen Rauchring. Mathilde lachte. „Das hast du früher nie gekonnt. Nun kannst du es also?"

Der alte Sobrijn grinste stolz.

„Du bist ein Schatz", sagte Mathilde. „Doch was ist jetzt wieder mit diesen Briefmarken? Für dich war es ein angenehmes Hobby, aber Kleiner Riese ist nur am Geld interessiert. Findest du das gut?"

Der alte Sobrijn lächelte.

Das himmlische Licht, das die Gestalt des alten Sobrijn umgeben hatte, verblaßte. Mathilde wachte auf. Eine Straßenlaterne schien sanft durch die Tüllgardinen und beleuchtete die Blumen auf der Tapete in Marks Gästezimmer. „Ich vertraue dir immer noch", sagte Mathilde und begann zu weinen. „Aber ich wünschte, du würdest es mir nicht so schwer machen."

Zwanzigstes Kapitel

Mark war ausgeglichen und fröhlich, ja vielleicht sogar glücklich. Er hatte gut zu Mittag gegessen, mit einem Aperitif vorweg, Wein dazu und anschließend Cognac. Er rauchte eine Zigarette und rührte seinen Kaffee um. Die Stewardeß hatte sein Tablett weggeräumt, und die Tasse stand in der Mitte seines babyblauen Tischchens. Das Flugzeuginnere war graublau, die Sitze waren dunkelblau, und der Himmel war hellblau. Die verschiedenen Schattierungen ergänzten einander in vollkommener Weise. Alles, dachte Mark, ist so, wie es sein sollte, und alle Wünsche sind erfüllt. Das Flugzeug funktioniert optimal. Es ist pünktlich abgeflogen und wird pünktlich ankommen. Inzwischen steht mein eigener Anzeiger auf Null, und die Nadel zittert nicht einmal. In dieser ungestörten Fahrt spiegelt sich die Vollkommenheit des Universums wider. Die Galaxien bewegen sich fehlerlos nach festen Gesetzen. Und die Mathematik des großen Geschehens arbeitet nicht nur reibungslos, sie ist auch noch schön anzusehen. Sieh den leeren Himmel, in dem alles schwebt und dessen reines Azur helle Strahlen aussendet. Sieh die vielen Chinesen um dich herum mit ihrem identisch geschnittenen und gekämmten schwarzen Haar, mit ihren makellosen weißen Hemden und ihren Hüten und Kappen, die ordentlich aufgereiht in den Gepäckhaltern liegen. Sie lehnen alle in hübschen, sauberen Sitzen und kehren nach China zurück zu tausend Millionen von Landsleuten, die ebenfalls fröhlich sind und fleißig und gewissenhaft arbeiten, um ihre Umstände zu verbessern – seien es nun Kommunisten oder Kapitalisten –, um den Reichtum der Erde zu mehren und die Gesundheit und die Lebensdauer jedes einzelnen zu vergrößern, und niemand beklagt sich, und alle gehen im Takt.

Das Flugzeug sackte in ein Luftloch, und Marks Kaffeetasse stürzte um. Die Hüte und Kappen fielen aus den Gepäckhaltern. Ein Baby rollte durch den Gang. Kleiner Riese bekam etwas Kaffee auf seinen Hosenlatz und sprang auf. Er fiel zur Seite gegen Sijben, und Sijbens Ellbogen stieß an Mathildes Arm. Mathilde wachte auf und sah sich mit großen Augen um.

„Alles ist unter Kontrolle", sagte der Pilot zweisprachig. Eine Stewardeß brachte Handtücher und eine Flasche Flekkenwasser. Die Chinesen legten ihre Hüte und Kappen auf die Gepäckhalter zurück, und das Baby wurde aufgehoben und seiner Mutter wieder in den Arm gegeben.

Mark schlief ein. Er träumte, er sei ein Schaf, das fröhlich zwischen anderen Schafen dahintrottete. Alle Schafe folgten einem Bock. Der Bock war deutlich erkennbar, denn er war größer als die anderen Schafe, und seine gebogenen Hörner waren rot gefärbt. Geführt von ihrem Leithammel, trotteten die Schafe auf ein Gebäude zu. Mark konnte lesen, die anderen Schafe nicht. Er las die Inschrift auf dem Gebäude. *Schlachthaus.*

Wie seltsam, dachte Mark, da trotten wir nun alle dahin, hübsch ordentlich, in unendlich langen Reihen zu sechst, und das Schlachthaus erwartet uns. Weiß das denn niemand außer mir? Das Leittier wußte es auch, denn kurz vor den gähnenden Türen scherte es aus und lief zurück, um anderen Schafkolonnen den Weg zu weisen. Mark scherte ebenfalls aus, gerade noch rechtzeitig, denn er konnte schon Messer und Beile glänzen und Blut spritzen sehen.

„Wach auf", sagte Kleiner Riese. „Dein Mund steht offen, und du sabberst."

„Nun, wir haben nicht alles unter Kontrolle", ließ sich der Pilot zweisprachig vernehmen. „Sie haben vielleicht, nachdem das Flugzeug in die Turbulenz geraten war, einen leichten Stoß verspürt, weil ich das Fahrwerk ausgefahren habe. Unsere hydraulischen Systeme sind dabei auszufallen, und ich lande lieber auf den Rädern als auf dem Bauch. Wir sind noch ungefähr tausend Meilen von Hongkong entfernt. Bis zu dem Zeitpunkt, da die Motoren nicht mehr funktionieren werden, befinden wir uns in der Nähe unseres Zielflughafens, so daß wir eine Gleitlandung machen können. Die Wolken, die Sie zu beiden Seiten der Maschine sehen, bestehen aus Treibstoff, da ich im Falle einer Notlandung lieber leere Tanks habe. Angesichts der Brandgefahr bitte ich Sie, das Rauchen einzustellen. Alle Getränke sind von jetzt an gratis."

Die Chinesen murmelten, und das Baby schrie.

Der Alkohol floß in Strömen, aber die Stewardessen lächelten nicht mehr.

„Wie schade", sagte Kleiner Riese, „und ausgerechnet jetzt, wo alles so gut ging. Aber es hat doch Spaß gemacht, zusammen Briefmarken zu sortieren."

Mathilde saß zwischen dem Fenster und Sijben. „Du darfst meine Hand festhalten", sagte Sijben. „Ich weiß zwar, daß du niemanden bevorzugen möchtest, aber deine Position läßt dir keine andere Wahl."

„Glaubst du, das ist das Ende?" fragte Mark. „Ich hatte soeben einen seltsamen Traum. Das könnte ein schlechtes Omen sein."

„Erzähl deinen Traum", sagte Kleiner Riese.

„Es ist dir also gelungen, das Gebäude zu meiden?" fragte Kleiner Riese ein wenig später.

„Ja," erwiderte Mark. „Der Bock, der uns verraten wollte, bog nach links ab und ich nach rechts. Aber all die anderen Schafe liefen direkt in ihren Tod."

„Aber du nicht."

„Ich nicht."

„Dann geht alles gut aus", sagte Kleiner Riese, „denn wenn es dir gelingt, dich zu retten, wirst du uns ebenfalls retten. Wir sind eine Gruppe, und wir wären mit dir abgebogen."

Eine Stewardeß bot verschiedene Alkoholika an. Sijben reagierte nicht. Er hatte einen Kopfhörer auf. Das Modern Jazz Quartett spielte direkt in seinem Schädel eine Variation über Bachs Konzert für zwei Harfen in C. Während er lauschte, gratulierte er dem himmlischen Angestellten, der in jenem Augenblick für die Bestimmung des Schicksals zuständig war. Wie gut du erraten hast, lobte Sijben ihn, wie ich mir mein Ende wünschen würde. Die Musik ist vorzüglich, jeder Ton ist rein und an seinem Platz und findet seine Resonanz in meiner Wahrnehmung. Vielleicht habe ich zuviel Zeit mit Zweifeln vertan. Meine Hypothese, daß nichts jemals von Bedeutung sein kann, findet nun ihre klare und schlüssige Bestätigung. Dies ist das dritte Mal, daß ich die Relativität aller Dinge erkenne, und vielleicht das überzeugendste Mal.

„Sijben", sagte Mathilde.

Sijben setzte den Kopfhörer ab.

„Ich habe Angst, sprich mit mir."

„Worüber soll ich mit dir sprechen?"

„Oh mein Gott", sagte Mathilde, „sieh dir nur den Nebel da draußen an. Ist das wirklich Treibstoff?"

„Wir fliegen", erwiderte Sijben, „inmitten einer potentiellen Explosion."

„Oh mein Gott. Bitte erzähl mir eine schöne Geschichte. Dein Vater erzählte mir immer etwas Beruhigendes, wenn ich mich nicht wohl fühlte."

„Ein Märchen?"

„Was du willst, solange es gut ausgeht."

Sijben ergriff Mathildes Glas und trank es leer. Er hielt es hoch, um es wieder füllen zu lassen. Er gab das Glas Mathilde. „Es war einmal ein junger Mann", begann Sijben. „Na ja, er ging schon auf die dreißig zu, und der fuhr als Passagier auf der Ladefläche eines Lastwagens durch eine kahle Ebene in der früheren französischen Kolonie Tschad. Er trug eine Uniform und war mit einem amerikanischen Schnellfeuergewehr bewaffnet. *Bumm.*"

„Oh mein Gott", sagte Mathilde. „Ist das Benzin explodiert?"

„Nein, der Lastwagen fuhr auf eine Mine. Das Führerhaus wurde auseinandergerissen, und die Soldaten, die darin gesessen hatten, brauchten nie wieder etwas zu tun, aber die auf der

Ladefläche waren mehr oder weniger unverletzt. Der junge Mann wurde in die Luft geschleudert und fiel in den Sand. Er war nicht verwundet, landete jedoch auf seinem Kopf, so daß er ohnmächtig wurde."

„Geht es gut aus?"

„Noch nicht. Als er das Bewußtsein wiedererlangte, lag er in einer Hütte, mit Händen und Füßen an einen Pfosten gekettet, der so tief in den Boden geschlagen war, daß er ihn nicht herausziehen konnte. Ein Mann in einer anderen Uniform kam herein und gab ihm Maisbrei und eine Flasche mit Wasser. Dieser Mann, der schwarz war, sagte zu dem jungen Mann – nun, er war schon fast dreißig –, daß er im Morgengrauen, zusammen mit den anderen Söldnern, die vom Lastwagen gefallen waren, erschossen würde. Dieser schwarze Mann war nämlich der Feind."

„Und du warst der junge Mann?"

„Ja", sagte Sijben, „und der Feind, ein Offizier, machte gern Witze."

„Und dann, und dann?"

Sijben hielt seinen Kopfhörer hoch. „Hier, willst du mal hören? Guter Bach."

„Ist eine Trommel drin?"

Sijben lauschte kurz. „Ja, behutsam und präzise."

„Ich will wissen, wie es mit dem jungen Mann weiter ging."

„Er durfte", sagte Sijben, „den Rest des Tages und die ganze Nacht darüber nachdenken, wie es sich anfühlt, eine Kugel in den Leib zu kriegen, eine gezielte Kugel, eine Eins-Zwei-*Feuer*-Kugel. Das ist nicht dasselbe wie eine zufällige Kugel."

„Oh mein Gott", stöhnte Mathilde, „wir fliegen immer noch in Treibstoffwolken. Was für ein ekelhafter Gestank, findest du nicht auch? Und ich kann die Motoren kaum noch hören. Glaubst du, wir werden es schaffen? So ein großes Flugzeug kann doch bestimmt nicht gleiten, wird es nicht einfach runterfallen? Ob man uns in Hongkong erwartet? Man muß uns sofort landen lassen. Oh mein Gott."

„Obwohl eine zufällige Kugel auch töten kann", sagte Sijben. „Aber das hat mir damals keine Kopfschmerzen bereitet, an jenem Tag und in jener Nacht, denn ich lag um meinen Pfosten gekrümmt da und machte mir die Hosen voll, und draußen ging alles wie gewöhnlich weiter. Ich konnte Autos starten und wegfahren, Ziegen meckern und Frauenstimmen reden hören. Schwarze Frauenstimmen haben wunderbare Nebenklänge, wie ein gut gespieltes Saxophon; man hört die Melodie, aber darunter oder dazwischen schwingen andere Töne mit. Ich dachte damals, daß Musik nur dank der Stille existiert und diese umrahmt, wie das Leben den Tod umrahmt."

„Aber am Ende geht es gut aus", sagte Mathilde, „denn du sitzt neben mir."

„Ja, aber ich wußte nicht, daß es weitergehen würde. Am Morgen kam der Feind wieder, und ich wurde nach draußen gebracht und gegenüber einer Reihe adrett gekleideter Soldaten in sauberen Shorts und mit Kreuzriemen über der Brust an einen Zaun gebunden. Die Sonne ging auf, und ich sah in die Gewehrläufe, und jedes Gewehr hatte ein verchromtes Schloß, das in dem frühen Licht glänzte. Der Offizier zählte bis zwei."

„Warum schossen sie nicht?"

„Weil sie Witzbolde waren. Ich wurde wieder losgebunden und weggeführt."

„Und du entkamst?"

„Kurz danach", sagte Sijben.

„Mußtest du viele Menschen umbringen?"

„Ich weiß nicht genau wieviele, aber es müssen einige gewesen sein, das gehörte dazu. Trink noch was."

„Erzähl mir noch eine Geschichte."

„Du darfst dir ein Thema aussuchen."

„Über ein nettes kleines Tier."

„Eine Abalone ist ein nettes kleines Tier", sagte Sijben. „Der Kapitän bezahlte mir einen Vierteldollar für jede, und manchmal saßen Hunderte von ihnen auf einem Felsen."

„Was ist eine Abalone?"

„Ein Weichtier, das in einer Perlmuttmuschel an der Kapküste Südafrikas wohnt. Es sei ganz einfach, sie zu fangen, sagte man mir, aber ich mußte mich doch erst ein wenig an die Bedingungen gewöhnen. Ich bekam einen Gummianzug und eine Taucherbrille und in den Mund einen Schlauch. Ich wurde über Bord geschubst und sank, bis ich auf dem Grund stand; die Abalone wohnt da unten. Man löst sie vom Felsen mit einem Schraubenzieher, der mit einem Lederband am Handgelenk befestigt ist, und läßt sie in ein Netz fallen. Je mehr man fängt, umso mehr verdient man, aber die Taucher kämpfen um die besten Felsen und durchlöchern einem den Anzug oder halten einem den Luftschlauch zu."

„Was müssen das für schreckliche Männer sein."

„Menschen taugen nichts", sagte Sijben, „und Haie noch viel weniger."

„Die gab es da auch?"

„Oh ja. Große Haie, die gefährlichste Sorte, und sie sind immer in der Nähe und sehen, was du machst."

„Und greifen sie an?"

„Sie schwimmen ganz nahe an dir vorbei, als ob sie gestreichelt werden wollten, aber ihre Haut ist wie Sandpapier, und sie versuchen, dich damit zu verletzen. Sobald sie Blut riechen, greifen sie an."

„Wir sinken", sagte Mathilde. „Hoffentlich verliert der Pilot jetzt nicht die Nerven. Die Motoren sind aus. Er muß das Flugzeug ganz ruhig aufsetzen, und dann rollen wir mühelos die Landebahn hinunter."

„Einer der Taucher blutete, und ein Hai griff ihn an. Sie drehen sich auf den Rücken, dann weiß man, daß es gefährlich wird, denn mit dem Bauch nach oben können sie besser beißen. Wir hatten das Notsignal gegeben, indem wir an unseren Tauen zogen, und wurden hinaufgehievt. Haie haben viele große, dreieckige, scharfe Zähne."

„Aber es ist nichts passiert, oder?"

„Einer der Taucher verlor ein Bein."

„Aber es war nicht dein Bein."

„Ich habe einem Hai mit meinem Schraubenzieher ein Auge ausgestochen. Das war nicht sehr nett von mir, aber man kann sich nicht alles gefallen lassen. Ist das nicht schön da unten?“

Das Flugzeug flog in geringer Höhe über dem Meer, vorbei an einer Dschunke mit drei geflickten Segeln. Das Schiff war ungefähr so groß wie das vorübergleitende Flugzeug. Ein verhutzelter alter Mann winkte vom erhöhten Achterdeck.

„Wie lieb“, sagte Mathilde. „Er weiß nicht, daß wir gleich zerschellen werden.“

Hinter der Dschunke türmten sich weißgraue Gebäude auf, dessen größtes in seinen runden Fenstern den Himmel reflektierte. Hunderte solcher abstrakter, abgeschnittener Kuben zeichneten sich, aus dem Urfels herauswachsend und Berge mit unsichtbaren Spitzen bildend, vor dem chaotischen dunkelgrünen Himmel ab.

„Willkommen in Hongkong“, sagte der Pilot.

„Lande das Ding erstmal“, knurrte Kleiner Riese.

„Bitte festhalten“, murmelte der Pilot.

„Er kann nicht bremsen“, sagte Mark, „weil die Hydraulik nicht funktioniert, und die Landebahn ist kurz, das habe ich irgendwo gelesen.“

Elastische Kabel fingen das Flugzeug auf.

Die Passagiere sahen zu, wie der Pilot, geradeaus vor sich hin starrend, die Treppe hinabstieg und auf dem Beton der Landebahn niederkniete.

„Er dankt seinem Gott“, bemerkte Mark.

„Dies ist ein feierlicher Augenblick“, sagte Kleiner Riese, „ und vielleicht kann ich ihn dazu benutzen, euch eine Frage zu stellen.“

Mark trocknete sich sein Gesicht ab, Mathilde biß auf ihr Taschentuch, und Sijben sah auf die Zigarette, die er nicht anstecken konnte, weil das Flugzeug noch naß von dem abgelassenen Treibstoff war. Die Stewardeß forderte die Passagiere durch ein Megaphon auf: „Bitte nicht rauchen. Begeben Sie sich so schnell wie möglich in das Flughafengebäude.“

„Ich möchte wissen", sagte Kleiner Riese, „wer von euch der Dieb ist." Niemand antwortete ihm.

„Weshalb waren wir doch gleich hier?" fragte Mark, nachdem sie den Zoll und die Paßkontrolle passiert hatten.

„Hotel?" fragte ein Chinese.

„Wie geht es dir, Mathilde", erkundigte sich Sijben im Taxi.

Mathilde lächelte. „Danke, sehr gut, Liebling."

„Wir wollen doch jetzt nicht vertraulich werden, oder?" fragte Kleiner Riese.

„Du bist auch ein Liebling, und Mark ebenfalls. Erinnert ihr euch noch an das Matriarchat?"

„An das was?" fragte Mark.

„Einer von euch erwähnte es in Tunesien. Es gibt dort Gesellschaften, in denen die Frau Oberhaupt der Familie ist, und sie kann mehr als einen Mann haben. Manche von ihnen haben sogar drei."

„Mathilde macht uns einen Vorschlag", sagte Kleiner Riese. „Seht euch nur diese Straßen an und all diese verrückten Schilder, die niemand lesen kann, und die Polizisten tragen kurze Hosen. Das kann doch nicht in Ordnung sein, vielleicht sollten wir lieber wieder zum Flughafen zurückfahren."

„Ja. Ich mache einen Vorschlag. Wir mieten uns ein einfaches kleines Haus, wo es schön ist und nicht teuer. Ich besorge den Haushalt, und ihr geht spazieren und lest die Zeitung. Wenn wir sparsam sind, können wir ewig so weitermachen, in Frieden und Harmonie."

„Und wir dürfen alle mit dir ins Bett?"

„Ja, Mark. Aber natürlich nicht immer, hin und wieder werde ich ein wenig Ruhe brauchen, und ihr müßt mir alle beim Abwaschen helfen."

„Keine schlechte Idee", meine Sijben.

„Wir sind hier, um Briefmarken zu verkaufen", sagte Kleiner Riese, „und jede Ablenkung ist Zeitverschwendung. Das ist dummes Gerede, Mathilde, hör damit auf."

„Hier Hotel", rief der Fahrer.

„An die Arbeit", sagte Kleiner Riese.

Einundzwanzigstes Kapitel

„Was machst du da?" frage Kleiner Riese.

„Ich sehe mir die Boote an", sagte Sijben, „aber es scheinen eher Häuser zu sein, ich glaube nicht, daß sie jemals irgendwohin fahren."

„Sampans", bemerkte Kleiner Riese.

Sijben schüttelte ablehnend den Kopf in Richtung einer jungen Frau, die auf ihre Bank zulief. „Aber die Frau will doch nur freundlich zu uns sein", sagte Kleiner Riese.

„Eine Prostituierte", entgegnete Sijben, „und sie ist nicht die erste, die freundlich zu uns sein will. Sie ist sicher die zehnte, und ich sitze erst sei ein paar Minuten hier. Vielleicht hätte ich ja nichts dagegen, aber mir ist nicht klar, wohin sie mich mitnehmen wollen. Dieses Sampans beherbergen ganze Familien. Wie können sie ihre Kunden bedienen, wenn alle zusehen?"

Kleiner Riese seufzte. „Sie könnten Vorhänge haben. Weißt du, daß die Stadt auf der anderen Seite weitergeht?"

„Wir sind in Kaulun, das andere Ufer heißt Victoria, wenn du hinüber willst, mußt du die Fähre nehmen. Ich bin schon dort gewesen. Es ist eine gute Idee, eine Stadt durch Wasser zu teilen. Man hat auf dem Wasser eine Chance, zur Besinnung zu kommen, bevor man sich wieder in die Geschäftigkeit stürzt." Sijben stand auf. „Komm mit, da sind schon wieder welche. Zwischen all den Schwarzhaarigen fallen wir zu sehr auf, sie halten uns für lüsterne Touristen."

Kleiner Riese trabte neben seinem Bruder her. „Wenn wir gehen, fallen wir nicht auf? Ich bin auch schon in Victoria gewesen, da scheint mehr los zu sein als hier. Schmale Straßen und ein höllischer Verkehr, aber nicht uninteressant, eine Menge zu sehen."

„Aber hast du eine Auktion gesehen?"

„Ja", erwiderte Kleiner Riese, „und ich bin sogar drinnen gewesen. Sie versteigern zweimal pro Woche, und ich durfte mir die angebotenen Briefmarken ansehen unter der Voraussetzung, daß ich meine Hände auf dem Rücken behielt. Ganz nette Sammlungen, doch nichts, verglichen mit dem, was wir zu bieten haben."

„Guten Tag", sagte Sijben.

Die Frau war in mittlerem Alter und lächelte ihm aus einem runzligen Gesicht freundlich zu. Sie winkte mit einer Suppenkelle und sprach Chinesisch, wobei sie gleichzeitig auf das Ufer deutete und Bewegungen machte, als ob sie sich mit Eßstäbchen Reis in den Mund stopfte.

„Sollen wir mit ihr gehen?" fragte Kleiner Riese. „Ich hätte nichts dagegen, etwas zu essen, und sie riecht gut."

Das Restaurantboot lag zwischen anderen Sampans eingeklemmt und sah wie eine langgestreckte Jolle mit einem Schilfdach aus. Die Frau schöpfte Nudelsuppe und gebackene Fischkroketten in Schalen. Es waren keine anderen Kunden da – ein weißer junger Hund wedelte den Gästen mit seinem Schwanz zu, und in einem Bambuskäfig sang ein Kanarienvogel. Auf den Nachbarbooten ging das Alltagsleben weiter. Transistorradios spielten ihre blecherne Musik durcheinander. Fliegende Händler kamen in Ruderbooten längsseits. Bunte Wäsche trocknete an den Leinen, Frauen schrubbten Decks oder flickten Kleider, ein Kind kehrte, geschickt von Boot zu Boot springend, mit Einkäufen nach Hause zurück, ein anderes Kind paddelte in einer Plastikbadewanne davon.

„Keine reichen Leute", sagte Sijben, „aber niemand scheint Hunger zu leiden, und sie laufen nicht in Lumpen herum. Wie einfach das Leben sein kann. Glaubst du nicht, daß wir die Dinge zu sehr komplizieren?"

„Ich verkaufe Briefmarken", antwortete Kleiner Riese, „und von der Versteigerung habe ich einen Ausschlag auf dem Rücken bekommen. Nur chinesische Laute um einen herum, und sie können dich übers Ohr hauen und dir dabei in die

Augen sehen. Ich wage es nicht einmal, meine Ware abzuliefern, aus Angst, anstelle einer Empfangsbescheinigung eine gebrauchte Kinokarte zu erhalten. Auf was habe ich mich da nur eingelassen."

Die Frau röstete eine kleine Scholle auf Holzkohle. „Nun sieh dir das an", sagte Sijben. „Einfachheit in ihrer reinsten Form. Sie wirft eine Leine über Bord und fängt einen Fisch, dann nimmt sie ihn aus und bereitet ein wohlschmeckendes Mahl damit. Sie zieht ein paar Dollar aus dem Wasser und kann sich für den Rest der Woche um ihr geistiges Wohlsein kümmern."

„Ausgezeichnete Scholle", lobte Kleiner Riese, „und eine schmackhafte Soße. Ja, bitte, meine Liebe, eine Schale Reis würde das Mahl abrunden."

Kleiner Riese bekam auch Tee.

„Meinst du, sie haben hier Toiletten?"

„Nein", sagte Sijben. „Es wird über Bord gehen müssen, und das ist mir dann doch etwas zuviel der Einfachheit. Trotzdem sollte dies Beispiel uns nachdenklich machen. Wir laufen wie Goldkäfer hier herum, jonglieren mit unaussprechlichen Summen, und da ist so eine gute alte Frau und bereitet ein nahrhaftes Mahl für ein paar Pfennig."

Er zahlte, und sie balancierten über Bretter und schwankende Decks zum Ufer zurück.

„Wo ist eine Toilette?"

„Da drüben?"

Kleiner Riese sah zu den kleinen Häusern hinüber, auf die Sijbens Arm deutete. An jedem Laden hing ein Schild, an manchen sogar mehrere. „Ich werde aus diesen kopulierenden Würmern nicht schlau", sagte Kleiner Riese. „Es fällt mir schwer zu glauben, daß das wirklich Buchstaben sein sollen."

„Dann sieh durch die Fenster, eines der Häuser ist bestimmt ein Cafe. Ich warte hier auf dich, ich muß ein wenig nachdenken."

Sijben fand eine geschützte Stelle zwischen einem roten Briefkasten und einem Laternenpfahl und versank in Nachdenken, während hinter ihm ein stetiger Strom von Fußgängern und vor ihm ein kaum schnellerer Strom von Fahrrädern und Autos vorbeifloß.

Es dauerte eine Weile, bis Kleiner Riese sich zwischen Männern in engen Hosen und weißen Hemden und Frauen, von denen die jüngeren beidseitig geschlitzte Röcke trugen, hindurchgekämpft und Sijben wiedergefunden hatte.

„Ich dachte wirklich, die meisten Menschen wären weiß", sagte Kleiner Riese, „aber das ist wahrscheinlich überhaupt nicht der Fall. Wieviele Chinesen gibt es?"

„Eine Milliarde."

„Und Menschen insgesamt?"

„Vier Milliarden, meine ich."

„Vielleicht ist alles, was ich geglaubt habe, falsch."

„Das habe ich auch schon oft gedacht", sagte Sijben. „Wir haben von Anfang an das Falsche gelernt, und dann ist es einfacher, den Unsinn immer weiter mit sich herumzuschleppen."

„Aber ich habe einen Briefmarkenladen gefunden. Kommst du mit gucken? Vielleicht erfahren wir etwas über Preise."

Kleiner Riese schob Sijben zu einem kleinen Laden. Sijben grüßte einen älteren Herrn, der gerade herauskam.

„Guten Tag Herr Sobrijn", sagte der Mann.

Kleiner Rieses Mund stand weit offen. Er schloß ihn wieder. „Sie sprechen Niederländisch?"

„Gewiß doch", sagte der Mann, der um die siebzig sein mußte und einen altmodischen Anzug aus Schantungseide trug, komplett mit Weste, Uhrkette, Strohhut und Spazierstock. „Ich stamme aus Curaçao." Er neigte sich zu Kleiner Riese hinab und streckte seine Hand aus. „Mein Name ist Da Costa."

„Sobrijn."

„Aha, sie beide sind verwandt."

„Wir sind Brüder", erläuterte Sijben, indem er Kleiner Rieses Schulter tätschelte. „Herr Da Costa wohnt in unserem Hotel, und wir haben heute morgen zusammen gefrühstückt."

„Sammeln Sie Briefmarken?“ fragte Kleiner Riese.

„Ach“, erwiderte Da Costa, „nur so ein bißchen, wenn ich sonst nichts zu tun habe. Darf ich den Herren eine Tasse Kaffee anbieten?“

Die Welt ist zu groß für mich, dachte Kleiner Riese, während er Sijben und Da Costa folgte. Curaçao nun wieder. Eine Insel, aber ich habe keine Ahnung, wie weit sie entfernt ist, und hier sitze ich auf einer anderen Insel. Ich bin von tausend Mal tausend Mal tausend Chinesen umgeben, und dieser Herr Da Costa, der einen portugiesischen Namen hat und Niederländisch spricht, muß eine schwarze Mutter gehabt haben. Soll ich jetzt gleich verrückt werden oder noch ein wenig damit warten? Was tut der Mann hier?

„Was tun Sie hier?“

Da Costas schwere Augenlider hoben sich leicht. „Das ist eine lange Geschichte, Herr Sobrijn.“

„Ich würde sie sehr gern hören.“

„Dann werde ich sie etwas abkürzen. Ich verdiene meinen Lebensunterhalt mit der Herstellung und dem Verkauf von Textilien. Früher einmal tat ich das auf meiner eigenen Insel, doch die Produktionskosten wurden zu hoch, deshalb kam ich hierher, aber auch hier wurden die Produktionskosten zu hoch, und ich zog nach Taiwan. In Taiwan, ach, es ist eine eintönige Geschichte... wollen Sie sie wirklich hören?“

„Ja, ja“, sagte Kleiner Riese.

„In Taiwan steigen die Produktionskosten ebenfalls. Es ist eine grausame Welt, Herr Sobrijn. Die Kosten steigen, weil die Löhne steigen, aber diejenigen, die die hohen Löhne verdienen, wollen die Produkte, die sie selbst herstellen, nicht kaufen, weil sie zu teuer sind. Doch nun öffnet das chinesische Festland abgabenfreie Produktionszonen, und ich habe einen Antrag für die Errichtung einer Fabrik in Schenzen gestellt; wenn mein Antrag genehmigt wird, werde ich wieder konkurrieren können.“

„Schenzen“, sagte Kleiner Riese. „Ist das weit von hier?“

„Ziemlich, aber ich fliege jede Woche hin, um mich zu

erkundigen, ob mein Formular bereits abgestempelt ist."

„Und in der Zwischenzeit wohnen Sie hier?"

„Ja, aber mein Haus ist in Taiwan, und Taiwan ist wieder zu weit weg."

„Mein Bruder wohnt auf einem Deich", sagte Sijben, „und flicht Körbe, doch nun will er Briefmarken verkaufen."

Der alte Mann nahm sich Zeit, um diese Information zu verarbeiten. Er schob seinen breitkrempigen Hut ein wenig nach hinten, setzte vorsichtig seine Ellbogen auf den Tisch, verschränkte die Finger ineinander und stützte sein Kinn darauf. Seine großen, leicht schrägstehenden Augen glänzten, und seine Nasenlöcher öffneten sich ein wenig. Er richtete das Wort an Kleiner Riese, jedoch nicht mehr im Konversationston, sondern mit einer merkwürdig heiseren Stimme. Er entblößte kräftige, weiße Zähne in gesundem rosa Zahnfleisch und lächelte, um die in seiner scharfen Frage enthaltene Entrüstung ein wenig zu mildern. „Sie kommen von Holland nach Hongkong, um *Briefmarken* zu verkaufen?"

„Aber es sind sehr viele, Herr Da Costa", sagte Kleiner Riese.

Sijben lächelte ebenfalls. „Und von hervorragender Qualität."

„Darüber müssen Sie mir mehr erzählen."

Kleiner Riese erläuterte, während Sijben zuhörte und Da Costa studierte. Es ist merkwürdig, dachte Sijben, aber ich erkenne mich in diesem Mann wieder, obwohl ich nur die Körpergröße mit ihm gemeinsam habe. Er hat Einsteins Nase, Spinozas Augen und die Farbe des Modern Jazz Quartett. Er kommt aus einer anderen Kultur oder aus einer Anzahl anderer Kulturen und dennoch gibt es keinen wesentlichen Unterschied zwischen uns. Er hat sich weiter entwickelt als ich, aber er muß einmal eine Wahl getroffen haben, die auch ich getroffen habe und die mich schließlich zu demselben Punkt führen wird, an dem er schon ist. Dieses außerordentliche Wesen unterwirft sich keinen allgemein anerkannten Regeln. Er hat Abstand von den Dingen, und obwohl er das Spiel mitspielt, lehnt er es doch ab, ein Teil davon zu sein. Er ist hier, aber gleichzeitig ist er nicht hier.

Da Costa hörte Kleiner Riese zu Ende zu, ihm hier und da mit einem Wort aushelfend, wenn dieser ins Stocken geriet.

„Sie verstehen etwas von Briefmarken", sagte Kleiner Riese.

„Ein wenig", räumte Da Costa ein, „aber als Handelsobjekt kenne ich die Materie noch nicht, obgleich ich einige Alben der Länder besitze, in denen ich gelebt habe. Jedes Land zeigt sich oder verrät sich, könnte man sogar sagen, in seinen Briefmarken, und das nicht nur in den Motiven, oder den Verzierungen an den Rändern, sondern auch in den Zahlen. Ich genieße es manchmal, mich ruhig irgendwohin zu setzen und zu studieren, was mir meine Sammlungen mitzuteilen haben. Briefmarken sind wie Fenster in einem geschlossenen Haus, und manchmal erhält man sehr tiefe Einblicke."

„Sie sammeln auch China?"

„Sicher", sagte Da Costa. „Noch etwas Kaffee, mein Freund?"

„Ja, bitte. Vielleicht können Sie mir einen Rat geben, wie ich meine Ware am besten verkaufe."

Da Costa lächelte. „Verzeihung, ich hatte wieder vergessen, daß es Ihnen ja um den Profit geht. Ein alter Mann philosophiert gern, aber davon klingelt die Kasse nicht. Haben Sie vor, lange zu bleiben?"

„Allzuviel Zeit haben wir nicht", antwortete Sijben.

Da Costa dankte der Kellnerin in Chinesisch und schob die Kaffeetassen beiseite. „Dann werden Sie sich der Auktionen bedienen müssen. Ich verfüge über eine Reihe zuverlässiger Kontakte in Hongkong und kann Ihnen vielleicht von Nutzen sein, was ich mit Vergnügen tun würde, denn die Behörden auf dem Festland sind mir zu langsam, und das Warten beginnt mich zu langweilen.

Kleiner Riese sah aus dem Fenster. Er las einige der englischen Schriftzüge zwischen dem Wirrwarr chinesischer Zeichen. *Kaiser Restaurant, Tung Shun Hing Store, Shanghai*

New Sam Young Store, Kentucky Fried Chicken, Man Hing & Co, Coca Cola, Xim, Wo Hop. „WO HOP", sagte Kleiner Riese laut. Er stöhnte in seiner Ohnmacht. „Ach, Herr Da Costa."

„Ja, Herr Sobrijn?"

Kleiner Riese hob seine Schultern. „Es ist alles so fremdartig hier. All diese Schriftzeichen und die seltsamen Menschen, die noch dazu auf Booten leben."

„Nicht alle", Herr Sobrijn. „Manche Chinesen wohnen in Palästen, aber die meisten müssen sich mit winzigen Behausungen behelfen; neulich lernte ich einen Mann kennen, der in einem Schrank wohnt, und einen anderen, dessen Unterkunft aus einer Kiste auf einem Dach besteht, aber das ist vielleicht bequemer als die Sampans, auf die sie die anderen verbannt haben."

„Die anderen? Aber sind es nicht alles Chinesen?"

„Nein nein Herr Sobrijn. Auch hier leben verschiedene Völker durcheinander. Da gibt es noch die Hakka, die Hoklo und die Tanka, Bürger zweiter Klasse, Reste früherer Zivilisationen. Sie waren einmal ziemlich bedeutend, besonders die Hakka, die so aktiv und emsig waren, daß sie den Aufstand von 1865 entfesselten und beinahe ausgerottet wurden. Zwanzig Millionen Tote, Herr Sobrijn."

Da Costa bot parfümierte Zigaretten aus einem abgegriffenen goldenen Etui an. „Dies ist das Land der unvorstellbaren Zahlen. Ganz Südchina stand in Brand. Und nun leben die Tanka auf kleinen Booten, auf ihrem eigenen Abfall schwimmend, oder in Barackenstädten, im Urwald von Nord-Borneo. Aber, Briefmarken, sagten Sie."

„Ganz beachtlich, was Sie da haben", sagte Da Costa eine Stunde später, über Kleiner Rieses Alben gebeugt.

„Aber wie werde ich das Zeug los?" frage Kleiner Riese.

Da Costa kratzte sich den Rücken. „Darf ich mich einen Augenblick hinsetzen?"

Mark holte einen Stuhl. „Möchten Sie etwas trinken?" fragte Mathilde.

„Einen Planters-Rum, bitte."

Da Costas lange kräftige Finger spreizten sich auf seinen Oberschenkeln. Die Knöchel schienen sich unabhängig voneinander zu bewegen. In Wirklichkeit streichelt er Mathilde, dachte Sijben, denn er hat gesehen, wie schön sie ist. In seinem Alter erfüllen Wünsche sich abstrakter. Aber mir geht es ähnlich, selbst in *meinem* Alter. Sijben sah aus dem Fenster. Auf dem Parkplatz vor dem Hotel stand ein Rolls Royce. Sijben betrachtete die lange majestätische Form des tadellos polierten Wagens und die zierliche Gestalt seines uniformierten Fahrers, der einem dicken zigarrerauchenden Mann die Tür aufhielt. Ich brauche keinen Rolls Royce, dachte Sijben, aber es wäre schade, wenn niemand einen besäße, denn dann würde ich nie so ein prächtiges Fahrzeug zu Gesicht bekommen.

„Wenn Sie uns wirklich bei diesem Geschäft behilflich wären", sagte Mark, „würden wir Ihnen gern eine Kommission bezahlen."

Da Costa blätterte in einem Album. „Eine Kommission? Nun, da können wir später vielleicht noch einmal drüber sprechen." Er wies auf eine Marke. „Diese sollten wir uns unter ultraviolettem Licht ansehen. Wenn sie kein Wasserzeichen hat, müßte sie sechshundert Dollar wert sein. Und ich glaube, da war auch etwas mit der Perforation. Ich besitze das billige Exemplar, das nur zehn Cent wert ist."

„Haben Sie eine Lampe mit ultraviolettem Licht?" fragte Kleiner Riese.

„Die kann ich mir borgen, und einen Perforationsmesser wahrscheinlich auch. Tja, was kann ich nun also für Sie tun? Ich könnte Ihnen einen zuverlässigen Auktionator in Victoria empfehlen, und wir könnten einmal zusammen hingehen, um zu sehen, wie es da zugeht. Aber wenn sie sich für diese Möglichkeit entscheiden, brauchen Sie mich eigentlich nicht."

„Würden wir auf diese Weise einen guten Preis erzielen?"

„Oh, gewiß, aber das Spiel kann auch intelligenter gespielt werden."

„Wir würden gern eine Kommission bezahlen", sagte Mark. „Sie kennen die Sitten dieses Landes und können uns vor unserer eigenen Ignoranz schützen."

Da Costa trank seinen Rum. „Wissen Sie, die Steuern hier sind nicht übermäßig hoch, und die Behörden mischen sich nicht viel ein, dennoch stellen die Nabobs ihren Reichtum natürlich nicht gern öffentlich zur Schau. Was in Kaulun und Victoria versteigert wird, hängt an der großen Glocke."

„Illegales Geld?"

„Schwarzes Geld, wie wir hier sagen, Herr Sobrijn, aber Geld sollte transparent sein. Wahrer Reichtum hat keine Farbe."

Mark lächelte wissend.

„Man kann durch ihn hindurchsehen, seine Substanz ist immateriell. Und die Reichen möchten natürlich, daß es so bleibt, weil sie so lange wie möglich reich sein wollen. In Macao..."

Kleiner Riese zerrte an seinem Kragen. „Wo ist Macao nun wieder?„

„Nicht hier, Herr Sobrijn. Macao liegt auf dem Festland und ist eine portugiesische Enklave, außerhalb des Geltungsbereichs der meisten Gesetze, ein Zufluchtsort, in dem das Leben sehr angenehm sein kann, ein himmlisches Fleckchen, das man mit dem Hovercraft übers Wasser erreicht, ohne die Wellen zu berühren."

„Da gibt es auch Auktionen?"

„Ja, Herr Sobrijn, und alles, was dort geschieht, ist hier unsichtbar." Da Costa rieb sich über seine hohe Stirn. „Ich werde mich jetzt besser verabschieden, um zu sehen, ob meine Verbindungen noch existieren, denn alles verändert sich, und ich bin seit vielen Jahren nicht mehr in Macao gewesen." Er erhob sich. „Geben Sie mir ein paar Tage Zeit."

„Zehn Prozent", sagte Mark und öffnete seinem Gast die Tür. „Nichts ist umsonst, Herr Da Costa. Wir möchten nicht, daß Sie Auslagen haben, die Sie nicht wiederbekommen."

Da Costa stand an der Tür, eine große ruhige Gestalt, die

sich zu Mathilde hin verbeugte. Das Gold seiner Uhrkette und in seinen Zähnen glänzte, seine heisere Stimme füllte den weitläufigen Raum. „Ich muß doch mit meiner Zeit etwas anfangen, und Briefmarken interessieren mich. Lassen Sie mich erst einmal sehen, was ich tun kann, ins Geschäft können wir dann immer noch kommen."

„Ein richtiger Herr", sagte Mathilde, nachdem Mark die Tür geschlossen hatte. „Etwas abenteuerlustiger als euer Vater, aber sonst von derselben Klasse." Sie sah nach Marks Schuhen. „Und seine Schuhe waren geputzt. Richtige Herren sehen immer tadellos aus."

Kleiner Riese rannte im Zimmer umher. „Oh je oh je. Was machen wir mit den Alben? Sollten wir sie nicht im Hotelsafe verstecken? In Macao sind sie vielleicht über zweihunderttausend Dollar wert. Wer hat eine Karte?"

Sijben entfaltete die Karte. „Hier, ein bißchen links von da, wo wir sind." Er legte einen Finger an den Entfernungsmaßstab unten auf der Karte und schob dann seine Hand hoch. „Fünfzig Kilometer von Hongkong? Viel mehr wird es nicht sein. Hovercrafts sind schnell. Müßte so eine Stunde dauern."

„Ich sehe die Ballen Haschisch wieder im Mittelmeer treiben", sagte Kleiner Riese. „Dies wird genauso ausgehen. Das Schiff sinkt, und alle Briefmarken schwimmen davon, mit der weißen Seite nach oben, eine dünne Linie bis zum Horizont bildend, deutlich sichtbar im Mondschein."

„Eine hübsche Vorstellung, aber ziemlich psychotisch", bemerkte Mark. „Was ist, Mathilde?"

Mathilde lag auf der Couch.

„Fühlst du dich nicht wohl?" fragte Sijben. „Du siehst blaß aus. Möchtest du in dein Zimmer gehen?"

„Mir ist schwindlig."

„Mir auch", sagte Kleiner Riese. „Das kommt noch von dem blöden Flugzeug, und auch von der ganzen Hektik hier. Ich habe noch nie so belebte Straßen gesehen, und das zu allen Tageszeiten. Rotterdam ist ein Dorf dagegen. Ich dachte Holland wäre voll und daß unsere Übervölkerung für unsere schlechten Manieren verantwortlich sei. Es ist ein Wunder, daß die Menschen hier noch so freundlich sind. Wenn man zuviele Mäuse in einen Käfig steckt, fressen sie sich auf."

„Übel ist mir auch", sagte Mathilde.

„Ich bringe dich in dein Zimmer," erbot sich Mark. „Du mußt dich ausruhen."

„Würdest du ein bißchen bei mir bleiben?„ fragte Mathilde im Flur. „Ich fühle mich wirklich schlecht, alles dreht sich, und ich muß immer an ekelhafte Dinge denken. Ich wünschte, Kleiner Riese hätte das von den Mäusen nicht gesagt."

„Hör auf, dauernd hin und her zu laufen", sagte Sijben zu Kleiner Riese. „Es wird schon alles gutgehen. Da Costa ist gerade rechtzeitig aufgetaucht, und nun haben wir ein paar Tage frei. Da er so freundlich ist, uns unsere Arbeit abzunehmen, können wir uns die Stadt und die Umgebung ansehen. Man kommt nicht jeden Tag nach China."

Zweiundzwanzigstes Kapitel

„Nochmal?“ fragte Mark.

„Den Eimer, bitte, Mark“, sagte Mathilde leise.

Er stützte ihren Kopf und säuberte ihr den Mund mit einem nassen Waschlappen. „Fühlst du dich besser? Sei ein braves Mädchen und leg dich wieder hin.“

„Ich bin kein braves Mädchen“, flüsterte Mathilde, „ich habe mich ganz schmutzig gemacht. Es wäre mir lieber, wenn du mich so nicht sehen würdest, aber ich fühle mich so elend.“

Mark trug den Eimer ins Badezimmer. „Das macht doch gar nichts. Ich bin auch manchmal krank, und du kotzt doch ganz manierlich.“

Mathilde versuchte zu lächeln. Mark spülte im Badezimmer den Eimer aus. „So, alles ist wieder sauber. Willst du ein frisches Nachthemd anziehen?“

„Ja, aber ich kann mich so schlecht bewegen.“

„Hopp“, sagte Mark, „Arme hoch und weg mit dem Fetzen. Und nun dies wieder an, ein sehr schönes Nachthemd, mit Streifen. Darin wirst du schlank aussehen.“

„Bin ich denn so dick?“ flüsterte Mathilde.

„Nein, du bist eine vollkommene Schönheit, aber ich bin dick, und darum trage ich immer Oberhemden mit Längsstreifen, damit man meinen Bauch nicht so sieht.“

„Du hast eine gute Figur“, sagte Mathilde, „du hast nur ein kleines Bäuchlein. Wenn du ein wenig Gymnastik machst, wird es in ein paar Wochen verschwunden sein.“

„Ich mag keine Gymnastik.“

„Und Sport?“

„Basketball?“ fragte Mark. „Darin war ich früher gut, doch dann hatte ich zu viel zu tun. Wenn ich nach Rotterdam zurückkomme, werde ich wieder Ball spielen.“

„Ja", flüsterte Mathilde. „Ich habe früher Handball gespielt, aber jetzt kann ich mir nicht vorstellen, daß ich jemals über ein Grasfeld gelaufen bin. Ich glaube, ich komme nie wieder aus meinem Bett heraus."

Mark telefonierte, um Tee zu bestellen. „Er wird gleich da sein, und dann kannst du wieder eine Pille einnehmen. Der Arzt meint, daß du eine Lebensmittelvergiftung hast."

„Nein."

„Warum nicht? In chinesischem Essen ist allem mögliche drin. Eier, die hundert Jahre im Boden gefault haben, Walfischrotze, Affenohren..."

„Den Eimer", flüsterte Mathilde.

„Es tut mir leid", sagte Mark, nachdem er Mathildes Mund wieder gesäubert hatte. „Ich bin ein nichtsnutziger Pfleger. Möchtest du ein bißchen schlafen?"

„Wenn du bei mir bleibst."

Mark las die Zeitung, Mathilde murmelte im Schlaf. Er beugte sich über sie. „Da Costa", flüsterte Mathilde.

Eine Stunde später wachte sie wieder auf.

„Du hast ‚Da Costa' gesagt, während du schliefst."

Mathilde drehte sich zu ihm um. „Ja, das ist schon möglich. Ich habe von dem Mann geträumt. Er wollte mir etwas antun. Aus seinem Körper kam ein rauchiger Nebel, ich konnte nichts mehr sehen, und er hob mich hoch und trug mich fort."

„Da Costa schien mir ein liebenswürdiger alter Herr zu sein, und außerdem sehr hilfsbereit."

„Wo ist er jetzt?" fragte Mathilde.

Mark sah auf seine Uhr. „Er wird in Macao sein, mit Kleiner Riese und Sijben. Ich sprach gestern abend im Flur kurz mit ihm. Er sagte, daß in Macao einmal pro Woche Briefmarkenauktionen stattfinden."

Mathilde versuchte, Interesse zu zeigen. „Hatte er Zeit, sich unsere Sammlungen genau anzusehen?"

„Gewiß. Kleiner Riese war so aufgeregt, daß er im ganzen Zimmer Purzelbäume schlug. Es scheint, wir haben mehr wertvolle Marken, als wir vermutet hatten. Allerlei Luftpost-

marken mit Aufdrucken und eine umgekehrte Pagode und sogar eine *Tête-bêche*."
„Was ist das?"
„Kopf an Schwanz."
„Das verstehe ich nicht."
„Zwei identische Marken, die Kopf an Schwanz miteinander verbunden sind. Wie das möglich ist, weiß ich auch nicht. Eine Sun Yat-sen nach oben und eine Sun Yat-sen nach unten, mit der Perforation dazwischen."
„Und das ist viel Geld wert?"
„Wie alles, was selten ist."
„Bleibst du heute nacht wieder hier, Mark?"
Er streichelte sanft ihre Wange. „Es gibt nichts, was ich lieber täte."
„Gut", sagte Mathilde. „Ich habe immer Alpträume, und wenn ich aufwache und dich sehe, fühle ich mich wieder ruhig."
„Wovon träumst du denn die ganze Zeit?"
„Immer von Da Costa."
„Wahrscheinlich bist du in ihn verliebt", sagte Mark. „weil du dich zu alten Männern hingezogen fühlst. Und Da Costa ist ein imposanter Bursche, das ist mir gestern wieder aufgefallen, als ich ihn durch den Hotelgang schreiten sah. Nein, ‚schreiten' ist auch nicht das richtige Wort. Anstatt zu schlurfen, wie die meisten alten Männer das tun, schien er zu gleiten, und außerdem hat er eine ganz besondere Stimme, jedesmal, wenn er etwas sagt, beginnt mein Rückgrat zu zittern."
„Ich spüre es in meinem Magen", sagte Mathilde, „und noch tiefer. Als ich Da Costa kennenlernte, faszinierte er mich, aber jetzt fürchte ich mich immer, wenn ich an ihn denke."
„Zeit für die nächste Pille."
„Ich möchte lieber Tee und ein bißchen trockenen Reis."
„Ausgezeichnet", sagte Mark, „es geht dir schon besser."
Mathilde nickte ein. Mark hielt ihre Hand fest. Sie schlug die Augen wieder auf. „Du bist so lieb zu mir. Wenn ich nicht

so krank wäre, würde ich dir gern einen Kuß geben. Ich muß wieder ins Badezimmer."

Sie stand auf und stützte sich auf Marks Arm. Er führte sie zum Waschbecken und sah ihr zu, wie sie sich die Zähne putzte und die Haare kämmte. Sie lächelte. „Jetzt".

„Was meinst du?"

„Küssen." Sie umarmte ihn, und er hielt sie zärtlich fest.

„Willst du den Rest auch?" fragte Mathilde.

„Natürlich will ich den Rest auch, aber nicht jetzt. Du bist noch zu schwach, der Doktor schreibt absolute Ruhe vor."

„Ja", sagte Mathilde und wankte wieder zu ihrem Bett zurück. Sie ließ sich hineinfallen, und Mark deckte sie zu.

„Du bist wirklich lieb", flüsterte Mathilde.

„Wenn ich es bin", sagte Mark, „dann ist das ein Ergebnis der jüngsten Entwicklungen. Ich bin immer ein aufgeblasener Affe gewesen, das wird mir jetzt klar. Unsere Abenteuer mögen viel Geld kosten, aber nutzlos sind sie nicht. Wenn ich mir Kleiner Riese und Sijben ansehe, muß ich zugeben, daß sie viel weiter sind als ich, aber selbst ein aufgeblasener Affe kann sich entwickeln."

Mathilde streichelte Marks Haar.

„Du bist ein netter Kerl", sagte Mathilde. „Du erinnerst mich an jemanden."

„An meinen Vater?"

„Ja", antwortete Mathilde, „aber ich wollte es nicht sagen. Es ist dumm, Menschen miteinander zu vergleichen, denn jeder ist anders, und die Möglichkeiten sind für jeden verschieden."

Mark ging ins Bad und duschte sich. Als er zurückkam , war es schon fast dunkel im Zimmer. Mathilde schlief. Er legte sich neben sie. Mathildes Hand ruhte in seiner und drückte sacht gegen seine Stirn. Mark schlief tief und bewegungslos, aber Mathildes Körper zitterte und zuckte. Sie murmelte vor sich hin.

Dreiundzwanzigstes Kapitel

Kleiner Riese und Sijben, jeder mit einem Koffer bewaffnet, standen neben Da Costa; Wasser sprühte gegen die Fenster des Hovercrafts und nahm ihnen zum Teil die Sicht.

„Da ist der Perlfluß", sagte Da Costa. „Früher, als selbst die größten Schiffe anlegen konnten, war der Hafen einmal von Bedeutung, aber jetzt ist die Einfahrt so versandet, daß nur noch die kleinen Fischerboote und die Fähre aus Hongkong hineinkönnen."

„Für das Hovercraft gibt es sicher keine Probleme, oder?" fragte Kleiner Riese.

„Es steht auf seinen Schürzen", erwiderte Sijben. „So etwas habe ich vorher noch nie gesehen, eine tolle Erfindung. Schau mal, Palmen."

„Die Gangway ist heruntergelassen", sagte Da Costa. „Wir können aussteigen. Macao ist tropischer als Hongkong. Dies hier ist ein himmlisches Fleckchen mit Parks und alter portugiesischer Architektur."

„Ein rosafarbenes Haus", sagte Kleiner Riese, „und die da drüben sind gelb. Wie lustig zwischen all dem Grün."

„Wie wollen wir zum Auktionshaus fahren? Wir können ein Taxi oder den Bus nehmen oder eine dreirädrige Rikscha mieten, aber die hat nur Platz für zwei."

Die Rikschas, die sich geräuschlos durch die üppige Stadtlandschaft bewegten, wurden von muskulösen Chinesen unter Strohhüten angetrieben. Da Costa saß neben Kleiner Riese.

„Ein wahres Paradies", sagte Kleiner Riese. „Ich habe nichts gegen Rotterdam, und klagen ist nicht meine Art, aber der viele graue Regen und diese langen schmalen Straßen mit Wolken darüber werden mir manchmal zuviel. So sollten die

Menschen leben, in der Sonne, mit blühenden Kletterpflanzen an den Mauern und Obstbäumen in den Gärten und Hängematten und Schaukelstühlen auf der Veranda."

„Ein mit Glücksspiel und Goldschmuggel verdientes Paradies, Herr Sobrijn. Sie sind immer noch auf der Erde."

„Das will ich für einen Augenblick lieber vergessen."

„Und da hinten", fuhr Da Costa fort, „liegt Rotchina, das Land der Arbeitsameisen in blauen Overalls und der brüderlichen Liebe, doch wenn man nicht genau das tut, was der große Bruder von einem verlangt, bekommt man großen Ärger."

„Hier ist es schön", sagte Kleiner Riese, „und ich bin hier." Er rieb sich die Hände. „Das Leben ist herrlich. Hurra."

Die Rikschas parkten vor einem niedrigen Pavillon mit einem von goldenen Drachen getragenen Dach. Ein frisch bemaltes Schild hing an roten Schnüren im Toreingang. *Wong's Auction, Stamps and Coins.*

„Heute sind nur Briefmarken dran", sagte Da Costa zu Sijben, „und mein alter Freund hat mir versichert, daß alle wichtigen Händler und Sammler von Hongkong und Taiwan bieten werden. Wir haben abgesprochen, daß Ihre Ware erst an die Reihe kommt, wenn das Interesse der Käufer gehörig geweckt worden ist."

„Ich bin Ihnen für Ihre Hilfe sehr dankbar", bemerkte Sijben. „Allein hätten wir dies nie gefunden."

Da Costa wollte einen Koffer aufheben, doch Kleiner Riese war zu schnell für ihn.

„Ich bin noch nicht zu alt, um etwas zu tragen", sagte Da Costa, „ich spiele ein wenig Golf. Und Sie brauchen mir nicht dankbar zu sein. Ohne mich hätten Sie Ihre Marken in Victoria verkauft, und dort erzielen sie auch anständige Preise, aber hier bekommen Sie fünfzehn bis zwanzig Prozent mehr; die Kundschaft hier ist mutiger als in Hongkong."

Ein alter Herr in einem Seidengewand verneigte sich zur Begrüßung. Da Costa deutete auf Kleiner Riese und Sijben und sprach in schnellem Chinesisch. Dann wandte er sich an die Brüder: „Herr Wong spricht wenig Englisch, aber er versteht die Sprache gut."

Wong empfing seine Kunden in einem Hinterzimmer und besah sich Kleiner Rieses Alben, wobei er vergnügt vor sich hin murmelte. Zwei Mädchen brachten Tee.

„Herr Wong ist sehr zufrieden", kommentierte Da Costa. „Er sagt, daß Ihre Ware erstklassig ist."

Hinter ihnen erklang Stimmengemurmel. „Viele Leute auf den Beinen", meinte Kleiner Riese zufrieden.

„*Many clients*", sagte Sijben.

Wong zupfte an seinem weißen Ziegenbart. „*Good business today. Much happy you came.*"

„Was für ein freundlicher alter Bursche", meinte Kleiner Riese. „Es ist schön, mit so netten Leuten zu tun zu haben."

„Und mit so sachkundigen", ergänzte Da Costa.

Die Auktion begann. Ein Dutzend chinesischer Käufer boten auf die von einem Assistenten hochgehaltenen Alben und Einsteckbücher, während Wong in einem eindrucksvollen Singsang ihren Inhalt pries. Die Gebote kamen nur zögernd, und die Beträge waren mäßig.

„Nichts Besonderes bisher", flüsterte Da Costa, „aber er wird ein paar gute Stücke dazwischenmischen, um die Spannung zu steigern, Ah, sehen Sie, da ist schon etwas."

Der Assistent zeigte eine einzelne Marke, die er vorsichtig mit einer Pinzette hielt.

„Eine Zehn-Dollar von 1915, ungestempelt, sehr schön", flüsterte Da Costa. „Tausend Dollar wert laut Katalog." Er winkte Wong zu. „Siebenhundert Dollar."

„Wollen Sie sie kaufen?" fragte Kleiner Riese.

„Für siebenhundert Dollar wäre das geschenkt, aber es geht noch weiter. Ich will Wong ein bißchen helfen, wenn das erste Gebot hoch ist, wird der Preis schnell steigen."

„Achthundert", rief ein Chinese in einem Mao-Anzug.

„Hongkong-Dollar?" fragte Kleiner Riese.

Da Costa schüttelte den Kopf. „Nein, amerikanische Dollar. Der amerikanische Dollar ist immer noch die Weltwährung, und hier wird international gekauft."

„Elfhundert", sagte ein Chinese in Hemdsärmeln und Hosenträgern ruhig.

„Aber das ist mehr als der Katalogpreis", staunte Sijben.

Da Costa nickte. „Die Marke ist wirklich sehr selten, und der Katalog gibt nur einen Anhaltspunkt."

„Zwölfhundert. Niemand mehr als zwölfhundert?" Wongs Hammer erteilte den Zuschlag. Der Herr in dem Mao-Anzug war der Käufer.

„Nun kommt wieder durchschnittliches Zeug", sagte Da Costa, „und dann wird er mit Ihren Sachen anfangen. Wong will die Alben einzeln verkaufen, und vorher wird es noch eine Pause geben, damit die Käufer sich alles noch einmal ansehen können. Sie haben doch nichts dagegen, oder?"

„Solange ich Tee bekomme", sagte Kleiner Riese. „Meine Zunge klebt mir nämlich am Gaumen; meine Nerven haben den ganzen Speichel aufgesaugt."

Das erste und am wenigsten interessante Album wurde gezeigt und wechselte den Besitzer für zwanzigtausend Dollar. Das zweite Album erzielte ein wenig mehr, und das dritte, das Mark mit einigen Varianten und Fehldrucken versehen hatte, ging für vierzigtausend weg.

„Wir sind schon bei über Hunderttausend", sagte Sijben, „und die Ungestempelten kommen erst noch."

Kleiner Riese setzte sich und las den Zettel, den Wongs Assistent hereinreichte. „Zweihundertdreiundsechzigtausend Dollar?"

„Das steht da", bestätigte Sijben.

„In der Tat", sagte Da Costa. „Allerdings wird davon noch etwas abgehen, denn auch Wongs Reisschälchen will gefüllt sein."

„Und zehn Prozent für Sie", sagte Sijben. „Sie haben Ihre Kommission verdient. Was für eine erstaunliche Menge Geld. Für Briefmarken." Sijben schüttelte den Kopf.

Die Auktion ging weiter, während Da Costa die Brüder

zum Hinterzimmer begleitete. Die Mädchen brachten Tee und Kekse. „Wir werden hier warten, dann kann Wang gleich den Scheck ausschreiben. Am besten lösen Sie den Scheck hier ein und besorgen sich später in Kaulun bei der Niederlassung der Chase Manhattan einen anderen. Wir können Ihnen das Geld natürlich auch an Ihre Bank in Holland überweisen."

„Jungejunge", sagte Kleiner Riese, „mehr als eine Viertelmillion Dollar. Das ist wahrer Reichtum."

Sijben hatte Mühe, seine Augen aufzuhalten. Sein Rohrstuhl war unerwartet bequem.

„Ich bin schläfrig", sagte Kleiner Riese.

„Das kommt vom Seewind und der Anspannung. Mach deine Augen ruhig eine Weile zu, ich wecke dich, wenn Wong kommt."

Sijben fühlte sich auf Da Costas machtvoller heiserer Stimme davontreiben. Die Stimme wurde zu einer riesigen schwarzen Welle, die ihn einem grellroten Feuer am Horizont entgegentrug. Das letzte Bild, das Sijben sah, bevor er Stunden später aufwachte, waren die grinsenden Gesichter des indischen Gurus und des Söldner-Offiziers in Tschad. „Du mußt immer gut aufpassen", sagten der Guru und der Offizier zweistimmig.

„Wo sind wir?" fragte Kleiner Riese, in dem leeren Zimmer umhertastend. „Wong? Da Costa?"

„Die sind zum Essen nach Hause gegangen", sagte Sijben. „Und die Auktion war nicht echt."

„Was was?„ fragte Kleiner Riese.

„Eine Theatervorstellung", erwiderte Sijben, „und unsere Briefmarken sind wir los." Er fühlte in seiner Jacke und zog sein Portemonnaie hervor. „Hast du deins noch?„

„Hier", sagte Kleiner Riese.

„Ist noch Geld drin?"

„Ja."

„Ich habe die Karten fürs Hovercraft", sagte Sijben, „nach

Hongkong kommen wir also zurück. Diesmal brauchen wir keine Koffer zu tragen."

„Gott..."

„Nicht fluchen", sagte Sijben. „Du bist der dritte in der Reihe. Mathilde hatte Pech, Mark trieb es ein bißchen zu weit, und du bist einem durch und durch schlechten Mann aufgesessen. Was für eine Erfahrung."

Auf dem Rückweg saß Kleiner Riese neben einem katholischen Priester, einem älteren Mann in abgetragener Mönchskutte mit einem breiten Ledergürtel um den Bauch.

„Sie sehen nicht sehr glücklich aus", sagte der Priester.

„Ich verstehe Sie nicht."

Der Priester war Portugiese, aber er sprach auch Englisch.

„Ich bin unglücklich", sagte Kleiner Riese, „weil ich soeben viel Geld verloren habe."

„Haben Sie gespielt?"

„Nein, es wurde mir gestohlen."

„Waren Sie bei der Polizei?"

Kleiner Riese zuckte die Schultern. „In Macao?"

„Wir haben eine Polizei in den Kolonien", erwiderte der Priester, „und ich habe gehört, daß sie in der Lage ist, die Ordnung aufrechtzuerhalten."

„Mein Dieb wird inzwischen schon nicht mehr in Ihrer Kolonie sein", sagte Kleiner Riese.

„Sind Sie jetzt arm?"

„Ich habe noch ein paar Pfennige."

„Augenblicke des Unglücks eignen sich zum Beten", sagte der Priester freundlich.

Kleiner Riese sah den Priester böse an. „Ich glaube nicht an Ihren Gott, und auf Ihre christlichen Heiligen pfeife ich, die haben noch nie etwas für mich getan."

Das Hovercraft legte an. Der Priester und Kleiner Riese gingen zusammen durch den Zoll. „Da", sagte der Priester.

Kleiner Riese sah in die angedeutete Richtung.

„Sie ist auch eine Heilige", sagte der Priester.

Kleiner Riese blieb vor dem golden überdachten Schrein

stehen und starrte das Bildnis einer jungen Frau an. Ihre großen ruhigen Augen unter einer kunstvollen Frisur sahen verzückt in die Ferne, während ihr voller sinnlicher Mund geheimnisvoll lächelte. „Tjen Hou“, erklärte der ehrwürdige Mönch, „ist eine Himmelsgöttin, deren Aufgabe es ist, das Leiden auf diesem Planeten zu lindern.“

„Die kümmert sich nur um Chinesen“, meinte Kleiner Riese.

„Das würde ich nicht sagen. Ihr Mitleid ist nicht auf dieses Land beschränkt, und die Göttin verfügt über eine vollkommene Konzentration und unendliche Macht. Wenn Sie zu ihr beten, wird sie Ihnen sicher zuhören.“

Ein Hund strich an Kleiner Rieses Bein entlang. „Genausogut kann ich zu dem Hund reden, der hört mir auch zu, was Fridolin?“

Der Mischling sah hoch und wedelte mit seinem gebrochenen Schwanz.

„Der Hund kann Ihnen nicht viel helfen, denn er ist ziemlich einfach programmiert, aber die Göttin besitzt unbegrenzte Kräfte. Sie kann Ihnen helfen und wird das gewiß auch tun, wenn Sie sich ihr öffnen. Guten Tag, mein Herr.“ Der Priester ging davon.

„Hallo?“ fragte Sijben.

„Ich muß hier gerade etwas erledigen“, sagte Kleiner Riese. „Laß mich einen Moment allein. Ich komme gleich.“

Kleiner Riese betete.

Sijben wartete.

„Hast du etwa gebetet?“ fragte Sijben.

„Das geht dich nichts an, was ich getan habe“, antwortete Kleiner Riese. „Und jetzt laß uns ins Hotel zurückgehen. Ich werde den Krempel, den Da Costa nicht für der Mühe wert hielt, auf einer richtigen Auktion in Victoria verkaufen, und dann nichts wie weg von hier.“

„Nimm es dir nicht so zu Herzen“, sagte Sijben. „Du warst schlau genug, einen Teil deines Kapitals zurückzubehalten, für den Fall unvorhersehbarer Umstände, und mein Anteil vom Erbe liegt noch sicher in Rotterdam."

„Ich nehme es mir nicht zu Herzen", gab Kleiner Riese zurück und trat mit dem Fuß gegen einen Kieselstein. Der Kieselstein war in den Bürgersteig einzementiert.

Vierundzwanzigstes Kapitel

„Wenn ich noch eine einzige Briefmarke sehe", sagte Kleiner Riese, „muß ich mich übergeben."

Mathilde legte einen vollständigen Bogen auf den Tisch. „Aber bitte nicht hierauf. Mark und ich haben ihn zwischen den Resten gefunden, ich wußte nicht einmal, daß er da war. Wahrscheinlich habe ich ihn von einem dieser lustigen kleinen Jungen gekauft. Sind sie nicht schön?"

„Nein", sagte Kleiner Riese.

„Der 73 Shent-Aufdruck auf dem orangenen Flugzeug von 1932?«

„Cent", verbesserte Kleiner Riese, „nur in Amerika hat das ‚C' einen Strich."

Mark machte eine beschwörende Geste. „Paß auf, Kleiner Riese. Während ihr beide in Macao wart, haben wir im Katalog nachgesehen. Kein Wasserzeichen und eine Perforation von vierzehn auf zwei Zentimeter. Diese Marken sind sechshundert Dollar pro Stück wert."

„Hör doch auf mit dem Unsinn", erwiderte Kleiner Riese.

„Und auf einem Bogen sind fünfzig Stück. Dreißigtausend Dollar, Kleiner Riese."

„Bah", sagte Kleiner Riese. „Aber wie konnte das nur passieren? Es war so, wie ich es dir erzählt habe, Mark, du kannst Sijben fragen. Ein prächtiger Pavillon, mit einem Aushängeschild, und vollständig möbliert, überall Käufer und ein Auktionator mit Hammer. Und plötzlich war alles weg."

„Da war auch ein Mädchen, das dir Tee gab. Hast du keine Kopfschmerzen?"

„Nein. Und wir wachten auf dem nackten Fußboden auf. Wo ist Da Costa?"

„Ich habe mich soeben bei der Rezeption erkundigt. Er hat

sich heute morgen abgemeldet, ohne eine Adresse zu hinterlassen."

„Und alles mitgenommen, was ich besaß."

„Übertreib nicht", sagte Mark. „Du hast immer noch dein Häuschen auf dem Deich und die zwanzigtausend Dollar, die du beiseite gelegt hattest, und nun noch einmal dreißigtausend, wenn wir diesen Bogen mit den seltenen Aufdrucken verkauft haben."

„Bitte", sagte Kleiner Riese, „hör auf, so einen Unsinn zu reden, Mark."

Mark hatte recht. Der Bogen wurde für fast dreißigtausend versteigert. Die Reste erbrachten auch ein paar hundert Dollar. Es war also noch etwas Geld da.

„Aber wo ist Sijben?" fragte Kleiner Riese. „Ich habe ihn nicht mehr gesehen, seit wir zurück sind."

Sijben spazierte am Ufer entlang. Rache, dachte Sijben, ist sinnlos. Gleichmut und Distanz sind das höchste Gut, Vergeltung interessiert mich nicht. Ich gehe hier zwischen schmutzigem Wasser auf der einen Seite und verlotterten Hütten auf der anderen, weil ich das Leben in all seinen Äußerungen studierte, als Zuschauer, der sich von allem befreit hat, was andere noch festhält. Ich suche nicht nach Da Costa, weil der Betrüger für mich nicht mehr existiert, und sollte ich ihm zufällig begegnen, werde ich den Gauner höflich grüßen. Ich spüre, daß er noch in der Nähe ist, aber ich wandere nicht in Victoria und Kaulun umher, um eine Konfrontation heraufzubeschwören. Dieser Mann ist schlecht, und von mir aus soll er es sein. ‚Gut' und ‚schlecht' sind ohnehin dualistische Vorstellungen, die keinen Sinn machen, weil die Wirklichkeit jenseits aller Gegensätze liegt.

Chinesen, dachte Sijben, sind für ihre Sauberkeit bekannt, aber die Chinesen in diesem Viertel müssen Ausnahmen sein, denn sonst würden sie ihren Abfall nicht aus dem Fenster und ins Wasser werfen. Chinesen sind auch exotisch, und in den meisten Teilen Hongkongs kann man wohlriechende Düfte wahrnehmen, aber hier stinkt es. Vielleicht befinde ich mich nun im Schatten des östlichen Geistes. Die Häuser sind nicht mehr hübsch, auch wenn ihre Dächer an den Enden leicht geschwungen sind, so daß sie kleinen Pagoden ähneln, doch Pagoden sind von Ziersträuchern umgeben, und was hier zwischen den Steinen wuchert, müssen Giftpflanzen sein. Die Sampans, die ich früher sah, waren aus seltenen Hölzern gebaut und mit kunstvoll geflochtenem Schilf gedeckt, aber diese Kähne sind aus verrotteten Planken zusammengenagelt, und ihre Dächer bestehen aus rostigem Blech und Plastikabfällen.

Da treibt ein toter Hund, dachte Sijben, und da rudert Da Costa, immer noch in seinem tadellos geschneiderten Schantunganzug und mit demselben Strohhut auf. Er sitzt in einem brandneuen Boot mit glänzenden Rundern, und er muß genau wissen, wo die Sampas liegen, denn er rudert mit langen Schlägen, ohne über die Schulter zu sehen, wenn er die Richtung verändert.

Da Costa näherte sich dem Ufer. Er drehte das Boot so, daß es mit dem Heck zum Kai deutete und er die Leine an einem eisernen Ring in der Mauer festmachen konnte.

Sijben streckte eine Hand aus, um das Tau aufzufangen. Er trug seinen neuen cremefarbenen Anzug und hatte seinen Pferdeschwanz aufgebunden, so daß die goldenen Locken auf seine breiten Schultern fielen. Die weißen Zähne glänzten zwischen den kraftvoll geschwungenen Lippen. Sijbens hellblaue Augen blitzten grimmig, sein säbelscharfer Blick bohrte sich in Da Costas dunkle Augenhöhlen. Da Costa saß vornübergebeugt im Schatten der Kaimauer, seine Hände umklammerten die Ruder. Um ihn herum bildeten die unordentlichen Formen der Hausboote ein chaotisches Muster, auf das die untergehende Sonne dunkelrote Streifen warf. Das trübe Wasser hob und senkte sich träge. Ölflecken trieben schillernd dahin.

Was für ein Symbolismus, dachte Sijben. Ich bin das himmlische Weiß, das Gute und stehe oben, und Da Costa ist schwarz und verdammt, und demütig verneigt er sich unter mir, umgeben von dunkelgrauem Schmutz.

„Guten Abend, Herr Da Costa“, sagte Sijben.

„Guten Abend, Herrr Sobrijn“, sagte Da Costa und zog an seinen Rudern.

Das Böse versucht zu fliehen, dachte Sijben, und es ist die Pflicht des Guten, das Böse nicht nur zu verfolgen, sondern auch, es völlig zu vernichten.

Sijben tauchte und schwamm, aber nicht weit, weil er sich in den algenüberwucherten Drähten einer verrottenden Matratze verfing und bei seinen Versuchen, sich zu befreien, mit dem spitzen Ende eines Baumstammes kollidierte. Splitter rissen ihm das Gesicht auf, und Blut rann ihm in die Augen, als er ohnmächtig wurde.

„Sie wurden von einem Herrn in einem Ruderboot gerettet“, sagte der Doktor. „Das erzählte mir der Fahrer des Krankenwagens. Der Herr rief sogar hier an. Sein Name war Da Costa, er war froh zu hören, daß Ihre Verletzungen nicht ernst sind, und wünscht Ihnen gute Besserung.“

„Können wir meinen Bruder mitnehmen?“ fragte Mark.

„Gewiß“, antwortete der Arzt. „Ich habe die Wunde genäht, und ich glaube nicht, daß sie sich infizieren wird, wenngleich das Wasser bei Hung Hom nicht gerade für seine Reinheit bekannt ist.“

„Da Costa!“ schrie Kleiner Riese. „Wir müssen die Polizei verständigen. Der Schurke ist leicht zu erkennen. Die Polypen werden ihn ohne Schwierigkeiten finden.“

„Entschuldigen Sie bitte“, sagte der Doktor. „Hat Herr Da Costa Ihren Bruder nicht soeben gerettet? Wenn er sich nicht um Ihren Bruder gekümmert hätte, wäre Herr Sobrijn ertrunken. Die hiesige Bevölkerung ist nicht besonders menschenfreundlich.“

„Wir haben einige weniger angenehme Erfahrungen mit Herrn Da Costa gemacht“, begann Mark zu erklären.

Der Doktor wurde fortgerufen.

Mathilde streichelte Sijbens nasses Haar. „Und deinen hübschen Anzug hast du auch ruiniert."

„Den können wir mit auf die Rechnung setzen", sagte Kleiner Riese. „Hat Da Costa dich ins Wasser geworfen?"

Sijben ließ sich von der Trage gleiten. „Nein, das habe ich selbst geschafft. Hast du den Rückflug schon gebucht?„

Mark half Sijben aufstehen. „Für morgen früh, aber ich würde gern noch warten, bis Da Costa hinter Schloß und Riegel sitzt."

„Laß ihn nur", sagte Sijben. „Ich glaube, ich habe etwas gelernt, obwohl ich noch nicht genau weiß, was. Wie geht es dir, Mathilde?"

Mathilde stützte Sijben auf der anderen Seite. „Mir geht es wieder gut, aber Da Costa ist der Teufel selbst. Allein der Blick seiner Augen hat mich tagelang krank gemacht."

„Weißt du, Mark", sagte Kleiner Riese abends, als er in seinem Bett lag, „ich behaupte nicht, daß ich logisch denken kann, denn ich bin wegen Dummheit von allen Schulen geflogen, aber stell dir vor, Sijben wäre der Dieb."

„Der Alben?"

„Denk ein bißchen weiter zurück."

„Oh, die Million?"

Kleiner Riese knirschte mit den Zähnen.

„Was ist denn nun mit dir los?" fragte Mark.

„*Oh, die Million?*" äffte Kleiner Riese Mark nach. „Ist das schon alles vergessen und vorbei?"

„Was mich betrifft, ja", erwiderte Mark. „Ich will nicht mehr darüber nachdenken. Ich habe so viel aufgegeben, seit wir zusammen sind, daß die Million auch nichts mehr ausmacht."

„Ich halte nichts davon aufzugeben", sagte Kleiner Riese.

„Warum Sijben?"

„Kleiner Riese boxte Marks Matratze. „Warum nicht? Sijben hatte die Gelegenheit dazu, und bei dem Theater mit den Briefmarken hatte er sie wieder. Er und Da Costa haben sich das ausgedacht, um sich die Beute in Macao zu teilen, aber irgendwie fiel er ins Wasser."

„Komm komm."

„Also, wer war es dann, Dr. Sobrijn?"

„Ich nicht", sagte Mark, „und Sijben auch nicht, weil er viel zu sehr damit beschäftigt ist, das Rätsel des Lebens zu lösen. Und du offenbar auch nicht, denn du wirst immer wieder wütend."

„Und Mathilde?"

„Wie kannst du es wagen."

„Aha", sagte Kleiner Riese. „Weil der Herr Dr. ein paar Nächte bei unserer Schönheit verbringen durfte, weigert er sich, sie zu verdächtigen. Aber sie taugt auch nichts, sage ich dir."

„Woher willst du das wissen?"

Kleiner Riese grinste.

Mark knuffte Kleiner Rieses Matratze. „Nimm bitte zur Kenntnis, daß ich mich nicht an der Dame vergriffen habe, aber du und Sijben, ihr *habt* sie wahrscheinlich herumgekriegt. Du bist zu klein, aber trickreich, und Sijben spielt gern den Ritter."

„Hihi."

„Und ich bekomme nichts", sagte Mark, „wie üblich. Doch ich beklage mich nicht, weil ich das wohl verdient habe. Gute Dienste müssen nicht immer bezahlt werden, als Ökonom vergißt man das leicht."

„Du verdächtigst also niemanden?"

„Nein", antwortete Mark. „Und ich will nach Hause, um mich auszuruhen. Hilf mir hoffen, daß wir Rotterdam ohne weitere Zwischenfälle erreichen."

Kleiner Riese half, und die Göttin Tjen Hou half auch, denn der Rückweg verlief ohne nennenswerte Ereignisse, wenn man einmal davon absieht, daß Sijben auf dem Flughafen von Kai Tak ein Jojo fand, das irgendein Kind vergessen hatte. Sijben spielte mit dem Jojo, bis die Stewardeß es ihm verbot, denn er hatte das Spielzeug im Gang auf und ab hüpfen lassen, und sie war über den Bindfaden gestolpert.

Fünfundzwanzigstes Kapitel

Mathilde schaltete das Licht an und den Ton des Fernsehgerätes ab. Sie schenkte Tee ein.

Sijben spielte mit seinem Jojo. Mark und Kleiner Riese fuhren fort, den Bildschirm zu betrachten, auf dem ein nach Luft schnappendes Mädchen schweigend von einem sadistisch grinsenden Eindringling mißhandelt wurde.

Sijben fing sein Jojo auf. „Ich weiß, was du jetzt sagen wirst, Mathilde."

„Daß ich mit euch zusammen so glücklich bin", sagte Mathilde.

„Und daß dich das an die vielen schönen Abende mit Papa erinnert."

„So ist es", sagte Mathilde.

Mark machte den Fernsehapparat aus. „Aber Papas Wohnung war viel stilvoller eingerichtet als diese Ansammlung von schlechtem Geschmack. Früher habe ich das nicht so empfunden, doch nun bedrückt mich die Häßlichkeit. Es erinnert mich vor allem an Geraldine und mich."

„Was würdest du dir denn wünschen?" fragte Kleiner Riese.

„Papas Wohnung."

Sijbens Jojo sauste hoch, sprang von seinem Faden, berührte Sijbens rechten Oberarmmuskel, prallte ab und kehrte auf den Faden zurück. „Weißt du, was sie kostet?"

„Mark wedelte mit der Zeitung. „Weniger als das, wofür wir sie verkauft haben."

„Ist sie inseriert?"

„Ja, sicher."

Sijben pfiff. „Wieviel weniger?"

„Ein Drittel."

„Das ist noch viel zuviel für dich", sagte Sijben.

„Jeder Cent ist zuviel", bekräftigte Mark, „denn ich bin völlig blank, aber Kleiner Riese hat mich gefragt, was ich mir wünschen würde, und ich würde gern in Papas Wohnung leben."

„Mit Mathilde, nehme ich an", sagte Kleiner Riese.

„Ja", erwiderte Mark.

„Müßtest du mich da nicht fragen?" wollte Mathilde wissen. „Vielleicht möchte ich gar nicht mit dir in der Wohnung deines Vaters leben."

Kleiner Riese zwinkerte. „Natürlich willst du das. Eine luxuriöse Umgebung, die zu deinem Lebensstil paßt, eine ungestörte Aussicht auf den von Bäumen umgebenen Kralinger See, und Mark scheint in der letzten Zeit ganz nett zu sein."

„Das ist wahr", räumte Mathilde ein. „Aber meine Laufbahn als Gesellschaftsdame ist vorbei. Ich möchte Kunstgeschichte studieren und danach für ein Museum arbeiten."

„Und Mark hat kein Geld", sagte Sijben.

Mark trank seinen Tee. „Und keine Stellung, aber ich werde wieder arbeiten. Diese Herumreiserei hat mich aufgeweckt, ich sehe wieder Möglichkeiten."

Sijben stand auf und ließ das Jojo unter seinem Arm durchsausen. „Dann wirst du noch ein bißchen warten müssen, denn unser Gemeinschaftsunternehmen ist noch nicht beendet. Nun bin ich an der Reihe zu versuchen, die Überreste unseres Kapitals zu vergrößern. Das Spiel ist erst zu Ende, wenn ich es sage."

„Wenn dein Geld auch aufgebraucht ist", sagte Kleiner Riese. „Das ist wohl das, was du meinst, und den Zeitpunkt hast du genausowenig in der Hand wie wir. Plötzlich ist alles weg, und dann stehst du mit offenem Mund da."

„Dein Mund ist zu", entgegnete Sijben. „Und es ist dir gelungen, einen Teil zu retten."

„Hast du einen Plan?" fragte Mark.

„Jojos."

„Wo ist Osten?“ fragte Kleiner Riese.

„Wo die Sonne aufgeht“, antwortete Mathilde, „in dem hinteren Zimmer, wo die Begonien stehen.“

Kleiner Riese ging nach hinten.

„Was hat er vor?“ fragte Mark.

„Beten“, sagte Sijben. „Er hat eine Verbindung zu einer chinesischen Göttin. Laß ihn nur, ich kann meinen Plan auch ohne ihn erklären. Jojos sind ein Modeartikel.“

„Im Augenblick nicht“, wandte Mark ein. „Der einzige, der mit so einem Ding spielt, bist du, und ich wünschte, du würdest damit aufhören. Dieses Schwirren und Surren beginnt mich allmählich zu irritieren.“

„Im Augenblick wirklich nicht, Sijben“, sagte Mathilde.

Sijben fing das Jojo auf und steckte es in die Tasche. „Jojos sind große Mode, und die Mode wird plötzlich ausbrechen. Jede Generation vergißt die Jojos und die nächste entdeckt sie wieder. Die Zeit der Wiederentdeckung ist jetzt.“

„Siehst du das in deinen tieferen Meditationen?“ fragte Mark.

„Ich sehe es, wenn ich durch die Straßen gehe“, antwortete Sijben. „Die kleinen Nachbarjungen laufen mir nach, um mich zu fragen, wo man Jojos kaufen kann.“

„Ja“, sagte Mathilde, „sie haben heute morgen bei mir geklingelt und ließen mich die ganze Treppe hinuntergehen, dabei konnte ich ihnen nur sagen, daß ich es auch nicht wüßte.“

Mathilde ergriff die Teekanne. Sijben hielt seine Tasse hoch. „Es ist also ganz einfach. Wir sind die einzigen, die wissen, daß eine Nachfrage nach Jojos besteht. Es gibt keine festen Jojolieferanten; alles, was wir tun müssen, ist, einen Fabrikanten zu finden, was ich bereits getan habe.“

„Teuer?“ fragte Mark.

„Der Holzverarbeiter Knaapjes in der Schietbaanstraat verfügt über moderne Maschinen und hat im Augenblick wenig zu tun. Er ist bereit, sich schriftlich zu verpflichten, ein halbes Jahr lang niemand anderem Jojos zu liefern, wenn wir ihm jetzt einen Auftrag über fünfzigtausend Stück geben. Zwischen dem Einkaufspreis inclusive Faden und einer hübschen Schachtel, die die Druckerei Vandersluis & Verberg gerne für uns herstellen wird, und dem Verkaufspreis steckt ein ansehnlicher Profit."

„Das ist schön", sagte Mark. „Und wie hoch ist dieser Profit?"

„Ich habe mit zwei multipliziert."

„Du bist der Großhändler. Was wird der Einzelhändler für das Produkt verlangen?"

„Der wird ebenfalls mit zwei multiplizieren und für acht verkaufen."

„Acht Gulden für ein Jojo?" fragte Mathilde. „Ist das nicht viel zu teuer? Und warum multipliziert jeder mit zwei?"

„Das ist so üblich", antwortete Mark. „Zwei ist der Faktor des Wohlstands, der Erschöpfung der Rohstoffe, der Umweltverschmutzung, der Atomwaffen, des Marsches in den Untergang. Indem wir verdoppeln..."

„Des Haschisch", ergänzte Sijben, „der Firma A, die Firma B übernimmt, der Schweinehäute, der Kakaobohnen, der Briefmarken, der..."

„Jojos", rief Mark in Erinnerung.

„Ja", sagte Sijben. „Und ich habe mit dem Einkäufer einer bekannten Warenhauskette gesprochen, dem Zentraleinkäufer für die ganzen Niederlande, dem Meister persönlich, und dieser Herr, dessen Namen Everwirt ist und der sich anscheinend auf hohem Niveau bewegt, dieser Herr Everwirt sagt, daß er bereit sei, fünfzigtausend Jojos zu kaufen, mit drei Prozent Rabatt bei Zahlung innerhalb von zehn Tagen und eineinhalb Monaten Exklusivverkauf."

„Herr Everwirt ist verrückt", sagte Mark. „Warum läßt er die Jojos nicht selbst produzieren?"

Sijben setzte sich wieder. „Er ist nicht verrückt, und er glaubt mir."

„Du hast einen neuen Anzug an", stellte Mathilde fest.

„Einen blauen Anzug mit dünnen weißen Streifen und eine Weste, wie dein Vater."

„Dreh deinen Kopf um", sagte Mark.

Sijben sah zur Wand.

„Du hast deinen Pferdeschwanz abgeschnitten."

„Oh, Sijben", sagte Mathilde. „Bist du deshalb so still hereingekommen, und hast du dich deshalb so in der dunklen Ecke versteckt? Armer Sijben, aber eigentlich siehst du jetzt sogar noch besser aus."

„Dies ist nicht der Augenblick, Komplimente zu machen", bemerkte Mark, „dies ist der Augenblick, Geschäfte zu machen. Was glaubt dir Herr Everwirt?"

„Daß ich der Inhaber der Firma Sobrijn bin und daß in unserem Warenlager fünfzigtausend Jojos bereitliegen. Er glaubt auch, daß ich, ein erfahrener Unternehmer, bereit bin, einen nationalen Werbefeldzug zur Demonstration und Verbreitung des Jojospiels zu beginnen."

„Du hast einen unterzeichneten Auftrag?" fragte Mark.

Sijben legte das Papier auf den Tisch.

„Und die Schachtel?"

Sijben stand auf, holte seinen Aktenkoffer aus dem Flur und zeigte die Schachtel. „Dies ist nur ein Muster."

„Gute Schachtel", sagte Kleiner Riese.

„Ich dachte, du betest", meinte Sijben.

„Ich bete nie lange. Das ist eine hübsche Schachtel. Flott gezeichnet, frische Farben, anziehende Schrift, gut verkäuflich. Ich bin dabei."

„Ich auch", sagte Mark. „Jojo-Meisterschaften. Ein Jojo spielender Fernsehkomentator. Kinowerbung bevor der Hauptfilm beginnt. Jojo als therapeutische Entspannung für Fließbandarbeiter. Ein Riesenspaß und Verkäufe von mehreren hunderttausend Stück. Der EG-Markt steht uns offen, Amerika kommt als nächstes."

„Ach Mark", sagte Mathilde.

Mark knabberte an seinem Plätzchen. „Ich habe doch nur Spaß gemacht, Mathilde, aber die Idee ist tadellos, und ein wenig Enthusiasmus am Anfang kann nicht schaden. Ich weiß zwar auch, daß, wenn der Holzverarbeiter Knaapjes in der Schietbaanstraat Jojos herstellen kann ..."

Kleiner Riese sprang auf. „Können wir das nicht selber machen? Wir würden viel Geld sparen. Es ist kinderleicht. Man nimmt einen kleinen Baumstamm, so, und befestigt ihn, hier, und auf der anderen Seite auch, und man läßt ihn rotieren, romromrom, und dann stellt man die Messer ein, hier und hier und hier, und hackt das Stämmchen in Stücke, wopwopwop, und dann setzt man eine neues Stämmchen ein, so und ..."

„Beruhige dich", sagte Mark. „Setz dich hin. Ja, so. Braver Junge. Mathilde, gib ihm noch ein bißchen Tee. Tu eine Schlaftablette hinein, das ist er gewöhnt."

„Wir sollten die Jojos nicht selber produzieren", ließ sich Sijben vernehmen, „denn Mark hat recht, wenn Knaapjes sie machen kann, kann sie jeder andere Konkurrent auch machen. Worauf es ankommt, ist, der erste zu sein, der erste macht das Geschäft. Danach wird es noch ein paar Nachahmer geben, doch dann ist alles vorbei. Und wichtig ist, im richtigen Moment auszusteigen."

„Mir gefällt die Idee mit den Vorfilmen im Kino", meinte Kleiner Riese. „Sijben könnte Mathilde beibringen, Jojo zu spielen, Mathilde oder irgendeine andere hübsche Puppe, aber die andere Puppe würde Geld verlangen."

„Ich kann Ball spielen", bemerkte Mathilde, „aber von Jojos verstehe ich nichts."

„Und Mathilde ist keine Puppe", sagte Mark.

„In einem Minirock", phantasierte Kleiner Riese weiter, „und mit hohen Absätzen und einem etwas zu engen T-Shirt oder notfalls auch ganz ohne ..."

„Noch Tee?" fragte Mathilde.

„Gieß ihn ihm in den Nacken", schlug Sijben vor. „Das heißt, wenn er noch heiß ist. Sonst setz erst frischen auf."

„Ich habe nur Spaß gemacht", sagte Kleiner Riese. „Aber vielleicht ein ganz klein bißchen nackt? Sie *ist* attraktiv, und sie kostet uns nichts."

„Ein ganz klein bißchen Tee in deinen Nacken?“ fragte Mathilde.

„In meine Tasse“, bat Kleiner Riese. „Wenn du nicht mitmachen willst, bitte. Ich dachte, wir wären gemeinsam dabei.“

„Laßt uns anfangen“, sagte Sijben. „Ich bin derjenige mit der mystischen Schulung, und ich habe ein gutes Gefühl.“

Sechsundzwanzigstes Kapitel

Kleiner Riese putzte sich die Zähne am Waschbecken. Mark lag in der Badewanne und las die Zeitung. „Papas Wohnung steht wieder in der Zeitung. Für noch weniger Geld. Unser Kunde scheint seinen Besitz dringend loswerden zu wollen."

Kleiner Riese unterbrach sein Zähneputzen. „Würdest du die Wohnung wirklich gern kaufen?"

„Ja, und ich hätte sie kaufen können, bevor alles verkehrt lief."

Kleiner Riese spuckte aus und sah in den Spiegel. „Aber jetzt läuft alles wieder gut. Wieviele Jojos haben wir bisher verkauft?„

„Hunderttausend."

„Und wieviel müssen wir noch liefern?"

„Zwanzigtausend, aber Herr Knaapjes kommt nicht nach, auch wenn er Tag und Nacht arbeitet, und wir können nicht zu einem anderen gehen, weil wir einen Vertrag haben."

Kleiner Riese setzte sich auf den Badewannenrand. „Die Konkurrenz ist nirgendwo."

Mark ließ sich in den Schaum sinken. „Das kannst du nicht wissen."

„Doch, weil ich mich umgehört habe. Nicht jeder kann Jojos in so großen Mengen und so schnell produzieren."

„Laß einen kleinen Baumstamm rotieren, wopwopwop", sagte Mark.

Kleiner Riese kämmte sein Haar. „Und der kurze Vorfilm macht sich sehr gut, er läuft in allen Kinos."

„Auf unsere Kosten", sagte Mark. „Wir müssen laufend bezahlen. Ich frage mich, ob das überhaupt etwas nützt."

Kleiner Riese zog den Stöpsel aus der Wanne.

„Was tust du?"

„Du mußt raus."
„Warum?"
„Weil ich hinein muß", sagte Kleiner Riese. „Mathilde macht sich gut mit den Jojos, findest du nicht? Ich habe den Film mindestens zehnmal gesehen und applaudiere immer noch, besonders an der Stelle, wo das Jojo zwischen ihren Brüsten entlangläuft, aber sie hätte *doch* oben ohne sein sollen."
Mark ergriff ein Handtuch. „Was für eine abscheuliche Idee von dir. Wie kannst du die Freundin deines eigenen Vaters prostituieren?"
Kleiner Riese ließ die Wanne wieder einlaufen. „Das Publikum weiß das doch nicht. Das Publikum ist eine gesichtslose Masse, die Jojos kauft."
Mark trocknete sich ab. „Ich sage dir, daß du aus einer edlen Frau einen schäbigen Profit schlagen willst und daß ich deine schmutzigen Reden nicht schätze."
Kleiner Riese stieg in die Badewanne. „Du redest Unsinn, Mark. Die Göttin in Hongkong war eine edle Frau, denn sie erhörte mein Gebet, aber sie hatte auch eine Spalte, und keine kleine, und üppige Schenkel, deutlich sichtbar im Schlitz ihres Rocks."
Mark griff nach dem Kaltwasserhahn. „Ich glaube, du könntest eine kleine Abkühlung vertragen."
„Wenn du den Hahn aufdrehst, erzähle ich dir nicht, wie Papa an Mathilde gekommen ist."
Das kalte Wasser spritzte in den Schaum, und Kleiner Riese kreischte.
„Erst schmutzige Reden", sagte Mark, „und nun noch dreckige Lügen. Ein kaltes Bad wird dich zur Besinnung bringen."
Mathilde öffnete die Tür einen Spalt breit und sah hindurch. „Ärgere deinen Bruder nicht, Mark. Es gibt Kaffee, wenn ihr fertig seid."
„Gib mir die Seife", sagte Kleiner Riese.
„Du bist ein Schuft", zischte Mark.

„Nein, ich bin ein Zwerg. Zwerge sehen das Leben von unten, manchmal sehen sie mehr, und auf jeden Fall sehen sie anders. Willst du jetzt hören, wie Papa an Mathilde gekommen ist?"

„Erzähl mir erst, woher du das weißt."

Kleiner Riese schüttelte seinen nassen Bart aus. „ich bin ein Zwerg, stimmt's? Zwerge erwecken Vertrauen, weil sie so klein und hilflos sind. Wenn eine wunderschöne Riesin wie Mathilde Geschirr spült und ein Zwerg wie ich neben ihr auf einer Fußbank steht und das Geschirr abtrocknet, kann ein enger Kontakt entstehen; die Riesin spricht unbefangen, und der Zwerg lauscht aufmerksam."

„Und dann rennt der Zwerg herum und erzählt es jedem weiter."

„Nicht jedem, nur seinem älteren Bruder, und mit der besten Absicht. Es gibt einen Unterschied zwischen Klatschen und dem Mitteilen nützlicher Informationen."

„Nun erzähl schon", sagte Mark, „damit wir es hinter uns bringen."

„Mathilde war mit einem Gangster verheiratet."

„Einem hundsgemeinen Kerl."

„Ja."

„Der an einem französischen Strand erschossen wurde."

„Ja, aber zu dem Zeitpunkt hatte Mathilde ihn bereits verlassen. Sie irrte durch Amsterdam und hatte kein Geld und wohnte in einem Zimmer, dessen Tapete abblätterte."

„Und aß Marmelade aus einem Topf."

„Mit ihren Fingern", sagte Kleiner Riese. „Sie hatte den Topf in einem Schrank gefunden, und die Erbeermarmelade war von einer dicken Schimmelschicht bedeckt, durch die sie erst hindurch mußte."

„Mit ihren Fingern."

„Eine traurige Situation", sagte Kleiner Riese, „die geändert werden mußte. Sie hatte kein Geld, und wenn sie um Hilfe gebeten hätte, hätte jeder ihre Lage sofort ausgenutzt. Du weißt, wie wir sind."

Mark schöpfte eine Handvoll Schaum aus dem Bad und blies ihn fort. „Ich weiß, doch wir haben auch unsere guten Seiten.“

„Aber die kommen erst zum Vorschein, wenn wir durch die Folgen unserer Fehler grausam bestraft worden sind, und selbst dann werden wir uns noch an einer wehrlosen und bildschönen Frau vergreifen, die uns demütig um ein Butterbrot bittet.“

„Ja“, sagte Mark.

„Also“, fuhr Kleiner Riese fort, „beschloß Mathilde, die schön, aber nicht dumm ist, daß sie dem Schicksal lieber ein Stück voraus sein wollte.“

Mark griff nach dem Kaltwasserhahn. „Ich will es nicht hören. Sie wirft sich sicher weg, läßt sich von lüsternen Händen mit glitzernden Diamanten betasten und für immer ihre Unschuld besudeln. Sie muß sich erniedrigen lassen, vielleicht sogar öffentlich. Wahrscheinlich ist das alles wirklich geschehen, so wie auch der Schimmel auf der Marmelade wirklich war, aber ich will es nicht wissen.“ Mark drehte an dem Hahn.

„Hör auf“, sagte Kleiner Riese, „oder ich schreie wieder.“

Mark drehte den Hahn zu.

„Also“, nahm Kleiner Riese seine Erzählung wieder auf, „legte unsere Mathilde ein bißchen Make-up auf, denn ihre Handtasche besaß sie noch, und begab sich in ein teures Hotel.“

„Ich gehe Kaffee trinken“, verkündete Mark.

„Du wirst schön hierbleiben“, sagte Kleiner Riese, „weil du viel zu neugierig bist zu erfahren, wie Papa sich verhalten hat.“

Mark sah Kleiner Riese durchdringend an. „Hör zu, jeder braucht bestimmte Leitfiguren, Vorbilder, an die er sich halten kann, wenn mal wieder etwas schief geht, geliebte Gestalten, bei denen er Unterstützung und Trost findet. Ich weiß nicht, wie du über Papa denkst, aber für mich bleibt er ein lieber, reiner Mensch, und wenn du dieses Bild jetzt zerstörst, nimmst du mir meine letzte Zuflucht. Und Mathilde ist eine prächtige

Frau. Wenn du verrückt genug bist, zu einer Göttin mit Schlitzaugen zu beten…"

„Laß Tjen Hou in Ruhe", brüllte Kleiner Riese.

„Eben", sagte Mark, „dann laß mich aber auch zu Mathildes Füßen knien."

„Knie soviel du willst."

„Und behalte du deine Geschichte für dich."

„Nein", sagte Kleiner Riese, „denn du bist mein ältester Bruder, und ich habe zu viel Achtung vor dir, um dir die Wahrheit vorzuenthalten. Mathilde betrat das Hotel und setzte sich, in ihrer strahlenden Unschuld und mit knurrendem Magen, auf einen Barhocker. Sie bestellte ein Glas Cola und wartete auf ihre Beute."

Mark erschauerte.

„Mathilde als Femme fatale, als Vamp, als Animierdame, als Hure, und sie ist so ein nettes Mädchen, nicht wahr, Mark? Wir haben sie gut genug kennengelernt."

„Und dann kam Papa in die Bar?" fragte Mark.

„Ja. Aber was machte Papa überhaupt in Amsterdam, er lebte in Rotterdam."

„Der Ausblick auf den Kralinger See mit seinen bewaldeten Ufern ist ihm vielleicht zuviel geworden."

„Nein", sagte Kleiner Riese. „Mit der teuren Aussicht ist alles in Ordnung, und wenn wir mit den Jojos fertig sind, rate ich dir, die Wohnung zurückzukaufen. Papa fühlte sich einfach einsam, und in Amsterdam kann man sich noch mit Fremden unterhalten, ohne daß jemand denkt, man wolle etwas von ihm. Papa ging in die Bar und setzte sich, zwei Hokker von Mathilde entfernt."

„Wer tat den ersten Schritt? Bestimmt nicht Papa. Aufdringlichkeit hat er immer verabscheut."

„Papa machte den Anfang, nachdem Mathilde ihm einen guten Abend gewünscht hatte."

Mark erhob sich. „Genug. Papa folgte Mathilde die Treppe hinauf, ihre schlanken Fesseln, ihre langen Beine machen ihn lüstern, er denkt in Begriffen der Gosse, er stellt sich vor, wie er über sie herfallen wird, dann fällt er über sie her, ein paar Minuten später, nachdem sie ihm viel Geld abgenommen hat, Papa..."

„Wie kommst du darauf", fragte Kleiner Riese. „Warum projizierst du deine eigenen gemeinen Gedanken in Papas zivilisiertes Gehirn? Papa tat nichts von alledem. Er lud Mathilde zum Essen ein."

„Und sonst nichts?"

„Nach dem Essen nahm er sie nach Kralingen mit."

„Weiter nichts?"

„Nun ja", sagte Kleiner Riese, „Papa und Mathilde haben drei Jahre zusammengelebt. Irgendetwas mag später vielleicht gewesen sein. Vielleicht hat Mathilde eines abends Kalbsragoutpasteten gemacht und zum Nachtisch Mousse au chocolat, und Papa hat eine Flasche alten Wein geöffnet. Kerzenlicht. Vollmond über dem Kralinger See..."

„... und seinen bewaldeten Ufern", fiel Mark ein. „Geschlechtliche Begierde muß nicht immer schmutzig sein."

Mark und Kleiner Riese gingen zusammen ins Wohnzimmer. „Das war doch nicht schlimm, oder?" fragte Kleiner Riese, Mark legte seinen Arm um Kleiner Rieses Schulter.

„Ich dachte, ihr hättet euch gestritten", sagte Mathilde. „Sijben rief gerade an. Er kommt nach Hause und will geschäftliche Dinge besprechen."

„Also, hört mal zu", begann Sijben. „Das Jojofieber ist voll ausgebrochen, aber Herr Knaapjes will uns nichts mehr verkaufen. Er habe ein schwaches Herz, sagte er, und Geld sei nicht alles."

„Dann suchen wir uns einen anderen Hersteller", sagte Mark.

„Der andere ist eine vollautomatische Fabrik, und der Direktor hat einen Haifischkopf. Er wird unseren Auftrag ausführen, aber nur, wenn wir hunderttausend Jojos bestellen und im voraus bezahlen. Sein Preis ist höher als der von Herrn Knaapjes."

„Laßt es uns machen", meinte Kleiner Riese. „Findet ihr nicht? Ein letztes Mal?"

„Wir haben unser Kapital vervielfacht“, sagte Mark, „und die Sache ist immer noch profitabel. Wir können zweihunderttausend Stück bestellen, wenn Herr Haifischkopf das verlangt, und dann verlangen wir vielleicht, daß er mit dem Preis heruntergeht.“

„Ach Mark“, seufzte Mathilde.

„Ich habe nichts gesagt“, meinte Mark. „Ich habe nur laut gedacht.“

„Wer trifft die Entscheidung?“ fragte Sijben.

„Du“, erwiderte Mark.

Sijben sah Mathilde an.

„Du.“

„Du“, sagte Kleiner Riese. „*Wir* haben unsere Chancen verspielt, und wir haben alle an dem Punkt gestanden, an dem du dich jetzt befindest. Du bist unschlüssig, aber vielleicht schlägt das Pendel ja zur Seite des sicheren Gefühls aus.“

„Ich habe ein paar Stunden Ruhe nötig“, entschied Sijben.

„Trink erst deinen Kaffee aus“, riet Mark, „und dann geh in die kleine Bodenkammer. Da wird dich niemand stören.“

„Ich brauche noch ein paar Kissen und Weihrauch“, entgegnete Sijben.

„Nimm die Kissen von der Couch“, sagte Mathilde, „und an der Ecke gibt es ein chinesisches Geschäft.“

Siebenundzwanzigstes Kapitel

Schwerer süßer Rauch kräuselte gegen die mit Hartfaserplatten verkleidete niedrige Dachschräge; Asche bröckelte ab und fiel in das mit Sand gefüllte Kupferschälchen zwischen Sijbens Kissen und der Verkleidung unter dem Fensterbrett. Sijben saß bewegungslos da, den Rücken gestreckt, die Beine untergeschlagen. Seine Augen waren geschlossen, doch wenn er hätte sehen können, hätte er seine eigenen Fußsohlen gesehen. Neben ihm lag eine Seite aus einem Notizbuch, auf die er, nur wenig gestört vom Geklingel der vorbeifahrenden Straßenbahnen, seine Berechnungen geschrieben hatte. Zu dem Zeitpunkt hatte er noch überlegt und an Zahlen gedacht, die ihm durchs Gehirn schossen. Jetzt dachte er an nichts mehr. die Zahl auf der letzten Zeile der Seite stellte eine beträchtliche Summe dar, den Gesamtbetrag des investierten Kapitals und des Gewinns.

Mit dieser Zahl hatten seine Überlegungen begonnen, doch nun wußte er nicht mehr, was sie bedeutete.

Sijben hatte bereits lange Zeit so dagesessen. Es begann dunkel zu werden.

Neue Bilder tauchten auf. Die Bilder waren kompliziert und nicht allzu deutlich. Sie veränderten sich und verschmolzen schließlich zu einzelnen Gestalten, die aus verschiedenen Teilen zusammengesetzt waren. Da Costa hatte das Gesicht des alten Sobrijn und Mathildes Beine. Kleiner Riese hatte das Gesicht der Göttin Tjen Hou und Marks früheren Bauch. Mark hatte van der Puttes Gesicht und Sijbens abgeschnittenen Pferdeschwanz. Auch das, was die kaleidoskopischen Gestalten taten, veränderte sich ständig. Die eine bot Sijben Nudelsuppe an, während er sich auf einem Sampan auf dem Teich vor dem Rockefeller Center in New York befand. Eine andere, die Sauds Gesicht hatte, rettete Sijben aus dem Maul eines Jojos fabrizierenden Haifisches. Die Projektionen stammten nicht nur aus der jüngsten Zeit, denn sie enthielten auch Aspekte, die zu dem Guru am Fuß des Himalaya und zu dem Söldneroffizier im Tschad gehörten.

Sijben bekam einen Krampf in den Waden. Er entwirrte seine Beine und kroch auf den Knien zu der Kupferschale, um ein neues Weihrauchstäbchen zu entzünden. Er setzte sich wieder hin. Die Gestalten zeigten sich aufs neue und bedrohten ihn.

Ich habe keine Angst, dachte Sijben, während er immer ängstlicher wurde.

Die Gestalten erschütterten sein Vertrauen, indem sie ihn auf die vielfältige Art und Weise an der Nase herumführten. Ich bin nicht böse, dachte Sijben, während er immer böser wurde.

Er bekämpfte den Feind, doch ohne Erfolg, denn dieser änderte erneut seine Gestalt und wurde Mathilde, umgeben von Kulissen, die das Innere des Hotelzimmers in Manhattan darstellten.

Ja, dachte Sijben, hier mit einer Erektion in Marks Dachkammer zu sitzen, hat auch wenig Sinn.

Er wollte weg, nach unten, zu dem Nasi Goreng, das Mathilde kochte und dessen wohlriechende Düfte die Treppe heraufkrochen, aber er war noch nicht fertig, obwohl die Gestalt sich wieder verändert hatte und Antworten auf Fragen gab, die Sijben klar formulieren konnte.

Er erhielt allerlei interessante Informationen und sah amüsiert zu, während die Gestalt ihm deutlich zeigte, welchen Weg Mark weitergehen und was mit Kleiner Riese geschehen würde und wie Mathilde in die Zukunft paßte. Sijben begriff nun, wer der alte Sobrijn wirklich war, erkannte die Ideale seines Vaters und wie verschwommen, aber auch wie richtig sie gewesen waren.

Mathilde kam ins Zimmer und stellte einen Teller mit gebackenem Reis und eine Thermosflasche mit Tee neben Sijben. Sie ging wieder. Auch Sijben verließ kurz den Raum, um auf die Toilette zu gehen.

Der Abend wurde zur Nacht. Sijben saß bewegungslos da. Der Weihrauch glomm.

Das Morgenlicht berührte das Fensterbrett und zeichnete eine Linie auf die Dachverkleidung. Sijben hörte die anderen aufstehen und im Bad rumoren. Er verließ die Dachkammer.

„Da bist du ja wieder", sagte Kleiner Riese. „Wir hatten nicht mit dir gerechnet, aber du kannst mein Ei haben."

„Und?" Mathilde schenkte Kaffee ein.

„Und?" fragte Mark.

„Und was?"

„Die Jojos."

„Die was?"

„Das warf doch nicht wahr sein", sagte Kleiner Riese. „Du kannst doch die Jojos nicht vergessen haben. Ich habe nichts dagegen, wenn du den Mystiker spielst, der in höheren Sphären schwebt, aber du solltest es nicht übertreiben. Also, was ist mit den Jojos?"

„Laß ihn erst seinen Kaffee trinken", sagte Mathilde.

Achtundzwanzigstes Kapitel

„Nein“, sagte Sijben, „ich glaube, wir sollten die Jojos vergessen.“

„Gut“, meinte Mark.

„Oh mein Gott“, freute sich Mathilde, „ich bin ja so erleichtert.“

„Keine Jojos mehr“, stellte Kleiner Riese fest. „Wie geht es nun weiter?“

„Was mich betrifft“, sagte Sijben, „ist die Sache damit beendet. Und ich will euch auch verlassen, weil ich noch andere Dinge zu tun habe. Laßt uns das Jojo-Geld teilen.“

„Plus das, was von meinem Anteil übrig ist“, ließ sich Kleiner Riese vernehmen. „Kann ich die Spitze von deinem Ei haben? Ein ganzes Ei ist nach deiner jüngsten Vergeistigung vielleicht zuviel für dich.“

Sijben gab ihm die Eispitze.

„Ihr könnt euer Geld behalten“, sagte Mark. „denn Mathilde und ich haben eigentlich kein Recht darauf.“

Kleiner Riese kratzte seine Eierschale aus. Sijben strich sich über sein stoppeliges Kinn.

„Ja oder nein?“

„Nein“, erwiderte Sijben.

„Nein“, sagte auch Kleiner Riese. „Habsucht in der Familie ist kein feiner Zug, aber es fehlt immer noch eine Million.“

„Welche Million?“ fragte Sijben.

„Da fängt er schon wieder an“, stöhnte Kleiner Riese.

„Welche Million?“ fragte Mark. „Weißt du etwas von einer Million, Mathilde?“

„Ich weiß von nichts. Alles, was ich weiß, ist, daß Sijben nun vierhunderttausend beisteuert und Kleiner Riese fünfzigtausend.“

„Meint ihr das im Ernst?“ fragte Kleiner Riese. „Oder macht ihr euch über einen zurückgebliebenen Zwerg lustig?“

„Du bist nicht zurückgeblieben“, sagte Mark, „und selbst wenn du es wärst, wärst du mit deinem Viertelanteil immer noch gut dran. Was wirst du mit dem Geld anfangen?“

„Anleihen kaufen“, antwortete Kleiner Riese, „oder irgendetwas anderes Sicheres. Ich will in mein Häuschen auf dem Deich zurück und ungewöhnliche Formen flechten. Ich brauche eigentlich kein Geld, abgesehen davon, daß mein DAF einen neuen Auspuff benötigt.“

„Anleihen sind nicht mehr sicher“, sagte Mark. „Ich werde Papas Wohnung zurückkaufen.“

„Für einhunderttausend?“

Mark raschelte mit der Zeitung. „Der Preis ist wieder gesunken, und ich werde versuchen, ein Gegenangebot zu machen, und für die Differenz eine Hypothek aufnehmen.“

„Was machst du allein mit soviel Platz?“

„Ich will Mathilde heiraten.“

„Dann mußt du mich wohl um meine Hand bitten“, sagte Mathilde.

Mark stand auf, legte seinen rechten Arm auf die Brust, verbeugte sich und fragte Mathilde, ob sie ihn heiraten wolle.

„Ja“, lautete Mathildes Antwort.“

„Dann ist das also alles geregelt“, sagte Kleiner Riese. „Hast du schon eine neue Stellung?“

„Ja“, antwortete Mark, „bei einer Investmentgesellschaft. Ich habe ihnen erzählt, daß ich soeben von einer Informationsreise in den Fernen Osten zurückgekommen sei und mich auch ein wenig in den Vereinigten Staaten umgesehen habe. Ich kann nächsten Monat als Assistent anfangen und soll mich um die Auslandsanlagen kümmern.“

„Oh mein Gott“, sagte Mathilde.

Mark verbeugte sich wieder. „Die Erfahrung hat mich gelehrt, daß größte Vorsicht vonnöten ist, und ich verspreche, daß meine Ratschläge nicht nur solide, sondern auch ...“

„Das meine ich nicht. Du wirst immer fort sein.“

„Er wird auch immer wieder zurückkommen", entgegenete Sijben, „und du mußt studieren. Kunstgeschichte, erinnerst du dich? Und danach im Museum arbeiten."

„Du kannst immer mit mir reisen", sagte Mark. „Wie kann ich dich lieben, wenn du nicht bei mir bist."

„Und ich…" begann Sijben.

„Ich werde dir sagen, was du tun wirst", fiel ihm Kleiner Riese ins Wort. „Du wirst dein Haar wieder wachsen lassen und Jeans und eine Fliegerjacke anziehen. Du wirst dir eine Harley-Davidson kaufen und hinter dem Horizont verschwinden."

„Woher weißt du das?"

„Stimmt's oder nicht?"

„Es stimmt", sagte Sijben.

Kleiner Riese studierte seine leere Eierschale. „Ich brauche nicht eine ganze Nacht lang heilig zu spielen, um die Zukunft vorherzusehen. Wenn man seine Fragen so stellt, wie Sijben das für nötig hält, dann liegen die Antworten nicht in Rotterdam." Er zermalmte die Eierschale mit seiner Faust. „Obwohl die Antworten natürlich in Rotterdam zu finden wären."

Mark setzte sich. „Dann ist also alles soweit erledigt, bis auf die Verteilung des Geldes und die Hochzeitsfeier."

„Mußt du Mathilde jetzt nicht küssen oder so?" fragte Sijben.

Mathilde wühlte in ihrer Handtasche. „Gleich. Hier ist noch etwas." Sie hielt eine Cassette hoch. „Können wir dies auf deinem Apparat abspielen, Mark?"

„Was ist da drauf?" fragte Kleiner Riese.

„Die Stimme eures Vaters."

„Aber haben wir das Band nicht schon gehört?"

„Dieses nicht", antwortete Mathilde. „Euer Vater bat mich, es im richtigen Moment abzuspielen, doch ich wußte nie, welchen Moment er gemeint haben könnte. Ich glaube, er meinte jetzt, denkt ihr nicht auch?"

Neunundzwanzigstes Kapitel

Das Band rauschte.

„Guten Tag, meine Söhne", sagte der alte Sobrijn. „Guten Tag, liebe Mathilde. Dieses Band habe ich allein aufgenommen, und Mathilde mußte mir versprechen, es nicht früher abzuspielen, denn ich wollte sie ebenfalls überraschen."

Ein Klicken. Sauggeräusche.

„Was macht er jetzt?" fragte Kleiner Riese.

„Er zündet sich ein Zigarillo an", antwortete Mathilde.

„Ja", sagte der alte Sobrijn, „und nun bin ich noch weiter fort, weil ich schon eine ganze Weile tot bin. Ein verrückter Gedanke, ich kann mich nicht daran gewöhnen. Was ich euch zu erzählen habe, ist vielleicht völliger Unsinn, denn wer bin ich, daß ich die Zukunft vorhersehen könnte? Aber ich dachte, und denke, daß ihr nun beisammen sitzt, um euch zu teilen, was von der einen Million noch übrig ist."

Mark sprang auf und drückte auf den Knopf des Cassettenrecorders. „Er hat es also gewußt, der alte Fuchs."

„Schalte das Gerät wieder ein", forderte Sijben.

„Ihr müßt damit spekuliert haben", sagte der alte Sobrijn. „Es kann kaum anders sein. Die Hälfte des Erbes verschwindet plötzlich, und eine verlorene Hälfte hinterläßt ein großes Loch, aber mit dem, was übrig blieb, hattet ihr eine gute Chance, den Verlust wieder wettzumachen."

Das Band rauschte.

„Oder irre ich mich?" fragte der alte Sobrijn. „Meine Manipulation hat doch hoffentlich keinen Ärger verursacht? Ich habe keine allzu großen Schwierigkeiten erwartet, denn Mathilde war ja da, sie hat einen guten Einfluß, sie hat mich immer davon abgehalten, mich kindisch zu benehmen. Schönheit und eine positive Disziplin sind irgendwie miteinander verbunden." Pause. „Hi, hi."

„Er lacht uns aus", sagte Kleiner Riese.

„Ich lache euch nicht aus", fuhr der alte Sobrijn fort, „denn was ihr getan habt, hätte eigentlich ich tun sollen. Ein Mensch sollte hin und wieder etwas riskieren, und das habe ich nie gewagt, aber da ihr meine Fortsetzung seid, ist mein Fehler vielleicht getilgt; nichts geht je zu Ende. Das heißt..."

„Hallo?" fragte Kleiner Riese.

„Entschuldigt bitte", sagte der alte Sobrijn. „Ich mußte einen Augenblick nachdenken. Jemand, der keine Kinder hat, lebt auch fort, in den Folgen seiner Taten; ich sollte meine Position als Vater nicht überbewerten. Übrigens, darf ich demjenigen von euch, der so freundlich war, die Million verschwinden zu lassen, danken? Ich hoffe, der Betreffende hat es so geschickt angestellt, daß die anderen nicht ausschließlich ihn verdächtigt haben, denn das hätte euer Verhältnis untereinander gestört. War das Fest ein Erfolg? Ich hoffe, daß es Mathilde gelungen ist, das Sexelement, das zu dieser Art von Lustbarkeit dazugehört, im Zaum zu halten. Sie ist eine schöne Frau, aber ich war in dieser Hinsicht immer ein wenig schüchtern, und vielleicht hat das ja auf meine Söhne ein bißchen abgefärbt... hmm."

„Mach dir keine Sorgen, Papa", meinte Kleiner Riese.

„Das mußt du gerade sagen", gab Mark zurück.

„Nicht, daß ich euch nichts gönnen würde", sagte der alte Sobrijn, „und wenn Mathilde in ihrer Güte..."

„Ganz recht", bemerkte Mathilde.

„Aber genug davon", sagte der alte Sobrijn. „Ich weiß, daß die Zeiten sich geändert haben und daß Schüchternheit keine Eigenschaft mehr ist, die bewundert wird. Eine gewisse sexuelle Freizügigkeit ist heutzutage wohl üblich." Der alte Sobrijn räusperte sich.

Das Band rauschte.

„Ich bin nur eifersüchtig. Wie albern, wo ich doch tot bin. Was geht mich das noch an? Tut, was ihr wollt, und genießt es. Doch nun zum Geld. Die Million, die verschwunden zu sein schien, ist noch da."

„Als ob ich es nicht geahnt hätte“, sagte Sijben. „Natürlich ist sie noch da. Wo ist sie, Papa?“

„Sie befindet sich in einem soliden Fonds, der seinen Mitgliedern seit über fünfzig Jahren zuverlässig gedient hat. Wenn jemand einen Kugelschreiber zur Hand nimmt, diktiere ich euch den Namen des Fonds und die Kontonummer.“

Mark schrieb.

„Mark?“

„Ja?“ fragte Mark.

„Ich habe dir noch ein paar Worte zu sagen.“

Mark hielt das Gerät an. Er wartete, bis die anderen das Zimmer verlassen hatten, drehte den Ton leiser und schaltete den Apparat wieder ein.

„Ich finde“, sagte der alte Sobrijn, „daß einer von euch Mathilde heiraten sollte. Mathilde wird nichts dagegen haben, dich zu heiraten, du bist zwar ein Aufschneider, aber ich könnte mir denken, daß du inzwischen ein wenig von deinem Egozentrismus verloren hast. Ich weiß, daß du entlassen worden bist, einer deiner Chefs hat es mir erzählt, derselbe Bekannte, dem ich dich vorgestellt habe, nachdem du deinen Doktor gemacht hattest. Ein Mensch, der plötzlich seine Stellung verliert, hat eine ausgezeichnete Gelegenheit zu lernen, und die Probleme, die du mit Geraldine hattest, werden dich ebenfalls aufgeweckt haben.“

„Sprich weiter“, sagte Mark.

„Ich weiß, daß du dich nicht verteidigen kannst und ich dich vielleicht kränke, aber du bist allein, während du dies hörst, und ich erwarte von dir, daß du das Band vernichtest, wenn ich fertig bin. Kleiner Riese wäre vielleicht ebenfalls ein guter Ehemann für Mathilde. Auch ich bin ziemlich klein…“

Das Band rauschte.

„Ich war ziemlich klein“, korrigierte sich der alte Sobrijn. „Ich kann mich nicht daran gewöhnen, tot zu sein. Wenn du dies hörst, habe ich überhaupt keine Größe mehr. Schwer zu glauben. Wie kann ein Mensch so völlig verschwinden? Doch es ist so.“

„Kleiner Riese ist unter Normalgröße“, fuhr der alte Sobrijn fort, „aber deshalb sollte eine glückliche Ehe nicht unmöglich sein. Ein physischer Mangel weckt vielleicht sogar beschützende Gefühle des anderen Partners. Und davon abgesehen ist Kleiner Riese amüsant, er hat die Relativität aller Dinge besser begriffen als ich.“

„*Ich* werde Mathilde heiraten“, betonte Mark, „nicht Kleiner Riese.“

„Und Sijben?“ sagte der alte Sobrijn. „Wären Mathilde und Sijben nicht ein hübsches Paar? Beide so gut aussehend?“

„Sijben taugt nicht für die Ehe“, entgegnete Mark.

„Sijben hat vielleicht noch keine Zeit zum Heiraten“, sagte der alte Sobrijn. „Er sollte vielleicht seinen eigenen Weg weitergehen. Sijben ist meine Frage, mein Staunen, meine Bewunderung für alles, was lebt, was existiert, aber Bewunderung allein genügt nicht. Früher habe ich mich über Sijben geärgert, weil ich immer dachte, ein Mensch müsse ein Ziel haben, doch jetzt denke ich das nicht mehr. Ich habe mich stets bemüht, unserem nationalen Ideal nachzueifern, habe versucht, rücksichtsvoll, fleißig und pflichtbewußt zu sein, um... ja, warum?“

„Und tut Sijben das nicht auch? Auf seine Weise? Ich hoffe, er bleibt nicht hier“, sagte der alte Sobrijn.

„Er bleibt nicht hier. Er fährt weg, mit seinem Motorrad, Ziel unbekannt.“ Mark sah aus dem Fenster. „Und es regnet wieder. Er wird einen gelben Plastikanzug tragen müssen und wasserdichte Stiefel, die trotzdem vollaufen werden. Bah, nichts für mich.“

„Das große Abenteuer“, sagte der alte Sobrijn, „aber der Junge sollte eine sichere Grundlage haben. Wenn Sijben das Geld läßt, wo es jetzt ist, wird sich sein Kapital wahrscheinlich vergrößern, auf jeden Fall mit der Inflation Schritt halten, so daß er in Ruhe in der Welt umherstreifen kann. Soviel jedenfalls kann ich für ihn tun.“

„Bei mir lasse ich ihn nicht wohnen“, warf Mark ein, „denn dann vergreift er sich an Mathilde.“

„Mathilde ist eine treue Frau“, sagte Sobrijn, „und sie wird ihren Herrn lieben. Ich war in ihren Augen ihr Herr. Du wirst es für sie auch sein.“

Mark neigte seinen Kopf.

„Da ist wieder dieser Schwindel“, sagte der alte Sobrijn. „Was für ein wunderbares Gefühl. Ich betrachte die Tapete, Mark, und die Linien bewegen sich, sie verschwinden in der Decke und kommen vom Fußboden wieder hoch. Aus dem Nichts, ins Nichts. Leuchtende Linien...“

Das Band schwieg.

„Ihr könnt jetzt kommen“, rief Mark.

„Euer Vater starb, nachdem er das Band hatte zurücklaufen lassen“, sagte Mathilde. „Er war sehr glücklich und zufrieden.“

Dreißigstes Kapitel

Nichts geht jemals zu Ende, weil alles miteinander verbunden ist. Mark heiratete Mathilde und zog mit seiner Braut in die Wohnung am Kralinger See, die er geschickt für nur die Hälfte dessen zurückkaufte, was er dafür bekommen hatte. Mathilde nahm ihr Studium an der Universität auf.

Kleiner Riese ließ sein Häuschen umbauen und seinen DAF reparieren. Er flocht weiter Körbe, stellte jedoch mit Hilfe der Technik, die er in Tunesien gesehen hatte, nun auch weibliche Formen her. Seine Schöpfungen sind sowohl sinnlich als auch bizarr und erzielen gute Preise. Kunstgalerien stellen seine Arbeiten regelmäßig aus.

Sijben verschwand, wird aber wahrscheinlich bald wieder aufkreuzen. Seine letzte Postkarte kam aus Tibet. Tibet ist für Reisende wieder offen.

Wer die Million genommen und im Namen von Mark, Mathilde, Sijben und Kleiner Riese bei dem Investmentfonds deponiert hatte, war noch eine Weile unklar. Es wurde vermutet, daß der Dieb oder der Hinterleger das Geld einfach nahm, während die anderen schliefen, und die Wohnung mit Hilfe von Schlüsseln verließ, die der alte Sobrijn ihm gegeben hatte.

Die Autos parkten hinter dem Haus. Die fehlende Million muß in einem von ihnen zurückgelassen worden sein. Wer erwartet schon eine Million Gulden in einem geparkten Auto? Das Risiko war minimal.

Also wer war es? Mathilde leugnete, Mark wollte nicht gestehen, Kleiner Riese grinste blöde, Sijben weigerte sich, die Angelegenheit zu diskutieren, bis auf dem Hochzeitsschmaus nach Mathildes und Marks Trauung alles herauskam.

„Nun?“ sagte Kleiner Riese.

„Nun was?“ fragte der von Wein und künftigem Glück beschwipste Mark.

„Es wird euch vielleicht irritieren“, sagte Kleiner Riese, „so wie früher auch immer. Wer hat die Million genommen?“

Die Gesellschaft verstummte.

„Weißt du es wirklich nicht?“ fragte Mathilde.

Sijben lächelte. „Er weiß es bestimmt und wünscht sich nur Bestätigung, und vielleicht hat er sie jetzt auch verdient.“

Kleiner Riese machte ein verblüfftes Gesicht.

„Könnte ich vier Servietten haben“, bat Mark, „und vier Kugelschreiber?“

Der Kellner, der noch nicht bezahlt worden war, brachte, was er wünschte.

„Danke. Und nun schreiben wir den Namen unseres geliebten Diebs auf, falten die Servietten, mischen sie und falten sie wieder auf. Einverstanden?“

Alle schrieben.

Mathilde mischte.

Sijben las. „Kleiner Riese. Kleiner Riese. Kleiner Riese. Ich.“

„Scheiße“, meinte Kleiner Riese. „Ihr wußtet es also? Die ganze Zeit?“

„Nicht die ganze Zeit“, sagte Mark. „Die Wahrheit dämmerte mir allmählich. Du hast deine Sache gut gemacht.“

„Die meiste Zeit“, sagte Sijben.

„Die ganze Zeit“, sagte Mathilde. „Dummer Kleiner Riese. Du hast mich unterschätzt. Ich war nüchtern an dem Abend, als wir unser Fest feierten, erinnerst du dich? Ich bin immer nüchtern auf Festen, weil ich meine Ehre verteidigen muß. Und du warst ebenfalls nüchtern.“

„Ich habe ‚betrunken‘ gespielt. Ich bin ein guter Schauspieler.“

„Deine Augen waren nicht blutunterlaufen“, sagte Sijben. „Nicht, daß mir das aufgefallen wäre, denn ich war sehr betrunken, aber Mathilde muß es bemerkt haben. Erinnerst du dich, daß du dir deinen eigenen Genever mitgebracht hattest, obwohl du eigentlich keinen Genever magst, anderen Alkohol übrigens auch nicht?„

„In der Sahara war ich betrunken."

„Ja, sicher", räumte Mark ein, „aber wir hatten alle schreckliche Tage der Angst hinter uns und waren völlig erschöpft. Es hatte sogar Kämpfe und Tote gegeben. In solchen extremen Situationen betrinkt sich jeder."

„Warum konnte ich nach Papas Tod nicht betrunken gewesen sein? War das nicht auch eine extreme Situation?"

„Ich habe über diese Möglichkeit nachgedacht", sagte Sijben, „aber du hast den Geneverkrug mitgebracht. Da war Wasser drin, stimmt's? Du lehnst Alkohol nicht völlig ab, gegen einen Drink hast du nichts und den hast du dir von meinem Whisky genommen. Es muß dir schwer gefallen sein, Marks und mein Geplapper den ganzen Abend zu ertragen."

„Dein Vater hatte zwei Bänder aufgenommen", sagte Mathilde. Das zweite sollte ich euch im richtigen Moment vorspielen, und den hielt ich für gekommen, als wir mit unseren abenteuerlichen Versuchen, das verschwundene Geld zurückzuverdienen, fertig waren. Dein Vater mußte irgendetwas mit der fehlenden Million arrangiert haben. Durch wen? Durch dich."

„Wer hätte es sonst sein können?" fragte Mark. „Mathilde kam nicht in Frage, weil Papa sie nicht in Schwierigkeiten bringen wollte. Sie gehörte damals noch nicht zur Familie, und wir hätten ihr vielleicht mißtraut. Stellt euch vor, was passiert wäre, wenn wir sie dabei erwischt hätten."

„Und ich hätte es auch nicht sein können", sagte Sijben. „Ich mag zur Familie gehören, aber ich bin immer ein Außenseiter gewesen. Ich bin nie die üblichen Wege gegangen. Was wußtet ihr von mir? Keinen Job, Wohnung in einer aufgegebenen Fabriketage, Pferdeschwanz, Cape? Ich hätte drogensüchtig sein können. Wenn ihr mich erwischt hättet, hättet ihr mich vielleicht totgeschlagen."

„Niemals", beteuerte Kleiner Riese. „Was ist mit Mark? Er ist der Älteste, ein solider Bürger mit Doktortitel."

„Der gerade seine Stellung verloren hatte?“ fragte Mark. „Kürzlich geschieden worden war? Aufgeblasenes Zeug redete? *Du* warst der Solideste von uns allen.“

„Ich?“ fragte Kleiner Riese leise.

„Du warst der einzige, der ein regelmäßiges Einkommen hatte“, sagte Mathilde.

Mark zerzauste Kleiner Rieses Haar. Sijben zupfte ihn an seinem Bart.

„Hmm“, machte Kleiner Riese.

Mathilde hielt seine Hand. „Du standest deinem Vater am nächsten. Er hatte eine hohe Meinung von dir.“

„Wann hast du es also gewußt?“ fragte Kleiner Riese Mark.

„Mit Sicherheit? Nachdem das klapprige Flugzeug in Hongkong gelandet war. Damals wurde mir klar, wie zäh du bist. Wir waren soeben dem Tod entronnen, und du machtest immer noch Ärger. ‚Wer von euch ist der Dieb?‘“ fragte Mark mit Kleiner Rieses Stimme. „Die Stirn zu haben, in einem solchen Augenblick davon zu sprechen. Warum hast du das getan?“

„Ich wollte ein bißchen Spaß haben.“

„Nein“, sagte Mathilde. „Du lieber, kleiner Kerl, du wolltest uns ablenken. Deine Absichten sind immer gut.“

„Immer?“

„Nicht immer“, erwiderte Mark. „Ich habe gehört, was du in dem tunesischen Schwimmbecken mit Mathilde gemacht hast. Arme Mathilde.“

Mathilde lächelte.

„Es hat ihr gefallen“, sagte Kleiner Riese anklagend.

„Stimmt das?“

„Ja, Mark“, gab Mathilde zu. „Es juckte mich überall und danach nicht mehr.“

„Und wann hast *du* es gewußt?“ fragte Kleiner Riese Sijben.

„Laß mich mal überlegen“, antwortete Sijben. „In der Wüste, glaube ich, nachdem du das Kamel vollgesaut hattest. Ich hatte über Papa nachgedacht und darüber, wie vorsichtig er immer war. Ich war mir sicher, daß er die Sache ausgeklügelt und dich gebeten hatte, ihm dabei zu helfen. Du bist sehr gut, wenn die Dinge kniffig werden."

„Was ist so gut daran, ein Kamel vollzukotzen?"

„Du bist oben geblieben. Jeder andere wäre heruntergefallen. Du mußtest Papas beste Wahl sein."

„Wirklich?" flüsterte Kleiner Riese.

Sijben hob sein volles Glas. „Ein dreifaches Hurra für Kleiner Riese."

„Hurra, hurra, hurra!" riefen alle vier.

Und auch der Ober rief ‚Hurra', denn er war noch nicht bezahlt worden.